后浪

星咏师的记忆

〔日〕**阿津川辰海** —— 著

佳辰 —— 译

贵州出版集团
贵州人民出版社

在这起荒唐无稽的事件中，只消代入一点点常识，岂止是茫然无措，简直会打心眼里感到心痛。迄今为止，我见识过一系列令人不快的案件、棘手的案件、复杂的案件，甚至是矛盾的案件，但目睹建立在不合理上的案件，这还是头一遭。不得不承认，这是一次新鲜的体验，即使是我这样的老油条，也会兴奋得手舞足蹈。

——多萝西·L. 塞耶斯（Dorothy Leigh Sayers）
《请给我尸体》（*Have His Carcase*）

一

石神赤司，1972 年

从初见的那天起，我就迷上了那块紫色的石头。

石头全长约两厘米，形状细长。举起来置于光下，隐约可见其另一面。我一面用手指勾画着它八角形的截面和擂钵一样的尖端，一面欣赏着它唯美的形态。

"赤司，这很少见吧？"父亲这样说道。回到家后，他西装都没有脱就探头看着我的脸，露出快活的微笑。

"爸爸，这真的是石头吗？跟我在河滩上捡回来的完全不一样呀。"

"是水晶。爸爸出差去了一个叫 Mikasagi 村的地方，在那里买的。"

虽然不清楚 Mikasagi 汉字要怎么写，但总觉得这是一个听起来很悦耳的名字，给我留下了印象。

"水晶？"我吓了一跳，"这就是我之前读过的书里，占卜师老奶奶拿的那个吗？"

父亲静静地点了点头。

"就你有这种东西，太狡猾了。"

"喂，青砥！"

早一刻觉察的父亲发出了警告，可我还是来不及反应，举过头顶的水晶就像被人自手中摘取一样夺走了。

"哥哥，还给我！"

"嘿，亮晶晶的，不是挺棒的吗？"哥哥一边笑着，一边闭着一只眼睛观察水晶。

"不是也给你买了一样的东西吗？"

"我的又不是紫色的，这可不多见。喂，赤司，还你！"

哥哥将紫水晶扔了过来，我慌忙伸手接住。

"干吗非得扔过来啊！哥哥收到了什么？"

"我吗？我的是这个。"

哥哥递出一块白色的水晶，约莫五厘米长，有些地方浮现出黑斑状的花纹。

"真狡猾，比我的大。"

"那要不要和我换？"

我条件反射地摇了摇头。紫水晶的美就是如此令我沉醉。

父亲笑眯眯地看着我俩争论，终于摘下领带，一屁股坐下来，背靠在椅子上。

"好啦好啦，别拌嘴了，快来吃晚饭吧。"

母亲一声令下，我们坐到餐桌旁。吃饭的时候，我把紫水晶也放在桌子上，呆呆地看着，这让母亲很惊讶。

晚餐结束后，我一进儿童房，就翻开从小学图书室借来的奇幻小说。这就是我刚刚跟父亲提到的书。故事的开篇有这样一幕：占卜师老奶奶通过水晶预言了主人公们的未来。

到了小学五年级，我也能读不带插图的书了，不过这本小说附了几张插图，其中一张便是占卜师老奶奶使用水晶的场景。

昏暗的室内，满脸皱纹的老奶奶双手捧着球状水晶。主人公战士背对着读者，所以无法窥见他的表情，但预言的内容是让人预感到主人公们会败北的不祥之兆。

"老奶奶是用什么方法看到未来的？"

"在水晶里能看到什么吗？只有老奶奶能看到吗？或者被占卜的人也能感觉到吗？说不定我的水晶也能……"

"你又在读那种书了吗？"

背后传来哥哥的声音，空想被打断。

"真烦人，这是我的自由吧。"

"都五年级了，还在看这种孩子气的书，所以我才跟你说。"

说这话的哥哥，书桌上堆满了科普书和图鉴。年龄只相差一岁的哥哥，与我的兴趣截然不同，连读的书都非常实际。的确，从哥哥的角度来看，我选择书本的趣味也许太"孩子气"了。

"你大概是在妄想自己的水晶是不是也能做到这种事吧？"

"怎么会！"被看穿心思的我，吃了一惊，接着懊恼起来，以强硬的口吻说，"才不是呢！"

"要是真能预知的话，现在这个世上就到处都是占卜师了。"

"都说了不是啊！"我砰的一声把书合上，急忙钻进自己的被窝里。

3

"哥哥，可别趁我睡着的时候拿我的水晶。"

"不会拿的，我又不是傻瓜。"

不是不相信哥哥，我将水晶置于枕边，睡觉也寸步不离。

"爸爸，赤司那家伙不大对劲啊，这一周一直和水晶同床共寝。"

有一天在饭桌上，哥哥说了这样的话。

我总觉得好像自己丢脸的秘密被揭穿了，脸颊倏然变得滚烫。

"你就这么喜欢吗？那可太好了，买得真值呢！"父亲这样说，脸上露出一丝苦笑。

"算是吧。不过，给我买的也是一样的东西，收集石头明明是赤司的爱好。"

"出差去的地方是乡下，只有这种土特产。"

"哼，怎么这么无趣啊！"

"虽然不算补偿，但要是这次考试你能考个好分数，我就给你买你一直想要的图鉴。"

"啊，真的吗?!"哥哥两眼放光。

"爸爸，我也要！"

一听到我的话，哥哥就皱眉说道："赤司，不行，妈妈前几天不是给你买书了吗？"

"你求妈妈买了吗？"父亲也皱起眉头。

"啊，约好了不能说出去的……是妈妈买给我的。"

"是嘛。"父亲虽然这样说，可脸上还是一副诧异的表情。

"你们在聊什么？"这时给哥哥添饭的母亲回来了。

"在聊要是这次考试考得好，我会奖励孩子的。"爸爸蒙混过去。

我默默吃完晚饭，只说了句"谢谢款待"就离开了餐桌。

"爸爸，赤司那家伙不大对劲啊。"

那天晚上怎么也无法入睡。因为在意哥哥的话，便把水晶收进自己书桌的抽屉里，再上床睡觉。

确认哥哥睡熟之后，我又将水晶拿了过来。把水晶紧紧握在手里，闭上眼睛，顿时感觉心平气定。在反反复复的浅睡之中，内心风平浪静，小小的烦恼也变得无所谓了。

不知不觉，我就这样睡了过去。

翌日清晨，水晶发生了异变。

"哥哥！"我把手搭在被子上硬生生地把他摇醒，"你对我的水晶做了什么！"

"唔……嗯……怎么了，大清早就吵吵闹闹的……"

"起来说清楚啦！你对我的水晶做了什么？"

哥哥边揉眼睛边瞪我："什么都没做。再让我睡五分钟……"

哥哥总是捉弄我，不过他此刻的声音让我觉得他的话是可信的。正因为刚睡醒，所以才会是这种毫无防备的反应。

我歪着头观察水晶。全长约两厘米的细长水晶，其正中心映出一张男人的脸。仿佛是透过薄膜看一样，男人的脸模糊不清。整张脸痛苦地扭曲着，嘴巴一张一合，似乎在说着什么。简直就像一条金鱼。

为什么会产生金鱼这一联想，我立马明白了，那是因为男人的脸看起来摇摇晃晃的，像在水里探头看一样。感觉就像是水晶里注满了水，男人被关在里头。

透过光线看，男人的脸还在那里。

一开始，我以为是哥哥耍的什么把戏，比如往水晶里灌满水，再将男人脸的模型或是什么东西封进去。我不知道具体方法，大概是使用了最近读过的某本书里的恶作剧吧。

可是哥哥的样子并没有不自然之处。

那么这张脸到底是什么呢？

我的幻想一瞬间飞跃——这正是我在奇幻小说里读到的，占卜师的那个。

不，不可能吧。

我随即打消了这一幻想，把水晶放进抽屉里。我并不是真的相信占卜，但觉得水晶里的东西非常不祥，也不想被哥哥发现，被问个不停。

"最近你都不黏着紫水晶了，没想到你也是个容易腻烦的家伙。"

被哥哥如此调侃的时候，我只"嗯"了一声，没有回嘴，这让哥哥颇为怀疑。

我时不时会把水晶从抽屉里取出来，想悄悄确认一下。可无论过了多久，那张脸都没有消失。

我越想越觉得硌硬，便将水晶塞进抽屉最深处，决心不再想这事。

但是，最后一次看水晶时，我脑海里生出一个念头——

这张脸我好像在哪里见过。

所有疑问冰释，是在第二年夏天。我们一家四口去海边旅行，住在沿海的旅馆里。

"要不要去散散步？晚上的海滨一定很舒服。"在父亲的提议下，我们两个去了海滩。

就在那天，我差点被父亲淹死。

我的脖子被摁住，以仰面的姿势被沉入海中。我是在浅滩附近被扑倒的，身体没入水中后，衣服吸饱了水，变得沉甸甸的。我越抵抗，就越觉得父亲的手和海水一起紧缠住我的身体。

盐水刺激着眼睛，仿佛要刺穿一样。嘴里咕嘟咕嘟地吐出大泡泡，挣扎着想要呼吸的时候，痛苦也加剧了。

眼下这情景，让我生出了可怖的既视感。

啊，怪不得我会觉得眼熟。

在紫水晶里看到的那张脸，正是父亲。

二

狮堂由纪夫，2018 年

对嫌疑人玖木正彦的搜查令，是 2 月 9 日收到的。

我是本厅搜查一科的刑警，当时与荻洼警署的署员合作调查。揪出玖木的行踪，查明抢劫杀人用的凶器的入手途径，都是我和那个署员的功劳。

剩下的只是执行住宅搜查令，收集证据。我站在玖木栖身的两层公寓前，按响门铃。不能否认，这确实有些大意。

玖木家里传来什么东西倒了的剧烈响动。我登时明白过来，他打算从窗户逃走。而公寓后面并未安排人手。

我们冲下楼梯，绕到建筑物背后。

我们拼命跑到公寓后面，看到一个男人光着脚在路上狂奔，眼看就要拐过丁字路口了。不过，还是可以追到的距离。

"混蛋！"

玖木刚跑进公寓附近的公园，就被我们追上了。

"该死！"

玖木一看到我们，就从怀里掏出一把蝴蝶刀，挟持了一个女人做人质。"糟了",我嘟囔一声,随即掏出枪。公园里的人尖叫起来。很快,看热闹的人就将我们团团围住了。

"你们都别乱动!"玖木唾沫横飞地嘶吼着。

被当作人质的女人,立刻失去了冷静,发出歇斯底里的号叫,在玖木的臂弯下激烈地扭动着。她手里提着一个小纸袋,是一家知名巧克力专卖店的袋子。或许是要在情人节给心爱的人送巧克力吧。我肩负着保护这个女人性命的责任,拼命喊道:

"没事的,我们一定会救你的,所以请冷静下来!"

"臭女人!你也别动!"

我们的声音并未传进她的耳朵里,她扭动身子想要挣脱玖木的束缚,结果彻底惹恼了他。玖木没有丝毫犹豫,割向女人的脖子。

我扣动扳机。这并不是能够飞扑过去的距离。瞄准刀子开枪的杂技,是电影里才能做到的事。子弹击中了玖木的腹部,女人逃脱束缚,被警察保护起来。

枪击之后产生的耳鸣逐渐远去,围绕着我们的街头看客一齐发出尖叫声,抑或是兴奋的喊叫,此外还能听到手机接二连三的快门声。

我说的话淹没在了声音的洪流之中。

玖木正彦被送往都立医院后,因腹部大出血、内脏破裂死亡。

"狮堂,我是为你好,你去冷静下吧。"

回到本厅,上司迎头说了这样的话。

9

"你先请个假吧！这能当作自肃的借口。一个星期，多久都行。请假回趟老家吧。那时围观的人好像上传了照片和视频，虽然已经让他们彻底删除了，但你的长相肯定曝光了。唉，我说这些也是为了你好，这可能会危及你自身啊。"

我都没好好辩解自己的行为，就被赶走了，还被命令自主禁闭一周。说是一周，但其实是预测的最短时间，有可能会更长。

在普通市民聚集的地方，我未经许可擅自开枪，而且导致嫌疑人死亡。别说自主禁闭，调离一科或解雇也是有可能的。

"也许这是我最后一次踏入这里了吧。"

怀着这样的感慨，我开始了为期一周的自主禁闭。

姑且算一周吧。我当刑警马上就要满两年了，很少能抽出这样一段时间，我决定趁这个机会去故乡入山村。

虽说是故乡，但并非深切思念的地方。四岁时，我随父母搬去了东京。四岁差不多是懂事的年纪了，但还留不下清晰的记忆。我从小学开始就在东京上学，所以在这边的记忆更为深刻。

祖父母都过世了，入山村已经没有亲戚了。被命令禁闭一周的时候，心中想到的便是入山村。

父母很晚才生下我，他们在我二十五岁的时候双双撒手人寰。我也没有兄弟姐妹。孑然一身留在这个世上，被这种并不相称的感伤纠缠的时候，一种感觉在我心中油然而生：将东京的街道称为故乡，实在索然无味。

当然，自己最熟悉的地方还是东京。

尽管如此，被问及东京是否是故乡时，内心还是无法认同。

　　我也想要一个可以称之为故乡的存在——被无可抑制的寂寥感纠缠上的时候，便会陷入这样的感伤。

　　因此，为了打发为期一周的禁闭，我决定造访故乡。起初，因为我连入山村这个名字都忘了，便从整理父母遗物中的邮件开始查找出生地地址。

　　这是一个男人的率性之旅，连可以称之为行李的东西都没有，我只把最低限度的衣服、书和旅行用品装进提包，预约了入山村的民宿，便离开了东京。

　　我在东京换乘电车，又在乡下的小车站坐上一小时仅有一趟的巴士，终于到达入山村。

　　清晨出发，抵达的时候已经是午后了。

　　我在巴士站小屋前的长椅上坐下来，欣赏一望无际的被残雪点缀的稻田和只有山峦构成的乡村风景。褪色的木造小屋，寂寥地立在冬日田地里的稻草人。孩提时代的记忆尚未苏醒，但即便是祖辈并未出生于这片土地的日本人，也会生出一种令人怀念的乡愁。可以的话，夏天也想过来看看。这不是奢望吧。

　　二月的山间冷得刺骨，长椅也凉透了。我将外套的衣领拉起，然后点燃一支烟。

　　望向小屋的告示牌，一张用新纸做成的公告跃入眼帘，上面写着"小心火烛"。据悉，大约在一个月前，入山村的瞭望塔遭大火焚毁，起火原因是未曾熄灭就被随地丢弃的烟头。再加上冬季天干物燥，受灾情况更加严重了吧。我手里拿着烟，总觉得有些不好意思。

"好吧，在这里待久了，只会让身体发冷而已。"

于是我离开车站，朝自己的故居走去。

当然了，如今我们家应该早已不是当年的模样了，或许已有其他人入住。尽管如此，我还是觉得能看一眼住在里面的人也好。光是看到家的样子，应该就会有某种感触吧。我一步步登上缓而长的坡道，继续朝家走去。

我的故居建在坡道中段，巧妙地利用了倾斜度。在这条坡道上，至今有民宅并列，一眼望去，只有一块地方突兀地空着。我怀着某种难以置信的心情，一边沿着坡道上上下下，一边仔细看先前记下故居地址和门牌号码的便条。

看来不会错了，我的故居彻底化为空地了。

我钻过禁止入内的警示带，拾起脚下的石头。是从什么地方滚落下来的吗？仔细一看，觉得和浴室瓷砖的颜色有些相似。

感觉体内的气力骤然抽空，我眺望着远方舒展的山脊线，吐出一口白色的长气。

鼻腔深处似乎一阵发酸。不合时宜的伤感。

在山上的枯木之间，可望见一个小小的稍显异质的灰块。从这么远的地方看，都发散着存在感，应该是相当大的建筑物吧。那究竟是……

"你是东京人吗？"

突然被招呼，我吓了一跳。

往旁边一看，只见一个身裹臃肿防寒服的老婆婆，一脸担心地朝我微笑着。她的头发完全白了，腰却是挺直的。在山里干农活，腰腿自然得到了锻炼吧。

"啊，不好意思，我现在就出去。"

"不是责备你啦，只是看到你一副在想心事的样子，有些在意罢了。"

自己是那样的表情吗？我有些不好意思。我钻出警示带，对老婆婆说：

"我休假，今天刚从东京过来。"

"那么，你是打算去隔壁未笠木（Mikasagi）村吧？"

"未笠木？"

"不是吗？从东京来的年轻人都会去那里。"

"这样啊……但是我不是。老实说，我就是入山村人，很久没回故乡了。父母都已过世了，我想至少得去老家看看，就在这里。"我指了指这片空地。

"哎呀哎呀，你就是狮堂家的由纪夫吧！"

听到这个高亢的声音，我终于想起了这个老婆婆是谁。

"难道是林阿姨？"

我还是四岁的孩童时，这位邻居阿姨照顾过我。她总是带做多了的菜给我，我特别喜欢她做的咸煮野菜，至今记忆犹新。不知是什么时候，我说她做的菜比母亲做的菜好吃，为此招来了母亲一顿训斥。

比起方才的孤独感，林阿姨的存在好像给了我确确实实曾生

13

活于此的安心感，这让我很高兴。

"是的。你长大了很多呀。不，与其这么讲，倒不如说脸变得好可怕。"

"我在东京当警察，刑警，不摆出一副臭脸的话，会被人瞧不起的。"

林阿姨的态度让人心情放松，我自然而然地说起了俏皮话。阿姨说着"你在说什么呀"，也咯咯咯地笑了出来。这么一笑，眼角的皱纹又深了几分，令我回想起孩提时守护自己的那道目光。

"都已经是刑警了呀，以前明明是个小不点呢！"

"哪儿的话，那都是小时候的事情了吧。"

"外头真冷呀，上我家去坐坐吧，非常近。"

我本想先将行李寄存到民宿后再去，但总觉得和林阿姨难舍难分，便决定就这样登门叨扰。

林阿姨的家是典型的古民宅，四处洋溢着生活气息。这似乎刺激到了我的记忆。

据说，林阿姨的丈夫几年前因衰老逝世了。我在佛龛前合掌行礼时，林阿姨在地炉里生了火，用烧开的水给我沏了热茶。我坐在榻榻米上喝茶，身体终于暖和了，心情也跟着舒坦起来。

"您刚才说，从东京来的人去未笠木村指的是……"

在孩提时代的印象里，那是个除了盛产水晶毫无特征的村子。有人专程从东京到那里去，对此我很在意。或许这也是一种职业病吧。

"由纪夫不知道吧，现在未笠木村在研究水晶，还建了古怪的建筑。据说叫'星咏会'。大概三十年前吧，那一带山里突然开始大兴土木，修建了一座大箱子模样的建筑物。年轻人接连不断地进入那里，却不见出来，应该是住下了，好像在搞什么古怪的名堂。连开采水晶的坑道都被他们占了，好可怕啊。"

"啊……"

三十年前的话，那就是我出生前的事。之前从未好好了解过故乡，这还是头一回听说。

"那座山里到底有什么呢？"

"谁知道呢。除了水晶，应该没啥东西了吧。啊，由纪夫你想想，以前不是说——"林阿姨露出无畏的笑容，摆出一副卖关子的模样，然后说，"未笠木的水晶会做梦。"

看着她那一本正经的表情，我总觉得很滑稽，不由得扑哧一声笑了出来。林阿姨也笑了。

"开这种玩笑就有点过分了。"

"由纪夫，你还记得那件事吧？"

"刚刚想起来了，这不就是我小时候林阿姨在这个地炉边常讲给我听的故事嘛。"

这栋从三十年前保存至今的古民宅，迅速唤醒了我的记忆。

"还想听吗？"

"细节已经记不清了，可以再给我讲一遍吗？"

"你这孩子说的什么客气话呀。"林阿姨笑道。说是这么说，林阿姨还是绘声绘色地把那个传说又给我讲了一遍。小时候难以理解的部分，现在重新听，也豁然开朗了。

时间回溯到战国时代。那是未笠木村正式开采水晶很久以前的事了，据说，城主的夫人鹭姬非常喜欢美丽的紫水晶，时常把它带在身边。原本骄纵任性的她，把永无止境的欲望全放在了收集水晶上。

"我想要那些漂亮的石头，更多，我想要更多……"

某日，鹭姬自小睡中醒来，发觉自己是抱着水晶睡着的。紧接着，她看到水晶中心浮现出一个模糊的影子模样的东西。

水晶映现的是，侍奉了城主十几年的武将叛变、袭击城堡的情景。城主的城堡石庭院有着独特的样式，只消看一眼，便知道映现在水晶中心的正是它。水晶上的画面中，武将骑着马，率领大批武士朝城堡奔袭而来。怎么看，都不像是友好的样子。

鹭姬将这块水晶献给城主，城主却只说了句"无聊"，便不予理睬。

事实上，城堡遇袭就发生在两天后。

城堡艰难地扛住了武将的袭击。于是，城主怀着将信将疑的心情，想出了一个利用鹭姬和水晶魔术的办法。

鹭姬冥想的时候，水晶似乎会映现出某种情景。从前几天遇袭的情况便可推断，这很可能是不久的将来发生在她身上的事情。

通过水晶上的画面，城主几乎完美地预测到了之后的袭击，并制定了对策。

与此同时，由于频繁的袭击，城堡正缓慢地陷入凋敝。

不知何时，城主的脑海里产生了一个错乱的念头——是不是因为鹭姬看到了未来，现实才会变成这样呢？事实上，预言出现后，无论采取什么样的规避行动，战争都会发生。

就在这时，鹭姬看到了最坏的预言：城堡陷落，城主在她眼前切腹自尽。

直到命运之日，鹭姬都未把自己看到的情景告诉丈夫。而那一刻到来之时，丈夫对夫人说了这样的话：

"果然，你就是灾祸。要是没有遇见你和水晶，就不会爆发这场战争了。"

鹭姬就这样眼睁睁地看着丈夫切腹而亡。

耳闻丈夫的话，目睹他临死前的样子，鹭姬跟着自尽了。

听到这里，我接过话头："那个事件以后，人们都说未笠木的水晶会做梦。同时，这是——"

"不该做的梦。由纪夫，你记得很清楚嘛。"

我心想，林阿姨也是，竟然能把这么凄绝的故事讲给四岁的小孩听。不过，以前听母亲说过，我从小就爱看灵异节目，搞不好是自己央求她讲的。

"大体而言，虽说是做梦，但做的尽是有关战争和死人的梦，不是挺恶趣味的吗？"

"的确。"林阿姨快活地笑起来。

"但是，就算未笠木村建了那种奇怪的研究机构，可要说能看见未来……我是无论如何也不相信的。"

"我说这话也不是认真的呀。不过，说起未笠木的水晶能做什么，我马上就联想到这个。"

17

"而且，这个鹭姬传说的真实性也很可疑吧。"

"鹭姬传说确确实实是记录在古代卷轴上的。"

"卷轴上有写，但不见得就是事实。或许是古人胡编乱造的故事。"

"一点想象力都没有。当了刑警就变成这样了？"

林阿姨的话里并没有讥讽的意味，我也自然地笑了起来。

"要是真能看到未来，那还不得引起轰动啊。"

这似乎只是闲聊的一个谈资，林阿姨并未坚持水晶能预见未来的说法。

"话说回来，最近总觉得那个村子有些可疑。这之前才死过人。"

"死过人吗？"我不由得追问。来休假就别提这种话题了，这样的心情正和与生俱来的好奇心搏斗着。

"那……"

"好像是那个研究机构里有人对着脑袋开枪自杀了。警察去调查，说是自杀，然后就没下文了。"

自杀吗？似乎并不是杀人事件，我暂且放下心来。

和林阿姨聊完积攒已久的话，不知不觉，太阳已经西斜了。我想在天黑之前赶到民宿，向阿姨问过路后，便匆匆离开了她家。阿姨给了我咸煮野菜当伴手礼。

走在逐渐昏暗的乡间小道上，突然感觉背后有视线。

"嗯？"

回头看去，一片晦暗，无法弄清楚视线的主人是谁。

虽然觉得毛骨悚然，但毕竟是陌生人来了，所以受到一定程度的关注也是没办法的吧。我简单地判断。

因为开枪的反作用力，我的手还是麻木的。

在我眼前，玖木流着血倒地了。血自他腹部汩汩地流出，流到地上。

从包围着我们的人群之中走出一个人，用手指着我说：

"你杀人了！"

我感觉喉咙急速干涩，本想回答"不是"，声音却变得嘶哑。

站在玖木身边的女性，抬起手臂，脚下的巧克力纸袋已然撕裂了，唯有商标怪异地凸显出来。白色的袋子上金色的商标，就连这颜色，也似指责我一般闪着刺眼的光。

"你杀人了！"

"可是，我……"

后面的话卡在喉咙里，一句也说不出来。人群之中接二连三有人高喊着什么。耳鸣慢慢消失，声讨我的声浪却高涨起来，死死地压制住我。我捂住耳朵，垂下视线，脚边是玖木的脸。这时，本已死去的玖木，动了动沾满鲜血的嘴唇，说道：

"承认吧，你杀了我！"

无声的叫喊自喉咙里漏出，我从被窝里跳了起来。

直到看清不熟悉的榻榻米房间以及一旁的手提包，才再次确认了自己的状况。

"……是梦吗？"

即使试着改变环境，做的噩梦也不会改变吗？

由于刚才那个梦，睡衣被汗水浸湿了。在冬日的气温下，变得冰冷，我不由得打了个喷嚏。我不认为这种程度会感冒，但还是决定马上把衣服换掉。

来到庭院里，深吸一口清晨清新的空气，心情终于平静下来。

"您是狮堂由纪夫吧？"

就在这时，我听到一个少年的声音。

转头一看，只见小路对面站着一个少年。他身着黑色的高中校服，五官周正。或许是因为寒冷，他的脸色看起来十分苍白，让人担心。大眼睛，长睫毛，给人目光锐利的印象。但那似乎还未变声的声音，听起来很可爱，给人一种小孩硬穿高中校服的感觉。

少年目不转睛地看着我。我也很在意他为何会知道我的名字。要是平时，我也会警惕，会不会是被某个事件的相关人员记恨了。但从少年的眼里，我感受到了某种奋不顾身的意味，于是决定如实相告。

"没错。你有什么事？"

"突然登门叨扰，实在抱歉，我是香岛奈雪。"

报完名字之后，他朝我径直大步走来，在我面前深深鞠了一躬。看来是个彬彬有礼的少年。

"我急忙赶来，是想求狮堂先生助我一臂之力！拜托了，无论如何请救救我师父！"

事情进展到这里，我完全不知所措。

"能、能不能请你稍微冷静一下？"

"啊……"

香岛抬起头，一脸歉意。

"那个，我有很多事情想问你……首先，你怎么会知道我的名字？"

"我听说从东京过来一位刑警。名字也是那时听来的。"

原来如此。也就是说，乡下消息传播的速度是很快的。

"你不用上学吗？"

我看着他的校服说道。

"现在是寒假。这件衣服……我实在找不出其他更合适的了……"

"那么，下一个问题：你希望我协助的事情是什么？"

"我希望您能帮帮我师父。他因为涉嫌杀人被逮捕了……"

紧接着，香岛摇晃着脑袋说道：

"但是，师父不是会干那种事的人！"

慢慢了解事情的来龙去脉后，我逐渐明白了这个少年误把从东京来的警察当成英雄了。

首先，即使发生了杀人事件，没有搜查权的我也无法参与其中。这个地方由县警管辖，更何况我还处于禁闭期。

这个时候，我本可以拒绝他的请求，但看少年的态度，显然是把最后的期待都寄托在我身上了。实在太可怜了，我不禁想听听事情的原委。少年似乎相当紧张，我便用稍微柔和的口吻和他说话。

"你刚刚说的师父是谁？"

"是星咏会的干部，石神真维那。"

"星咏会……？"

听着有些耳熟，但因还未完全清醒，一时间想不起来。

"因为您从东京来，可能不知道……这是以未笠木村为据点的水晶研究机构的名称。"

"欸？"

我这才想起昨天听林阿姨讲的事情。

"那你也是星咏会的人吗？"

"嗯。我还只是下层，在师父的指导下修业。"

修业一词，我有些在意，但还是决定继续追问：

"等等，你说石神真维那有杀人嫌疑，莫非指的就是最近星咏会发生的那个事件？但我听说以自杀结案了啊……"

"警方是这么判断的，但那其实是一起杀人事件。星咏会的高层以独家掌握的证据指控师父，现在把他监禁在星咏会内部的房间里。"

"你说什么？"

"这都什么年代了"，我将这句话咽了回去。刚刚修业的说法也好，实行监禁也好，虽说对少年香岛有些抱歉，但星咏会这个组织的可疑气息也越来越重了。

"高层反应过度，也不是没有道理，因为这次被杀的是星咏会的发起人，被称作'大星咏师'的最顶层人物。但是唯独师父不

22

可能做这件事，因为要是他杀的，就是把自己的父亲杀了啊！"

香岛抓住我的胳膊，以恳切的目光看着我说道：

"拜托了，请您务必帮忙找出杀害石神赤司的真凶！"

三

狮堂由纪夫，2018 年

由于清晨寒气彻骨，我暂且邀香岛去民宿的起居室里继续详谈。和民宿的人打了招呼，他很关照地端上茶水，真是太谢谢了。

喝了热茶，少年香岛的面色终于红润起来。

我估摸他已经冷静下来了，便开始打听事件。

事件的发生要追溯到两周前。

"那是 2 月 1 日早上 8 点发生的事，石神赤司的夫人在赤司的办公室'大星咏师之间'发现了尸体。"

他说的是"夫人"，用词和他的年龄特别不符。

"那就是石神赤司……的尸体。能说明一下尸体的状况吗？"

向一个可爱的少年打听杀人事件，虽说过意不去，但不了解清楚就无从判断。香岛有些不情愿地开始了说明：

"他坐在自己的椅子上，用手枪击中了头部……"

手枪一词，刺痛了我的心。

"被推断为自杀，也就是说中枪的部位是口腔或者太阳穴吗？"

"是太阳穴。"

"哪一边？"

"左边。"

也就是说，石神赤司是左利手。

"关于那把手枪，你知道些什么吗？"

"那是紫香乐淳也的。他现在是星咏会运营方面的一把手。手枪是出于个人兴趣收集的藏品之一，能装六发子弹，已经打出去两发了。据说，之前使用后，他把装着子弹的手枪收在自己房间的抽屉里，但不知什么时候不见了。"

大概是手枪的管理存在疏忽，无法在有可能接触到的人中锁定犯人吧。真是个棘手的事件。

"死亡时间是尸体被发现的前一天，也就是 1 月 31 日 22 点 30 分左右。"

"22 点 30 分左右？"

时间出奇地精确。哪怕是法医，也不会如此精确地断定死亡推定时间。他们通常将尸体现象中的已知信息收集起来，从而缩小时间范围，而且在这过程中一边强调"即使这样也不能肯定"，一边给予提示。

香岛能够如此断定的原因，我只能认为是死亡时的记录以某种形式留存下来了。

正当我准备向香岛提出这个疑问的时候，玄关方向传来很大的响动。

"香岛——"

伴随着这声呼喊，一个男人进了起居室。

他身材纤瘦，个子矮小，五十多岁的样子。脸颊枯瘦，眼睛下面还挂着黑眼圈。即使刻意恭维，也不能说健康。一进起居室，他的眼镜就蒙上了一层雾，只得一面喘息一面擦拭眼镜镜片。

"呼……总算找到你了。怎么突然就不见了？"

"不好意思，让你担心了。"

"香岛，这位是？"

"这位是千叶冬树，星咏会的研究员之一。千叶先生，这位是从东京来的刑警狮堂由纪夫。"

"你好。"千叶轻轻地点了一下头。如果是社会人，一般不会称自己人为先生，或许因为香岛还是个孩子，千叶一副满不在意的样子。

"刑警吗？原来如此。所以你才坐立不安，要到这里来啊。"千叶像是松了一口气一样摇摇头，"香岛，你的心情我能理解，但星咏会的处分已经决定了，就算现在重新调查，也很难翻案啊。"

"这种事我怎么会不清楚！"

香岛声嘶力竭地吼道。千叶叹了口气，回应道：

"你不正是因为搞不清楚状况才跑来这里的吗？"

被这样反驳，少年一时间屏住了呼吸。

"行了行了，你们两个，"我无可奈何地插嘴道，"要不先坐下，都冷静一下吧。"

"可是……"

"是千叶吧？我刚刚听到传闻，听说了有关'处分'的事情……"

26

千叶眼神不安地看向香岛：

"你都告诉他了吗？"

香岛耷拉着脑袋不作声。

"我不是说了是传闻吗？你们采取的措施，在这个奉行法治的国家，我认为是有些野蛮的……"

"你说的我明白，"千叶摸了摸脖后颈，"只是真维那杀害石神赤司这件事……证据确凿。"

千叶说话没有丝毫力气。可能是因为他是以组织成员的身份发言吧，但听口气，总觉得他有所隐瞒。

"如果真是证据确凿，交给警方处理就好了。可为什么不这么做呢？"

"这个……"

"我刚刚问过香岛了，听说死亡推定时间大概是 22 点 30 分，是非常具体的时间。能把范围缩小到这种程度，一定是因为留下了什么记录吧。你们是有什么理由不能把这个记录公布出来吗？"

千叶"啊"了一声，香岛则倒吸了一口凉气。

"那——不是的，没有什么记录，只是目击者不愿意在警察面前出头而已。可要是因为这个就不追究任何责任的话，又太随便了……"

香岛"哎"了一声，两人迅速交换了一下眼色。

毫无疑问，他们在隐瞒什么。我的大脑已经完全从休假模式切换到刑警模式了。

"好像还挺有道理。"或许是对我充满挑战性的套话有了反应，千叶的眉心动了一下，"那个目击者的证词，务必让我听听。"

"不妨告诉你，目击者正是我。那是 1 月 31 日 22 点多发生的事情，我为了获得赤司对研究事项的批准，正要去'大星咏师之间'……"

不承想，这么快就听到了"目击者"的证词。然而，我总觉得太顺利了，因此决定慎重听千叶的话。但是，由于他那有气无力的说话方式，丝毫觉察不出他情绪的波动。方才的挑衅引发的焦躁已烟消云散了。

"可当我站在'大星咏师之间'的门口时，听到里面传出了说话声。于是我决定在门口等，直到里面谈话结束。"

"你还记得当时听到的声音有多大吗？"

"这个嘛……"千叶手扶着下巴说，"可以清楚听到双方声音的程度。一开始，我不知道赤司的谈话对象是谁。因为看不见脸，哪怕声音听起来有些耳熟，也没有十足把握。后来我知道了，因为那个人说'闭嘴！不许你再叫我真维那'。"

"原来如此。"

"因此，我才知道谈话对象是石神真维那。父子之间的紧张气氛让我害怕起来，又觉得他们吵架，我在现场会很尴尬，便离开了。"

咕噜一声，千叶咽了口唾沫。

"我正要回自己的房间时，背后传来了枪声。我心想不会吧，赶紧返回'大星咏师之间'。要进入房间，必须用星咏会相关人员持有的卡片钥匙开门。锁打开的瞬间，又响起一声枪声。我一推开门，就看到握着手枪的真维那和连人带椅翻倒在地的石神赤司——就是这个样子。"

"这可真是决定性的状况啊。"

他所言非虚的话。

"我可以确认几件事吗？"

"请便。"

"我听说，石神赤司被警方当作自杀处理了。也就是说，在他的惯用手上检测到了火药残渣？"

"在左手上检测到了，警方是这么讲的。顺便说一下，太阳穴还有烧焦的痕迹。"

如此说来，确实是近距离发射的。

"也就是说，凶手的行动是这样的：凶手站在石神赤司的左侧，近距离枪击了他的太阳穴；在你进入房间以前，抓住连同椅子一起倒下的受害者的左手，为留下火药残渣，又开了一枪。你不觉得时间太紧迫了吗？"

他不是因为这种程度的言辞就心慌的对手，对此只冷冷地回了一句："事实就是这样。"

他这样说，我就没辙了，因为这并非完全不可能。他曾离开过房间门口一次，所以是有可能的。

"那下一个问题。刚刚从香岛那里听到的情况是，石神夫人于2月1日早上8点发现了尸体。但据你现在的主张，前一天晚上你就知道赤司死了，为何不在那个时候报警？"

"说来惭愧，当时我目睹了那样的场景，吓得浑身哆嗦，就那样逃走了。也没能和谁讲，直到第二天早上，仁美，也就是石神夫人发现了遗体。由于我没有站出来说自己是目击证人，所以在官方的记录里，遗体是仁美发现的。这都是我不光彩的行为所致，真的非常抱歉。"

虽然实在难以相信，但也不能断言这就是子虚乌有。要戳破千叶的谎言，似乎还差了点什么。

不过，这最后一击又如何呢？

"还有最后一个问题，你站在门口偷听……"

"'偷听'，讲得可真难听啊！"

"用什么说法无所谓吧。那时，你判断那个人是真维那，是因为听到他说'闭嘴！不许你再叫我真维那'，没错吧？"

"是的。"

"但那是不可能的。"

"啊？"

千叶的铁面皮上终于出现了裂痕。我一边仔细观察他，一边故意装腔作势地说：

"的确，'闭嘴！不许你再叫我真维那！'这句话令人印象深刻，那是因为措辞很奇怪。赤司和真维那是父子，说'不许你直呼名字'就更奇怪了。所以，你因这句话便觉得真维那在场，这个主张是不成立的。"

"所以……"千叶的声音假装很平静，眼神却游移不定，"这究竟是为什么？"

"'不许你再叫我真维那',在这句话之前,赤司应该说了这样的话,比如:真维那,你稍微冷静一下,有话好好说。"

"为什么你会知道?"

"注意到了吧,既然说出'不许你再叫我真维那'这种话,那在此之前,赤司必然先喊了对方'真维那'。不要说你只听到了那句话。因为先前你已承认,偷听的时候双方的声音是都能听清楚的。"

说完,我感受到了少年香岛艳羡的目光。因为是东京来的刑警,他才姑且试着找上我。那道目光仿佛在说,事实上干得不错。真有点难为情。

千叶垂下了肩膀。

"……是的,我并没有看到犯罪现场。你要是能就此作罢,事情就好办多了。"

"那可真对不住了。"

千叶冬树一直在撒谎。这事他刚亲口承认了,不过我还是有在意的地方。

不许你再叫我真维那——如果这句话是他仓促想出来的,那多少有点奇怪。如果纯粹是想编造自己目击到杀人的谎言,倒不如编造"赤司喊道'真维那,你干什么!住手!',接着传来了枪声"这样的情节。这是无论想象力多匮乏的人都能编造出来的谎言。

但是千叶并未注意到这句话的矛盾之处,并把它提了出来。此处,可以嗅到一丝真实的气味。

或许，他真的听到了'不许你再叫我真维那'这句话。

与这一疑问对应的是，刚刚我提到的，"记录"存在的可能性。

但若问及那究竟是什么样的记录，我觉得又要碰壁了。

也就是说，首先假定通过录音或录像的记录媒介，记录下了"22点30分发生杀人事件"。如果当时留下了录音，这一构想与千叶实际听到的那句'不许你再叫我真维那'这一解释是一致的。但是，唯独石神赤司的声音凑巧没有好好地录下来，这实在让人在意。

另一方面，如果拍下录像，应该不必等说出那句'不许你再叫我真维那'，就能够判断对方是真维那。虽然还有用隐藏的摄像机以不甚清楚的角度拍摄的解释，但唯独赤司叫真维那名字的话没有被记录下来，我还是觉得过于巧合了。

不管怎么样，没看到记录内容，谈话就无法进行。

香岛奈雪站了起来。

"千叶，不能再隐瞒了。果然，只能实话实说了。"

"我不是说了我不同意重新调查吗?!"千叶的语气变得强硬起来，"而且这事也没法对外人说啊……你为什么要掀起风波呢?"

"因为这是必须掀起的风波!"香岛高声主张道，"师父没有杀人，那段影像绝对有什么地方搞错了!"

影像。

此刻，香岛已经说得很清楚了。

"留下影像了吧?"

听到我的话，千叶扶住额头。

"是的，狮堂先生！可、可这肯定不对！那人绝不是师父！"

香岛的话没有要领，只有感情，空谈而已，毫无说服力。在清晨的寒气中，他拼了命地过来找我，我也不是没有要支持他的心情，但我深知所有的自以为是都会歪曲调查。

令人窒息的沉默在三人间弥漫开来。

香岛阴郁地低下头，不久又像下定决心一样抬起头。

"……狮堂先生，确实有现场的影像留下来。师父……也就是真维那，进'大星咏师之间'，向赤司开枪，全程都被记录下来了。"

这要是真的，那就是决定性的记录了。

"那这个记录在哪里？"

"可是……"

"香岛，我明白你的主张。但是，即便是对你师父不利的证据，若不把它们全部研究清楚，就无法找到真相。或许我能得出不同于星咏会内部人的解释。你能先跟我说说吗？"

说服到这个份儿上，我才发觉让香岛犹豫不决的完全是别的因素。刚刚，千叶说了"没法对外人说"。

"可是，狮堂先生……您能相信吗？要是我说那段影像记录在赤司持有的水晶里……"

四

石神赤司，1973 年

父亲杀人未遂事件发生以后，我和青砥立马被母亲送走，搬到了外婆家。当时的记忆非常模糊，或许内心无意识地想要忘了吧。

我记得一天晚上，母亲刚来不久，外婆用很难听的话骂了她。脏女人啦，臭婊子啦，我听到了很多从未听过的污言秽语。大概是看我们兄弟俩都睡着了才吵起来的吧。可是我听得一清二楚。我还记得自己被吓得抓起被子蒙住头，拼命捂住耳朵。

据说，我们兄弟俩都不是父亲的孩子。

母亲和别的男人交往，生下了我和青砥。

这件事被发现，是因为父亲出差的时候，母亲给我买了书，父亲起了疑心。

"这就是所谓的封口费吧。"

后来哥哥是这样说的。我觉得哥哥口中那些陌生的词，和外婆骂母亲的话一样污秽不堪。

结果，父亲趁自己出差，查明了母亲和十年前就有不正当关系的男人密会的事。父亲得知孩子并非自己亲生后，在激情的驱使下，犯下了前面提到的罪行。

外婆就是因为那件事责问母亲。确实，她与那个男人发生婚外情，生下我们，而且至今仍与他有联系，这很不寻常。据说，她打算和父亲离婚，跟那个男人在一起。

搬家还不到一周，母亲留下一张简单的字条便失踪了。

据说，她是和那个我们连名字都不知道的男人厮守去了。

父亲因杀人未遂被立案调查。虽说动机也是酌定减轻处罚的要素之一，但考虑到犯罪方式恶劣，还是判了刑。外婆收养了我和青砥，就像弥补缺失的父母之爱一样，尽心竭力抚养我们。

和外婆一样，在我们身上倾注爱意的人还有紫香乐一成。

紫香乐一成是以电气设备的制造与销售为核心，开展诸多业务的紫香乐集团的首脑人物，紫香乐电器的社长。那个时候，他五十岁，正精力充沛地拓展业务。他是本地的名士，原本我是不可能接近的。

据说，他和外婆在本地的俳句会上成了好友。虽然平时很忙，但只要一有空，就会带些点心拜访外婆。

"你就是赤司吗？貌似很喜欢看书呢。"

被问及这个问题时，我只含含糊糊地应了一句，随后紫香乐就送给我一些他家中闲置的书。其中有已经绝版了的作品，我很开心。送过来的箱子里也有科学方面的书，所以从那天开始青砥也非常喜欢紫香乐。

其实，我在收到书之前就喜欢紫香乐了，这并非为自己辩解。个中理由一言以蔽之，紫香乐从未让我感到他因我们的遭遇而可怜我们。

反过来说，紫香乐以外的小镇居民和同学投来的好奇或怜悯的目光，于我而言是非常窒息的。

在外婆居住的下町，流言很快就传开了。

我们是母亲婚外情生下的小孩，我还差点被父亲杀死。

父亲压迫我颈部留下的红色斑痕，宛如某种烙印纠缠着我，让我逃脱不了周遭的视线。自然而然地，我总是把校服的纽扣扣到最上面，夏天也不例外。

或许是因为这种郁闷，我的妄想癖愈演愈烈，阅读时间也快速增长。

不久，陷入沉思的时间也变长了。每到这个时候，我都会慢慢地从抽屉里拿出一样东西，正是那块紫水晶。

从以前的家搬来的时候，我把衣服、学习用品和抽屉里的东西都带过来了。曾以为那么美丽的紫水晶，如今看了也开始觉得非常不祥，我甚至很想把它扔掉。但我很想相信给我买这块水晶的时候，父亲的爱是真的。虽然已经知道没有血缘关系，但我愿意相信有什么东西留下来了。

于是我将它留在身边。

更何况，我还没有搞清楚那张"脸"是怎么回事。

我透过灯泡的光观察紫水晶。

从那以后，又过去了将近一年时间，水晶里的"脸"都还没有消失。

果然，这很像从水里仰望时看到的父亲的脸。不过，因为那时我拼命挣扎，心想或许只是碰巧相似吧。

"赤司，你在看什么？"

被人从身后抱住肩膀，我吓了一跳。紧挨着我脸的，正是青砥的脸。

发生了那样的事情，又和父母离别，青砥却并没有失去他那与生俱来的快活。他并非那个事件的直接受害者，这种不平衡的情绪一直萦绕在我心头，但哥哥一切如常，多少给了我一些支持。

"哎呀，你还拿着那个时候的水晶啊。"

"是的。哥哥的呢？"

"要是仔细翻检搬家时带过来的行李，说不定还在吧。"

哥哥从我手上拿过水晶。

"喂，这是什么？"

虽然我对向他人展示水晶里的"脸"感到抵触，但觉得独自思考确实有所局限，也是事实。

"不知道。从爸爸那儿拿到约一周后，它就突然出现了。"

"那家伙明明对你做了那样的事，你还当他是父亲啊？"

青砥愕然地说道。被他这么一说，我才意识到从那天起，青砥再也没有以"爸爸"称呼过父亲。

青砥从我背后离开，"咚"的一声坐到榻榻米上。

"这到底是什么把戏？在水晶里注满水，再嵌入人脸模型一类的东西吗？"

"这不是什么把戏，差不多一年前，我早上醒来就发现变成这样了。"

"就算你这么讲……"青砥一会儿将水晶贴到眼前，一会儿又拿远了端详，"唔，表面一点划痕也没有呢。你不可能有先熔化再凝固的手段，要是真那样做了，会混入更多杂质。忽略这张脸的话，水晶还是很通透的……"

"所以我才说，"我的语气不由得变得粗暴起来，"是不知不觉变成这样的！"

"不过，你也知道的吧，水晶在自然情况下是不会变成这样的。"

我一下子被呛住了，不知道该如何反驳。青砥满足似的哼了一声，然后又看着水晶。

"话说回来，这张脸的模型做得真不赖啊，总觉得和那家伙挺像。"

听他的语气，我察觉到"那家伙"指的就是"父亲"。

"果然，哥哥也这么觉得。"

"哇！"

青砥吓了一跳，差点把水晶摔在地上。

"什么嘛，不要吓唬我啊。"

"我也觉得很像父亲。而且，被父亲……被袭击的时候，我仰头从海水中看到了父亲……"

我回想起当时的情形，呼吸急促起来，感觉脖子上的斑痕也一下子变得火辣辣的。青砥站起来握住我的手，默默地抚摸着我的后背。片刻过后，哥哥手的触感令我轻松不少。

"谢谢你，哥哥……"

"你还记得那家伙是在哪里买到水晶的吗？"

"啊？"

虽说是一年前听到的，不知为何，回荡在耳边的那个名字从记忆中被唤醒。

"Mikasagi——没错，我记得是这么个名字。"

Mikasagi——哥哥重复了一遍，言毕，陷入沉默。

　

第二天，哥哥从中学放学回家，满脸兴奋地说道：

"赤司，那个水晶之谜，搞不好已经解开了。"

"嗯？"

"喏，看看这个。"

哥哥拿出一本晒得焦黄的书。

"这是我从图书馆借的一本有关预言家的书，是在找有关Mikasagi 村资料的时候发现的。"

哥哥的行动力让我感动不已。与我这个只会胡思乱想的书呆子不同，哥哥是那种脚踏实地的性格。

书名平平无奇，叫作《预言家的传说》。

"在夹着借阅卡的地方。"听了哥哥的话，我打开一看，"未笠木（Mikasagi）村的鹭姬"这几个字跃入眼帘。

"不晓得这是不是个冷门故事，图书馆里只有这本书提到了鹭姬。我还调查了这本书的作者，他的爱好是游历日本收集民间传说。所以他写的故事，某种程度上是可信的吧。"

书上写的是，一位生活于战国时代的城主夫人的悲剧。她凭借能看到未来的水晶，接连预言了城堡遇袭，最后甚至预言到心爱之人的死亡……

"未笠木村的紫水晶能够记录未来。你不觉得这和你的水晶是吻合的吗？那个水晶映出来的，正是未来发生在你身上的事情。"

"怎么可能……哪会有这种事情？"

"喂喂，态度跟平时完全反过来了啊。"青砥无畏地笑了，"这种天马行空的想象是你最擅长的吧？"

"可是……"

"透过晃动的水看到那家伙的脸，只能认为是在那件事发生的时候。你预言了那件事啊。"

"怎么可能……要是真能做到鹭姬那样的事情，不早就该闹得沸沸扬扬了吗？"

"在刚刚那个故事里，鹭姬以外的人都没有使用过水晶吧？要是随便什么人都能使用，那鹭姬以外的人肯定也会使用水晶，因为预知未来有军事意义啊。也就是说，其他人也试过，结果只有鹭姬才能使用。所以，继承了鹭姬才能的人就是你啊。"

"那样的事，我才不信！"

因为害怕哥哥那气势汹汹的样子，我不由得大叫起来。

"你不知道这有多厉害吗？我听紫香乐叔叔说，八年前，美国发明了一种叫作 CD 的激光唱片，可以把声音数据记录在塑料板上，然后用特殊的光读取。水晶比唱片小得多，品质也好得多。这个水晶记录技术，已经超越 CD 了。要是能解开这个秘密，你

40

想想会有多大的价值……况且，CD和唱片都只能再现过去的东西，水晶却可以映现未来！"

青砥紧紧地搂住我的双肩。

"你不会觉得不甘心吗？我们被双亲抛弃了，这可是我们好不容易才抓住的成功的机会啊！"

听到"被抛弃了"这种毫不遮掩的话，我的脸一下子滚烫起来，不由得反驳道：

"烦死了！哥哥自己没有身处险境，才说得出这种话！"

"你说什么？"

之后，我们大吵了一架，然后互相怄气睡过去了。

第二天，不想回家的我决定顺道去图书馆。

这时，从哥哥那里听来的故事，又恼人地浮现在脑海里。接着，我又想起那块水晶一直收在我的笔袋里。

"要是那张脸真是那个时候父亲的脸……"

有件事我一直很在意。那张看上去像父亲的脸，痛苦地扭曲着，嘴巴不停地一张一合。那张脸究竟在说什么呢？

水晶中的影像，并没有记录声音，也没法唤起嗅觉、味觉、触觉，只有视觉被详细地记录下来。

这样的话，就只能通过读唇术来读懂说话内容了吧。

我还记得之前读过的外国推理小说里，出现过读唇术——唇语。因此我觉得，只要学习读唇术，就能解读水晶中那张脸所说的话了。

我在图书馆借了本关于读唇术的书。据说，读唇术的关键在于从正面清楚地读取嘴唇的动作，以及在实在不明白的情况下联系上下文确定意思。

虽然有水面晃动的不利条件，但脸是朝向正面的，嘴唇的动作清晰可辨，所以读取并不太费劲。

——杀（ko），了（ro），你（su）。

说的就是这简简单单的三个字。

在读唇术中，有无浊音、半浊音很难区分，而日语中特有的"同口型异音词"更会降低读唇的精度。同口型异音词指的是，同一个嘴唇动作有多个与之相应的发音情况，比如："マ（ma），バ（ba），パ（pa）""サ（sa），ザ（za），タ（ta），ダ（da），ナ（na）"等。就读唇术而言，香烟（tabako）、鸡蛋（tamago）以及海参（namako）的嘴唇动作是一样的。要读取这样的词，就只能联系上下文。

我怀着几乎绝望的心情，试着确认"ko""ro""su"这三个字是否还有其他解释。联系前后语境。除了父亲想要杀我，这段影像还存在其他解读方法吗？只要能找到那个解读方法，就能以另一种形式解读父亲嘴唇的动作了吧。可无论试了多少次，都行不通。即使加上浊音，答案也丝毫未变。"杀，了，你""杀，了，你"。父亲的杀意，清晰而绝望地持续放映着。

在我在读唇术的书和水晶里的脸之间来回看时，不知不觉就到了图书馆的闭馆时间。

回家以后，我立马去了哥哥的房间。哥哥坐在书桌前看书，背对着我，摆出一副拒绝跟我交流的架势。

"哥哥，我该怎么办？"

在说出和好的话之前，我就抱住了他。

吱呀一声，哥哥连人带椅一起转过来看我。对于我的异常，他总是很敏感。这次他也没有要求我道歉。

"喂，赤司，你怎么了？"

我将调查到的事情一五一十地讲了出来，哥哥默默听完。

"哥哥，这块水晶真的能救我们吗？"

"老实说，我也不知道，但我想试试看。"

青砥用坦率的目光看着我。

我点了点头。

记录着父亲杀意的那块水晶，对我而言只是带来灾厄的东西。

但既然哥哥这么说了，那我就去相信。

五

石神赤司，1976 年

虽说兄弟俩决心已定，但这条路没有那么简单。

下定决心的那天，哥哥还在读初一，而我只是小学六年级的学生。

首先，就没什么资本。

而且，水晶的事也没有大人可以商量。

自然而然地，我们决定在力所能及的范围内开始调查。

最初的尝试，是一个非常简单的实验。

第一个假设是这样的，连同鹭姬传说在内，这事到目前为止都没有引起过太大的骚动，所以恐怕只有鹭姬和我这样拥有特殊能力的人（虽说至今我仍不相信）才能操纵水晶吧。

此外，还有水晶的问题。我没有在未笠木村住过，也不曾靠近过那里，所以获得这种能力，是否是未笠木村的居民，似乎不是必要条件。若是如此，持有水晶的人偶然发现这种现象，不也有可能吗？然而实际上，除了鹭姬传说，并没有其他记录。当然了，也有可能是发现的人没有声张。但另一个更有说服力的思路是，只有未笠木村的水晶才具备这个功能。

于是，我们兄弟俩做了两个实验。

一个是青砥拿着水晶睡觉。

另一个是我测试在廉价纪念品店买的水晶、在河滩上捡回来的好看的石头以及其他石头有没有记录功能。

"科学的基本，即重复和比较。"青砥反复说道。或许是从哪本书上看来的吧。见哥哥如此兴致勃勃，我也很快活，感觉就像两人在做长期的自由研究一样。

我提出想法，哥哥研究实施方法，我再补充这期间注意到的问题。

在这个过程中，我们弄清楚了，青砥并不能在水晶上做任何记录，我也不能在别的水晶和石头上记录任何东西。

大扫除的时候，青砥从自己的行李中找到了当时得来的白色水晶。那是货真价实、产自未笠木村的水晶。数周以来，我都握着这块水晶入眠，或是耽于模仿冥想，都未取得令人满意的成果。起初，我们都不确定是只有睡着后才能记录预知，还是睡着或冥想都能记录预知，稀里糊涂就开始了。

"会不会不是紫水晶就不行？"

几次实验之后，青砥突然说了这样的话。

"在鹭姬传说里，特地写了'紫水晶'，这让我很在意。当然了，因为是传说，在流传的过程中可能会变化，细节上有可能不一致。但既然明确写了紫色，那就说明其他颜色的水晶都不行吧？"

"那就没有办法了。"

"别闹情绪啦。"

青砥要我再等三年。虽然不清楚为什么是三年，但我还是听从了他的话。

到了 1976 年，约定的三年之期已过。

不知不觉，我已经忘了水晶的事。我过着普通的中学生生活，一边稍感郁闷，一边越发地沉溺于空想。

升上高中的青砥开始打工，和我相处的时间越来越少。

那年暑假结束后，青砥用打工攒下的钱做旅费。两天一夜的旅行回来后，他突然告诉我：

"赤司，我终于搞到手了。"

哥哥在我面前举起一块小小的水晶。那正是紫色的水晶，比父亲之前买给我的要略大一些。

"哥哥，你不是跟朋友去旅行……"

"傻子，那只是场面话。我不这么讲，能去得成吗？"

我不禁"啊"了一声。

"难不成哥哥打工是为了……"

"当然啦，肯定是为了这个嘛。我不是说了要你等三年吗？该不会你给忘了？那我可太寂寞喽。"

哥哥的行动力真是令人惊叹。

"而且紫香乐叔叔借了我一台拍立得相机，我在当地还拍到了这样的东西。"

青砥拿出一张照片给我看，是一幅古老的卷轴。

"未笠木村一户人家保存着这样的东西，是祖上传下来的，上面写的是鹭姬的故事。由于是古文字，很难全部读懂，不过你能看到'鹭姬'这两个字吧？"

"竟然能搞到这种东西……哥哥，你可太厉害了。"

我坦率地流露出自己的感想，哥哥则得意地哼了一声。

"这样一来，水晶的事情就变得有几分道理了。接下来，你要用这块紫水晶再做一次实验。"

被哥哥如此紧逼，我不由得咽了口唾沫。哥哥拼命打工挣来资金，自己要是一事无成的话，可就太对不住他了。我开始有点担心后面的事情。

见我犹豫着要不要接水晶，哥哥说：

"要是这样还不行的话，那就再尝试别的方法好了。做到哪算哪。"

哥哥仿佛读懂了我的心思，温柔地推了一把我的后背。

翌日清晨，水晶上记录下了第二段影像。

"太棒了！太棒了，赤司！"

早上一贯起不来的青砥，一看到水晶就大叫起来，可见他有多么高兴。

"快点给哥哥看看！"

青砥一把从我手上夺过水晶。

水晶的中心再度浮现出脸一样的东西。这次没有晃动的水，所以脸的模样清晰可辨。

"是紫香乐叔叔。"

听我这样说道，哥哥也点了点头。

水晶里的影像，一开始是木门的特写。这和我家玄关的特征是一致的。然后，一只右手从视野右下方伸出来，打开门。右手食指的第二个关节上缠着创可贴。这和我家用的不是一个样式。

门打开后，视线正好落在一个身穿西装的男性胸口处。视线上移，紫香乐的脸出现了。

紫香乐叔叔动了动嘴，将手里的蓝色纸袋递了过来。

纸袋里装着一个裹着红色包装纸的长方形盒子；还有一张唱片，封面上是个摆着姿势的女性，她脖子上戴着十字吊坠，表情成熟动人。右边肩膀上写着红色标题：在珍珠色中摇摆。

"是百惠姐！"

对于哥哥的话，我点了点头。我跟哥哥都很喜欢山口百惠，也一直在关注，但这个唱片封面和歌名我们都没有见过。

"果然，你亲眼看到的画面被记录下来了。"

"这段影像的时长比之前的紫水晶记录下来的要长呢。"

"啊，是真的。来计时吧。"

哥哥拿来表，又对比了两段影像。水晶里的影像就像是跳针的唱片一样，反复播放着同样的影像。哥哥测量了两个周期。

"之前水晶的影像大约有五秒，而这次买来的水晶的影像大约有十五秒。"

"为什么会变长呢？"

"目前我想到的可能性有两个，一个是相比之前操作水晶的时候，你长大了些。随着年龄的增长，能力可能也在增长吧。另一个就是水晶的大小。"

"确实，哥哥买的这个要稍大一些。"

"也不知道下次再去是什么时候了，所以我顶着预算买的。"

"那怎么样才能确认这两种可能性呢？"

"通过比较实验吧。再买一块水晶，和最初记录下预知的水晶同等大小，确认其影像是不是五秒。毕竟没法让你回到之前的年龄。"

哥哥似乎觉得自己开的玩笑很有趣，一个人咯咯地笑了起来。

"要是这样的话，得多买些水晶。啊，好烦哪！我们没有钱。"

"对不起。明年我也去打工吧？"

"哎呀，不要在意。慢慢来就好。"

哥哥的情绪看起来非常不错。

"不过，这段影像真的是'未来实际发生的事情'吗？我们还不知道呢。"

我说了句泼冷水的话。

"这个的话就只能等了吧。对了，你能读懂紫香乐叔叔嘴唇的动作吗？"

"说起这个，我又借了本读唇术的书，试试看吧。"

过了一会儿，我分析成功了。

"'青砥，旅行怎么样？'"

"什么？"

"他就是这么说的。"

"青砥？这也太奇怪了吧？明明是你拿着水晶，却记录下了我的未来？"

"嗯……不过，说'旅行怎么样？'是一种提示吧。哥哥刚旅行回来，这之后紫香乐叔叔还没有来过。这是预知的话，就肯定是叔叔下次来的时候发生的事情吧。"

"嗯。当然也有可能是更久之后的旅行……话虽如此，叫青砥，我还是没法理解。"

我俩苦思冥想，但没有得出进一步的结论。

进入九月之后，事情才有了进展。

"哥哥，快看这个！"

我一回家，就将右手伸到坐在书桌前的青砥面前。

"突然干什么……"哥哥抓住我的右手，"喂，这是怎么回事？"

我右手食指的第二关节缠着创可贴。

"我在今天的料理实习课中受伤了，被菜刀切到了。然后，同班的女生帮我缠了创可贴。"

班里同学看到我们互动的场面都开始起哄。但从那时开始，我便因为别的理由兴奋不已。哥哥也对"女生"一词毫无反应。

"对了，之前我问外婆，我和赤司长得像不像。"

"然后呢？"

"她说长得很像，还开玩笑说，我俩刚搬过来的时候，她差点弄混了。因为差了一学年，我们俩没怎么意识到。"

"也就是说，紫香乐叔叔把我们……"

"是的，是有搞混的可能性。"

青砥使劲点点头，然后递给我一张便签。

"还有一件事。我对预知中出现的山口百惠的唱片有些在意，便去店里打听了。结果那张唱片还没有发售，发售日是明天。"

"明天！"

创可贴，容易搞混的兄弟俩，唱片的发售日。事物要素齐集到这个地步，似乎已经不会有错了。

第二天，我和哥哥放学归来，正在榻榻米上休息，玄关的门咚咚地敲响了。

"赤司，我现在腾不出手，你能帮外婆开个门吗？"

厨房传来外婆的高声呼唤。"好的！"我大声应道，然后和青砥交换了下眼色，彼此点了点头。

我走向玄关，用右手抓住大门的把手，向外推开。

果然，门外出现了紫香乐一成的身影。

"青砥，旅行怎么样？"

说着，紫香乐递出一个蓝色纸袋。

"给你的礼物，是美国点心。和赤司一起吃吧。"

"欸，我、我是赤司……"

紫香乐对着我直眨眼睛，立马拍了一下脑门。

"啊，我搞混了，你们兄弟俩长得太像了。"

紫香乐进了门，外婆出来迎接他。

我将收到的点心递给外婆。

"哎呀，紫香乐，这张唱片是……"

"哎呀，"紫香乐又拍了一下脑门，"不好！这是我给自己买的，装到同一个袋子里了。"

"这可不大好，你都一把年纪了，还喜欢年轻姑娘。"

"实在太不好意思了。"

我一直疑惑，唱片怎么会装到袋子里，但这似乎只是一个意外。

我冲进哥哥的房间，报告结果。

"也就是说，跟我们的推理一样！"

"嗯。这果然是我未来看到的景象。"

"那家伙行凶是紧急事态，你不可能冷静地将水晶里的影像和实际的光景进行比较。视线的角度啊，光线的强弱啊，都是什么样的，趁你现在记忆清晰，跟水晶里的影像比较一下吧。"

在哥哥的催促下，我拿起水晶。

"错不了。打开门的时候，我正好看到了紫香乐叔叔的领带，然后视线上移，看到了他的脸——连视线移动的轨迹都是一模一样的。"

"啊，虽然至今还是觉得难以置信，但未笠木村的水晶真的能记录你在未来看到的景象。"

我们的呼吸一下子变得粗重起来。

"果然，未笠木村的水晶果然能看到未来！"

"赤司，怎么办？你要是能看到未来的话，首先想要做什么？"

"我？我……对了，就那个诺查丹玛斯大预言！我想把它推翻！"

52

去年，根据1999年恐怖大王从天而降，世界即将毁灭的"诺查丹玛斯大预言"改编的电影，入选了文部省的推荐作品。

"你想用预知胜过预言家吗？这算什么啊，别太兴奋了！我要……"

正当青砥兴奋地要开始讲些什么的时候，背后传来了声音。

我俩都沉浸在成功的狂喜之中，毫无防备。

"这是什么？"

身后炸裂般的呼声，不禁让我俩打了个冷战。

回头一看，紫香乐一成站在哥哥的房间门口。

"啊……"

这还是头一次将水晶展示给大人看，本能的胆怯在身体里游走。

"这、这是……这块水晶是怎么做到的？"

紫香乐将脸凑近哥哥手上的水晶，端详起来。

"这、这个可以让我摸一下吗，青砥？"

听他这么一问，我才意识到紫香乐并没有打算强行夺过水晶。

"请。"

紫香乐将水晶举到天花板的电灯下，兴致盎然地观察起来。他的眼睛像孩童一样炯炯有神。

"这简直就是录像设备，而且比我公司现在研制的摄像机要轻得多。还是彩色影像！拍得好清晰……这到底是什么技术？"

对于紫香乐的问题，我们犹豫着要不要回答。要是被说分不清幻想和现实倒也罢了，但我读到过这种未知能力被大人滥用的故事。归根结底，这取决于我们是否信任紫香乐一成。

我俩还有一个共识：孩子的力量是有限的。

这就包括前几天哥哥提到的资金方面的问题。如果能准备很多大小不一的水晶，能够进行的实验也就会相应增多。

我们搬到这里后，接触到了各种各样好奇和可疑的目光。我被父亲无情背叛，一度对大人失去了信任。在这样的情形下，饱含爱意对待我们的只有外婆和紫香乐一成。

这种想法支持着我们。

"紫香乐叔叔，您能相信接下来我们要说的话吗？"

听哥哥这么说，紫香乐回答："能，我保证。"

随后我们将一切和盘托出。

听罢，紫香乐沉思了一会儿，一句话都没有说。这时晚饭准备好了，外婆来叫我们。紫香乐便站了起来，离开了我们家。

那天晚上，我辗转难眠。

向大人坦陈这种事情，到底对不对呢？

再次和紫香乐对话，则是下个星期天的事了。

那天我起得很晚，所以紫香乐一成坐在起居室里等我们。

"早上好，赤司。你能把青砥也叫起来吗？"

"好。"

我睡眼惺忪地应了一句，去把哥哥叫起来，然后又回到起居室。

"赤司，青砥，关于前几天你们跟我讲的事情……"

听到这话，我不由得浑身僵硬。而坐在一旁的哥哥，睡意似

54

乎也一下子全消了，背挺得笔直。

"今天早上已经谈妥了，我把未笠木村的山买下来了。"

我说不出话来。

"欸？"

我俩面面相觑，然后诚惶诚恐地反问："那个，您刚刚说什么？"

"我说我买下了山。也就是说，山上的矿床也全部是我们的了。从今往后，那些水晶你们想用多少就用多少。"

超乎想象的发展，令我们惊慌不已。

"等、等一下，突然之间这么铺张……"

"是啊，要是为了我们才这么做，是不是太过了？"

"说什么呢？这也是为了我。那个影像记录技术，完全是未知的东西。要是弄清楚，或许能让我们紫香乐集团的产品技术突飞猛进。要是能看到未来，那就再好不过了。"

接着，紫香乐又对我俩说：

"刚刚不是讲'我们'了吗？让我也参与进来嘛。这么有趣的事情，好久没遇到过了，一把年纪了还能这么兴奋。"

我们兄弟俩再次面面相觑。哥哥的眼睛湿润了。见此情景，我也深受感动。

我们没有错付！

就这样，我们——石神赤司、石神青砥和紫香乐一成——正式开始了对未笠木村水晶的研究。

六

狮堂由纪夫，2018 年

"水晶——"

我大吃一惊。香岛刚刚的的确确说的是，杀人事件的整个过程记录在了水晶上。

这简直就是真正的鹭姬传说。

"您一下子可能难以置信吧……"

"这个嘛……"我觉察到已无法掩饰自己的反应，只得老老实实地改口道，"不好意思，在水晶上留下影像，对我来说确实是超乎想象的事情。"

香岛像是失去信心一般垂下了头。

但是，如果记录介质真是水晶，他们所在的星咏会也没有告诉警察，千叶以目击证词代替通过记录看到的信息，并试图隐匿信息的来源，就都能解释通了。

"看吧！"千叶叹了口气，"所以我才说，跟外人讲这些是没有意义的……"

"可要是不给狮堂先生看的话……"

"不，千叶，我可没说我不看。"我插嘴道，"香岛，能让我看一下那段影像吗？"

话音刚落，香岛和千叶都瞪大了眼睛看向我的脸。

"啊……影像保存在星咏会的服务器里！我们不能把数据带出来，但可以在那里给您看。"

"但是香岛，把外人带到那里去……"

"不是只有这个办法了吗？"

人到中年的千叶被少年的热情压倒，慢慢地不再说话。不过，他还是说了一句：

"好吧。看了影像的话，可能你就会明白调查完全是无用功……没办法，我也帮你一把吧。"

"非常感谢！"

从一开始，他就说过好几次让我放弃调查，这样看来他也许挺会照顾人的。

谈妥之后，我想起自己还没吃早饭，便决定先换衣服、吃点东西。民宿主人好心，给千叶和香岛也准备了简单的食物，这让两人非常不好意思。

在饭桌上，我想起一件事。

"是香岛吧？"

"什么事？"

"来到入山村，抵达这家民宿之前，我感觉到一道奇怪的视线，像是盯着我一样……当时我还觉得可疑，现在想应该是香岛听说了我的事，前来侦察的吧？"

香岛歪了歪头，说：

"不是我……我今天早上才知道狮堂先生的事。要是更早知道的话，哪怕是半夜也会赶过来的。"

香岛说着，夸张地点点头。

这也太高看我了吧，我内心十分惊讶。

不过，香岛的样子并不像是撒谎。如果是这样，那道视线究竟是谁呢？

我们走在残雪遍地的平缓山路上，朝未笠木村进发。在抵达之前，我问香岛，星咏会是一个什么样的组织。

"未笠木村的水晶有着记录未来的特别力量，我们一直在研究水晶，以便使用这种力量造福社会。"

"据说是三十年前成立的，实际情况呢？"

"我听说创始人石神赤司、石神青砥以及投资人紫香乐一成于1985 年创办了这个组织。紫香乐在石神兄弟还在上学的时候，就开始在未笠木的山中兴建房屋，以便两人在大学毕业以后能立即开始活动。"

"石神赤司……就是这次遇害的人吧。那另外两个人呢？"

"青砥是赤司的兄长，紫香乐是当时紫香乐电器的社长，在兄弟俩分别是中学生和小学生时就成了至交。"

"和社长是至交，这是怎么回事？"

"这里面有令人感动的故事！"

香岛热情洋溢地给我讲述了石神兄弟的故事，以及他们与紫香乐的邂逅。虽然措辞很成熟，但那昂扬的样子像小孩子一样，令人莞尔。

不过赤司差点被父亲杀死的插曲，以及他解读水晶秘密的过程，都让我有些吃惊。还有三人合伙的情节，虽说令人感动，但也因此让人觉得是杜撰的。听上去就和教团的宣传小册子上写的信仰体验一样。

不，要说是杜撰的话，水晶预知也让人疑窦丛生……

"这便是星咏会成立的经过。"

讲到三人合伙的地方，香岛的话中断了。

"不好意思，"千叶满是歉意地插嘴道，"刚刚那些话赤司时常说……不，是赤司在世时常常说起的经历。其中还包含观察水晶影像时的基本研究方针，星咏会的员工都知道。"

"原来如此。所谓的基本研究方针，比如：看到紫香乐登门拜访的影像时，兄弟俩讨论的内容。"

"你一点就通，真是帮了大忙。"千叶点了点头，"香岛，我也不想拦着你了。基本的情况你都和他说一遍吧。"

"好的。"

香岛清了清嗓子。

"那我就简单说明下吧。未笠木村的水晶，能够记录下操作者未来看到的主观影像。而拥有操纵水晶看到未来的能力之人，我们称之为'星咏师'。"

赤司似乎曾数次被称作"大星咏师"，也就是说，他是更高一级的存在。

"第一人称视角……的确，在刚刚听到的故事里，是有赤司视线的移动轨迹原封不动地出现在影像里的说法。"

"没错，正因为是星咏师本人的视角，所以没法看到星咏师死后发生的事。比如，遥远的未来。说得再极端点，人类今后会变成什么样子，我们都看不到。不过那一刻若有星咏师在场，就另当别论了。"

"可以选择想看的预知吗？"

"这就是刚刚那段经历被称为'基本研究方针'的原因。"

"怎么说？"

"就结论来说，研究结果表明，想要看到特定未来的意愿并不能起作用。水晶记录的未来，全都是偶然性的。"

"比如'想看看我未来的财运'的请求，这样特定的烦恼是无法解决的吧。"

"是的。不过，"千叶补充道，"星咏会刚刚成立的时候，是以石神兄弟为中心，研究如何看到特定的未来。几年过去，预知不受意志左右，这一观点逐渐深入人心。于是转变方针，确定记录下来的预言将发生在何时，并加以利用。就是这样的经过。"

"而这个确定时间的方针，在刚才讲的故事里已有所体现。"

"我逐渐明白了。"我将信将疑地紧跟着说道。一边充当倾听者，一边在恰当的时机告知对方自己的理解，这是打探情报的铁律。"所谓预言时间的确定，用刚才石神兄弟的那段往事举例的话，指的就是创可贴吧。"

"没错！"香岛快活地点了点头，"在那段往事里，创可贴是指向特定时段的线索。不仅仅是切到手指贴创可贴，还根据被女同学贴平时不曾使用的图案的创可贴的事实，大大地缩小了时间范围。

"还有后面紫香乐说的那句话，由此能引出这条线索：那是青砥旅行归来之后发生的事。另外，读唇术是至今仍经常使用的手段，因为水晶影像是不能记录声音的。更明确确定时间的，便是那张唱片了。"

"随着科学技术的发展，使用的方法也越来越多。"千叶以低沉的声音接过话，"要是映现的是人脸，就可以通过人脸识别技术确定身份，再利用面部年龄推断技术，与现在的年龄做比较，就能确定是发生在几年之后的事情了。用刚才的故事举例，如果是在成长期，也能通过赤司的身高来确定时段。把石神家大门的画面单独提出来，通过实测视线的高度和门的高度，并加以对比，就能够弄清赤司的身高。这样就能推断出到底是跟当前的身高一致，还是更高一些……"

"若是由孩子担任星咏师，就会是相当有效的手段。因为孩子个子长得很快。"

"没错。"

总算是跟上了令人应接不暇的对话进展。对于水晶究竟是什么东西，以及他们根据水晶的特质怎样加以运用，算是依稀掌握了大概。

"水晶是怎么使用的，我已经明白了，但怎么样才能造福社会呢？而且，要是真想让它造福社会，为什么不早点向世人公布？"

我感觉自己的语气变成惹人嫌的刑警了。

"……果然，你也这样说。"

"什么？"

千叶的语气骤然冰冷起来，我有些惊讶。"香岛，我先走一步，去打探星咏会本部的情况。"丢下这句话后，他快步离开了。

搞砸了。看来提这种深入的话题还太早了。

跟香岛独处，我有些尴尬，但值得钦佩的是他并没有逃避。

"关于第一个问题，我们正在通过调整看到的未来，努力弥补水晶的缺陷，也就是预言的随机性。"

"调整未来是什么意思？"对话恢复如初，我松了口气。

"举一个浅显的例子，在星咏会的出资人中，有人想通过股票交易来增加财富，为了满足这个要求，星咏师每天早上和傍晚都会查询股市行情。这个成为习惯的行为极有可能会在未来反复出现。水晶记录未来时，要是能映现查询行情的情景，就能为股票交易提供有利的信息。"

"嗬！"

我愕然应道。这位少年自小就被灌输这样的东西，以后真的不会有事吗？

"同样的道理，几乎所有的星咏师都有通过报纸、电视等看新闻的习惯。那是因为自然灾害的信息和国家层面的重大事件，我们这些普通人最有可能是通过新闻看到的。以前，未笠木村只能接通全国部分网络和本地电视台，信息相当有限，但如今在互联网和智能手机上也都能看新闻了，用于预测未来的信息已不再匮

62

乏。不过，前段时间，网上的假新闻也映现在了水晶上，被当作未来的预知，为此还闹得沸沸扬扬……"

这算是呼吁网络素养重要性的最新趣闻了吧。

"然后就是你问的第二个问题。"

"嗯。"

"我听说很久以前在学会上发表过。"

"哎？"

我看着香岛的脸。

"对不起，除此之外我什么都不知道，因为那是我出生前的事情。"

"这样吗？不好意思。"

我以刑警的直觉，将方才千叶的态度和此时的情报联系在了一起，尽管臆断是很危险的。

不过，既然水晶的事情并未在社会上广为流传，那么毫无疑问，当时被学会置之不理了吧。

"这些以后有必要的话再问你好了。现在我想稍微打听下有关水晶的事情。听石神赤司的那段经历，水晶上的记录好像是通过睡觉来实现的，是这么回事吗？"

"准确地说，还是有些不太一样。星咏会成立之初，运用的经验法则是进行冥想，水晶记录的概率更高。但我出生的时候，记录方法的研究取得了进展。总之，监测了星咏师在水晶上做记录时的脑电波后，发现其波形与 REM 睡眠时的脑电波状态很相似。"

"REM 睡眠，"我努力将上网冲浪时浏览到的题为"为了好睡眠"的文章从记忆里搜刮出来，"那是……"

"取自 Rapid Eye Movement 的首字母，即快速眼动睡眠，也就是能够观察到眼球快速运动的阶段。据说这个时候，大脑会进行记忆整理，做情节清晰的梦。"

"梦……"

我想起了鹭姬传说，虽说将尚未目睹的实际情况——预知断言为梦，还为时过早，但感觉这与我的印象是吻合的。

"若是这样，年轻人做记录会比较好吗？据说年轻人的睡眠更好……"

"并不是。REM 睡眠状态的时间占总睡眠时间的 20% 左右，据说这并不受年龄影响。而让大脑休息并消除压力的非 REM 睡眠时间，会随着年龄的增长而缩短，这就是为什么我们常说年轻人睡眠质量更好。"

"哦。"

我似懂非懂地点了点头。

"话虽如此，也只是脑电波相似而已，具体的原因还不清楚。总之，我们了解到预知需要深度睡眠，便准备了用于深度睡眠的专用设备，以支持星咏师有效预知。"

"那到底存不存在成为星咏师的条件呢？即使年龄不同也没什么差别，这样的话就搞不清楚了。香岛和千叶也能预知吗？"

"能，我和千叶都是星咏师。以石神赤司和师父为首，组织里共有十五名星咏师。"

"青砥和紫香乐一成无法预知吗？"

"没错。在过去的记录中，这两位是没有预知能力的。一成的儿子，也就是现在星咏会的理事淳也，也无法预知。"

"看来遗传也不是原因。"

"是的。赤司和真维那师父是父子，有血缘关系的星咏师仅此一对。实际上，至今还没有夫妻双方都是星咏师的情况，所以这方面还是未知数。或者也有隔代遗传的可能性，但组织成立才三十多年……"

还没到出现征兆的阶段吧。星咏师仅有十五人，在组织内找不到对象也是没有办法的事情。理所当然，星咏会就像普通企业一样，似乎存在着自由恋爱的观念。这让我打消了一个偏见。

"即使经过了三十多年的研究，也没弄清星咏师力量的来源。虽说肉眼难以分辨，但我们知道有预知能力的人都会有一个共同的身体特征。"

"那是？"

香岛指了指自己的眼睛。

"虹膜。"

"你说什么？"

我惊讶地看着香岛的眼睛，并不觉得他的瞳色有什么特别的不同之处。不过除了恋人，很少有机会如此仔细地观察他人的眼睛，所以我根本看不出香岛的眼睛和其他人有什么区别。

香岛的脸红了："这、这么盯着我看，我会不好意思的。"听他这么一讲，我赶紧边道歉边后退。

"怎么说呢，就如字面意思，肉眼很难看到。虽说是虹膜的特征，但其实是虹膜认证所用的数字图像表现出的特征。也就是说，要读取之后才会有。"

"数字图像……"

"是的。所谓虹膜认证，并不是拍摄眼睛的图像，以此识别个人身份。而是从眼睛的图像里，提取出除去瞳孔的圆环状图像数据，再将其扩展为长方形，采用其纵横精密分布的数据。这样一来，就能成为媲美指纹的高精度身份识别素材了。"

向年龄相差一轮的小孩学习，总感觉有些难为情，但"虚心求教，早问早懂"是我的座右铭。

"原来如此。虹膜特征是最近才知道的吗？"

"不是。1986年美国一项研究首次发现，虹膜可以用于个人识别。第二年，星咏会就有了发现虹膜特征的记录。"

"这么早？"

说起紫香乐电器，那是从经济高速增长期开始，就一直肩负日本技术领域顶梁柱的大企业之一。在刚才那段往事中，他们积极吸收美国和其他国家的技术，足见其敏锐感和预见性。若是那个社长，在很早的阶段就有了这样的想法完全可以理解。

"寻找星咏师共同特征的行动，自星咏会成立之初便大张旗鼓地开展起来。在研究过身体状况、指纹、健康状况等各种各样的外形特征，正束手无策的时候，紫香乐一成带回了虹膜认证的研究资料，然后检查了有预知能力的人的眼睛，最终确认所有人的虹膜数字图像都出现了共同的图案。"

接着香岛垂下眼帘，扭扭捏捏地说："听了以后，请别见笑。"

事到如今，无论听到什么样的事情，我内心都不会再惊讶了，便半开玩笑地说："我保证不会笑的。"

"也就是说，在黑白的数字图像中浮现出了扭曲得像海星一样的形状。有人是白点相连，也有人是黑点相连。其位置和方向，每个人多少有些差异，然而都有这样共同的图案。"

"所有人的眼睛都有海星形状的特征——总之，全都映有星形。"

"所以我们便把星咏师的眼睛称作'星眼'。"香岛涨红着脸说，"你理解得很到位。"

"怎么说呢，"我偏过头，"硬要讲的话，星咏会的名称会让人觉得就是根据眼睛里的星形图案想出来的，这个因果关系我觉得是自然的。"

香岛一脸茫然地说道："……也是啊。"很少有人会重新追究自出生起就有的词语的含义。

"话说回来，我有些在意你刚刚说的话。你说水晶的记录保存在星咏会的服务器上。但刚刚的故事里，又说脸浮现在水晶的中心。这究竟是怎么回事？"

"观看水晶里记录的影像，大致有两种方法。一是刚刚提到的，直接观看水晶中心浮现的影像。这是最原始的形式。另一种是，以特殊的光线将水晶上记录的影像作为数字数据读取。请将其想成与 CD、DVD 和蓝光光盘相同的原理。现在这个方法已经成为主流，因为保存水晶需要庞大的空间，而且还会发生取错水晶的事情。"

"没想到还挺先进的。"

刚才提到的人脸识别技术，便给人一种现代化的印象。似乎与鹭姬传说相去甚远。不，如何系统化地运用能够预知未来的水晶，与其说是现代人认真思索的结果，还不如说这或许是理所当然的水准。

"紫香乐一成原本就是电器制造公司的社长。据说生产CD是1982年开始的，当时他就有了这样的想法：红色激光读取CD凹凸面的技术，也能应用到水晶上吗？事实上，到了20世纪90年代，该技术才应用在水晶上，2003年蓝光光盘上市的时候，便能够从水晶上获取更加清晰的影像了。"

"真不愧是紫香乐电器啊。"听我这么一讲，香岛笑了起来。"那下一个问题，星咏会这个组织到底是怎么成立的？当然了，在你知道的范围内说说就行。"

"我又不是小孩子！"

香岛鼓起了他那白皙的面颊。

"星咏会是通称，正式的名称是'成像媒体事务部'旗下的'水晶研究所'。当然了，事务部的名称是公开信息，但这个研究所是公司秘不外宣的机密。"

"名字倒是挺有现代气息的嘛。"

"那是当然。现在的名称是几年前业务重组的时候起的。不管怎么说，在星咏会创立之初，石神赤司担任星咏师，石神青砥担任主任研究员，紫香乐一成担任干部代表。成员的划分至今仍是如此，由星咏师、研究员、干部、事务员工等构成。作为一个组织，采取了紫香乐电器旗下的研究所的形式，吸引了很多赞同研究目的的研究员到这里来。"

从引领日本技术力量的公司挖走过多优秀人才，也是桩令人头疼的事吧。

"青砥和紫香乐还健在吗？"

"……两位都过世了。1989年，一个死于事故，一个死于疾病。"

"真是坏消息啊！"

"从那以后，石神赤司便独力管理着星咏师部门，紫香乐淳也则负责经营方面。"

或许是感受到气氛变得凝重了，香岛改变了话题。

"星咏会成立前最大的课题便是找到'第二人'。"

"'第二人'……是什么意思？"

"第二个星咏师。"

原来如此。我一开始就先被灌输了"还有赤司以外的星咏师"这一知识，不过在刚弄清楚赤司能力的阶段，认为这是鹭姬和赤司特有的能力也无可厚非。在这种时候，究竟是妄信这是数百年以来的奇迹，还是以科学的力量探索能力者身上的能力的来源及其界限——这既是不同时代的不同认知态度，换句话说也是作为研究人员的先决条件吧。

紫香乐电器选择了后者。那第一步便是，确定有没有第二个人。这决定了日后星咏会的组织规模和研究内容，无疑是一个莫大的分水岭。

"起初好像是在紫香乐电器公司内部进行了水晶测试。当时还没有'在水晶旁睡觉便可记录预知'之外的认知，便利用了职场集体进修的方式，尝试是否能在公司内部找到合适的人。对员工说的是'实践紫香乐一成社长的健康法'这一适宜的借口。"

我不由得苦笑。

"那有成果吗？"

"实话实说，在这次测试中选拔出的就是千叶。"

我打心底里大吃一惊，那个男人就是"第二人"吗？

确实，从星咏会成立的年份来看，中年的千叶自成立之初就已经在籍了也不足为奇。可在那个男人身上感受不到这种"气质"。因为那个男人的存在，一个组织便做出如此重大的决定，这看起来很没有说服力。

虽然觉得内心的想法非常失礼，但也马上理解了部分情况。之所以看起来会是这样，是因为最开始提到的"学会事件"吗？

"自从发现了第二个星咏师，也就是千叶之后，事态便有了很大的变化。要是能凑够星咏师的人数，预知的绝对数量就会显著增加，这就意味着能处理的数据也就相应增多。于是在这之后，星咏会便积极搜寻能成为星咏师的人才。

"一开始是以未笠木村为中心进行能力测试。那是基于这样的假设——从小生活在水晶矿脉附近的人，具备星咏能力的可能性更大。"

所谓的星咏能力，应该指的是使用水晶预知的能力。

"据说他们是以能力测试为前提，为全体村民进行了免费体检，在体检时收集眼睛的图像，列出'星眼'拥有者的名单。"

"原来是这样，打着体检的名号检查虹膜。"

"唔，总觉得这话讲得有点难听。"香岛不满地说，"然后让'星眼'拥有者使用指甲盖大小的水晶进行冥想，观察水晶上是否能留下记录。在留下记录的人之中，有成像不清晰的，也有由于紧张过度导致影像抖动无法使用的。这便是'适应性'上的差别。其中，成绩优秀的人便被留了下来，作为星咏会专属的星咏师进行预知。当然，有些人有不得已的缘故，难以在深山中的研究所工作，便不会强行把他们带进来。"

"也就是说，有能力的人会被组织引进。"

"当然了，星咏师是有相应待遇的。研究员也有和正式员工一样的待遇。"

"这说明紫香乐集团投入了相当大的力量。"

"是的。正如刚刚说的那样，目前组织里的星咏师共有十五人。由于赤司记录的图像清晰且适应性非常优秀，他成为大星咏师，一直高居星咏会的首席。"

说到这里，香岛得意地挺起了胸膛。

"我的师父真维那，也就是大星咏师赤司的独生子，是最受期待的人才。可是，呜呼……"

香岛弓着背，垂着脑袋。

"好了好了，我就是为了不让这件事成为过去式才来的，对吧？"

听我这么一讲，香岛又恢复了精神。真是个给点阳光就灿烂的孩子啊！其实我完全没有信心。

山路变得有些陡峭了，我俩仿佛在 V 字形的谷底里前行。"到了这个地方，就只差一点了。"香岛鼓励我。

"用作能力测试的，是指甲盖大小的水晶，刚刚的故事里也出现了两种尺寸的水晶，似乎水晶的大小能改变预知记录的时长？"

"是的。因为是用于能力测试，为了控制成本，便使用了那样的小玩意。在实际的预知中会使用尺寸更大的。现在大多是使用直径三厘米左右的水晶，可以记录三分钟左右的影像。至于能处理多大尺寸的水晶，是星咏师能力差异的一个标准。只有被冠以大星咏师之名的赤司能够处理直径十厘米以上的大水晶，这能记录三十分钟以上的影像。"

要是那个赤司死了的话，对星咏会来说是巨大的损失吧。

"那么，总算是进入核心了。石神赤司被杀事件留下的水晶，是几分钟的影像？"

"三分钟。"

"死亡推定时间被断定是 22 点 30 分，而且水晶映现的是石神赤司被杀的全部过程。断定 22 点 30 分的理由是什么？时钟吗？"

"不是，"香岛意味深长地卖了个关子，"是月食。"

"……你说什么？"

"1 月 31 日晚上，发生了月全食，狮堂先生还记得吗？"

"啊啊，这么说来……科里的家伙都吵吵嚷嚷的，说什么超级蓝血月全食 [1]，月全食和各种天文现象重叠的罕见之夜……"

---

1 即"月全食 + 超级月亮 + 蓝月亮"三景合一的天文奇观。最近一次发生在 2018 年 1 月 31 日，与本书背景一致。

"影像中出现了那场月全食的红月。通过影像组解析，确认了出现的月亮正处于最大食分的时刻。而 2018 年 1 月 31 日月食的最大食分是在 22 点 30 分。"

明明还没看过影像，我的脑海里却浮现出极度不祥的印象：赤红之月，宣告杀人时刻。

就在此刻——

左侧传来轰隆轰隆的巨响。

一块大岩石从陡坡的左侧朝我们滚来。

"危险！"

我抱住香岛的身体朝前飞扑。

"哇呀！"

香岛惊恐地大叫。

石块滚落的声音停止以后，我缓缓支起身子。四周尘土飞扬。

我往坡顶看去。

那里有个人影，分不清是男是女。被我看到的瞬间，脱兔一样跑了。

"站住！"

我怒吼一声，正要站起来的时候，香岛呻吟起来。

"香岛，你没事吧？有没有受伤？"

"没……我没事。狮堂先生，您没事吗？"

"我没事。"

"可脸都擦伤了。"

我一摸才意识到。不过似乎没怎么出血，所以没啥大不了的。

"这点伤不要紧的。比起这个，刚刚山坡上好像有人……"

"是吗？那要赶紧追。"

"算了吧，或许会遭到反击，我不能离开你身边。"

"对、对不起，"香岛低下了头，"都怪我笨手笨脚的。"

"不用道歉，你也该多多依赖下大人。"

过于坚强，也是一个问题。

"比起这个，你对袭击缘由有什么头绪吗？刚才那家伙是冲我来的，还是冲你来的……"

"被袭击的缘由吗？怎么会，我哪会有什么头绪……"

香岛的话戛然而止。

"你好像注意到了。要是我打算进入星咏会本部，重新调查杀人事件，不遂某人的心的话……"

"不会吧，那就是说……"

我想起昨晚在入山村前往民宿的路上，暗中盯着我的那道视线。那道视线会不会就是袭击者？

我对香岛笑道：

"喂，香岛，我现在斗志昂扬。看来这个事件的水比你想的还深。"

说着说着，我们终于来到了未笠木村星咏会本部。

时间已过正午。从入山村出发，走了快一个小时了。入山村和未笠木村之间的地势相差不了多少，但走在山路上还挺费脚力的。即使二月冷峭无比，也走得满脸通红。

我抬头仰望好不容易才抵达的星咏会本部。

最初的感想是，在这样的山里，竟会有如此广阔的平地。当然，为了建楼，紫香乐电器才投入财力把山凿开的吧。

这栋建筑物的外观可以说是灰色的长方体，怎么看都很奇怪。在未笠木村的森林之中，只有这栋建筑显得另类。从窗户的分布来看，地上似乎建了两层。由于是研究机构，地下可能也有相当广阔的设施空间吧。

"水晶矿床就在楼对面——未笠木山那边。"

开辟森林，在矿床旁建这栋楼，是想把运送水晶的成本控制在最低限度吧。

"香岛，狮堂。"

千叶站在本部入口处。这么说来，落石事件发生时，千叶也处在远离我们视线的地方。暂且不论是否真的要怀疑千叶，先记住这个信息吧。

"大门口有两名警卫，我感觉要躲过他们的眼睛是很难的。"

香岛沉思片刻，然后说道：

"从后面进去怎么样？"

"……我还有点期待你会不会害怕呢，"千叶叹了口气，"看来是认真的。"

"那当然了！"

香岛强有力的回答让千叶有些畏缩。

"狮堂先生，再走一段路绕到楼背后，没问题吧？"

听到他这么问，我回答道："我好歹也是刑警，体力方面的信心还是有的。"可不能被当作城里来的豆芽菜。

"我不是很推荐……"

千叶不情不愿地跟在香岛后面。

明明是要绕到楼背后去，可楼的影子却越来越远，刚想到这里……

"就是这儿！"香岛指的目的地是半山腰上一处空荡荡的昏暗洞穴，吓我一跳。

"从这里开始有点暗，不过里面关键的地方都装了电灯。估计用不了十分钟就到了，还请放心。"

没想到竟然要钻山洞，我多少有些不高兴。但听到千叶说"要是想放弃的话，返回就好了"，就"明知山有虎，偏向虎山行"了。

在黑暗的洞窟中，隐约可见点点灯光，仿佛在指引着前进的方向。我手扶着坚硬的岩石往前走去。洞窟里冷飕飕的，手触摸着岩壁，身体愈感透心凉，一心只盼着早点到达目的地。沿着洞壁和顶部搭的木骨架走，多少给了我一些安心感。

突然，我们来到一个开阔的空间。

"哇……"

这里的景象异常壮观，我不禁喊了出来。

在高约五米，面积相当于两个网球场大的空间的墙壁上，反射着电灯的光，无数紫水晶熠熠生辉。中心有一块高达三米的巨大水晶从地下伸出来，呈美丽的六角形形状。这一瞬间，我深深地感受到了大自然的坚韧与蓬勃。

"这便是星咏会的水晶矿床。"

香岛似乎对我的反应很满意，两眼发光，面带微笑。

"星咏会成立至今已有三十三年，有大量的水晶被用于研究，据说今后几十年还会继续用这个矿床进行研究。这还只是矿床的冰山一角，再往里还有更多，不过我觉得最漂亮的地方就数这里了。嘿嘿，真是太壮观啦。"

香岛面带孩子气地笑了。

"啊……"

自从被卷入这个事件以来，这恐怕是我第一次发自内心地感叹。

我一边为大自然的造物感动，一边移动视线，最里面一块写着"此处禁止入内"的红色告示牌跃入眼帘。

"那块告示牌是？"

"很久以前就有了。据说发生了落石事故，死了一个人……对不起，这是我出生以前的事情，所以不是很清楚。"

"是吗？"我应了一声。就在提到告示牌的时候，我看到千叶垂下了双眼。这男人的秘密还挺多。不过现在首要的事情是调查赤司的死亡，他的事情先放到一边，以后再打探吧。

继续在洞窟里前进了片刻，阳光终于照了下来。走出洞窟，看到前方一百米左右就是刚刚在正门看到的长方体建筑的后门。

建筑物周围一片郁郁葱葱的森林伸延出去，这之中却有一块广阔的空地。

"这里真的好大啊！"我嘀咕道。

"大约两个月前，为了在这里增设建筑，将树都砍倒了。因此，星咏会本部二楼的一些地方可以望见入山村了。"

也就是说，这里还在发展壮大。

不管怎么说，现在最重要的是，从洞窟出口直至后门，完全不见人影。

"现在可以进去。进去以后，马上去地下室。保存水晶影像的服务器就在地下。"

听香岛这么一说，我终于有了实感，这可是堂而皇之地非法侵入。虽然是在香岛奈雪和千叶冬树这两个人的协助下进入，但显然他们并不具备管理者权限。

"禁闭期间搞非法入侵吗？这事要是暴露了，警察可就当不成了……"我心想。

出于职业道德，我自然是很犹豫的，但香岛的热情驱使着我，身为刑警的好奇心也让我蠢蠢欲动。而且，已经到了这里，又是难得的机会，我还是很想看看水晶里的影像。我并不相信，有可能是用诡计做出的假货，只有亲眼看到才能确认。

开弓没有回头箭。

我们从后门闯入，然后走附近的楼梯下去。

三人进了监控室，才发现里面已经有人了。

正面的几个大型显示器很引人注目。沿墙也设置了数台大型机器模样的东西。显示器前面的座位上坐着一个男人，正敲击着电脑键盘。这个男人皮肤有点黑，体格壮硕，身子挺拔，令人印象深刻。岁数好像和千叶差不多，但他的姿态和气质都充满力量，让人看不出年龄。

"鸫！"

香岛朝他大喊，可男人并没有回头。是太过专注了吗？不过比起这个，我闯进来的事情被他发现不会有问题吗？

香岛从男人的侧面绕了过去，挥手想让他知道自己的存在。明明喊一声，再拍拍肩膀就可以了。

在此期间，这个被唤作鸫的男人仍快速地操作着电脑。因为电脑屏幕外接显示器，所以我立刻就知道他正在打开一个名为"石神赤司2017—2018"的文件夹。文件夹里排列着数个视频文件。

或许是香岛进入了视野，鸫突然吐了口气，迅速关掉了窗口。

他慢慢回过头来，看着我和千叶。对千叶尴尬地笑笑之后，他拧着眉头看向我。我寒暄："你好，初次见面。"他默默地点了点头，始终未发一语，这也太沉默寡言了吧！

"狮堂先生，这位是鸫津一郎，星咏会语言解析组的员工，是读唇术专家。"香岛又转向鸫，大幅度地动着嘴唇说："鸫，这位是东京来的刑警，狮堂由纪夫。"

鸫从胸前的口袋里掏出记事本，往前翻了翻，让我读其中一页。

"我是鸫。以前出过事故，耳朵失聪了，只能以这种形式说话。请多关照。"

因为是需要反复进行的说明，就常备着了吧。

看了那页笔记，几个违和感联系到了一起。先前香岛打招呼，他没注意到，也没有出声，都是因为耳朵听不见。能成为读唇术专家，或许也是这个缘故。

我用食指和拇指做了个 OK 的手势，并朝他使劲点了点头。

"其实他跟我是同期入职的。"一旁的千叶说道。

"鸫，我可以借用一下电脑吗？"

香岛替下鸫，坐到显示器前的椅子上，开始操作键盘。

"香岛，你今年多大了？"

"我想他已经十三岁了。"千叶回答道。

"这个年纪的孩子这么会用电脑……这就是所谓的世代差吧！"

"或许也有这方面的原因，不过他是真维那的弟子，有时会帮忙整理预知影像，自然也就习惯了这样的工作。"

"师父和弟子的说法我已经听到好几次了。但能否处理水晶的能力差距，我听说是天生的？好像是虹膜特征？"

"香岛说得可真多。"千叶苦笑道，"是这样的，所以星咏会基本上没有实行师徒制。香岛叫'师父'，只是表达他的仰慕之情。叫法是有些奇怪，是他擅自要这样喊的。"

"叫哥哥会害羞吧。"

"他能听到呢！"千叶提醒道。

就在这时，香岛大喊："找到了！"

"在石神赤司的数据库中找到了这个，这是从事发现场回收的水晶中提取出的数据。"

"嗯。先给我看看吧。"

香岛郑重其事地点了点头，又转向键盘。

我不动声色地确认了一件事：香岛打开的文件夹与方才鸫调查的是同一个。

"为了让你理解鸫通过读唇术解析的对话和内容，你观看影像的时候，我会进行补充说明。"

我、千叶和鸫一起盯着眼前的屏幕。

总算能看到了。

那双"星眼"正望着红月。

起初只映出天空，"星眼"后退，往下看，窗框进入视野。似乎是打开了窗户，观赏月全食。

"星眼"转向左边，朝房间里的桌子走去。那是一张厚实的木制桌子，桌面收拾得整整齐齐，上面有一个盛有咖啡的玻璃杯。

房间里装饰豪华的衣柜和书橱并排，墙上挂着鹿头标本，地板上铺着酒红色的、优美纹样镶边的地毯。视线落在地毯一隅后，又开始移动了。

"星眼"站到椅子边，向下瞥了一眼桌子，然后转向正面。从"星眼"视线高度的变化来看，可以确认他坐到椅子上了。桌子上放着大理石质地的烟灰缸。

桌子右下方有一列抽屉，最上面的被拉开了，里面是收拾得整整齐齐的书写工具和信笺。"星眼"的手伸进打开的抽屉的暗影里。

不一会儿，抽屉底下的木板被撬了起来。抽屉好像有双层底。

动作突然停止了。

视线大幅移动。人坐在椅子上，视线朝向正面。

正面是一扇门，门口站着一个男人。高个子，披着外套，围着长长的围巾。

男子无言地走近"星眼"所在的桌子，安静地脱下外套，把脸露出来。

"星眼"的视线盯着男人的脸。也许在说什么，但详情不得而知。

然后，视线猝然转向男人的手里。

一把黑亮的手枪对着"星眼"。

男子将枪举到正面。视线同时捕捉到了男人的脸和手枪。

男人的嘴动了。

香岛补充道："你最好别反抗，这可是真货。"

视线朝左右两边大幅摆动，似乎在摇头。"星眼"在说什么吧，间隔片刻，男人第二次说话：

"很遗憾，就是这样。我很确定你就要丧命于此了。"

又隔了一会儿，男人反应激烈，他的目光警惕起来，锐利地瞪着"星眼"，嘴巴以前所未有的幅度动着。

"闭嘴！不许你再叫我真维那！"

男人丢下这句话，保持着举枪的姿势，朝"星眼"视野的左侧走去。

画面上映着门，并且持续了十几秒——是因为被手枪指着，身体动弹不了吧。

下一个瞬间——

画面突然大幅晃动，像是朝右侧划出一道弧线，视线落在了地上。

"星眼"右侧头部朝下，横倒在地毯上。

画面转向男人。或许是剧痛难忍，画面激烈地上下摇晃着。虽然不是很清楚，但可以看到男人手持的枪上冒出了白烟。

生命到此为止了吧，"星眼"还是右侧头部朝下，瘫在了地上。

微睁的"星眼"望着门口。

男人朝门口走去，消失在了门背后。

黑暗。

开枪的瞬间，我悄然闭上了双眼。

简直就像自己中弹的冲击袭来。额头渗出了汗水。呼吸无法抑制地急促起来，人群的嘈杂声重新在耳畔回荡。

射向玖木的子弹好像反弹到了自己身上一样——就是这样的感觉。这个假期，我也被该死的手枪缠上了。要是水晶能够记录声音的话，我恐怕会情不自禁地叫出声来。

"先生，狮堂先生！"

在香岛拼命的呼喊下，我终于恢复了意识。

"狮堂先生，没事吧？"

香岛扶着我的胳膊，一脸担心地抬头望着我。看来我是站着僵住了。

"当然没事，"我强颜欢笑，"我可是刑警啊，这种东西早就司空见惯了。"

我这样回了一句，但我的脸色似乎相当不好，连千叶也担心起来。

"这也难怪，"千叶说，"杀人景象姑且不说，这应该是你第一次看到水晶预知的影像。"

"……先不说这个，有谁带着真维那的照片吗？"

香岛回答有，然后从口袋里掏出笔记本。师父的照片似乎夹在里面。还挺可爱的。

石神真维那相貌端正，肤色较浅，一双眼睛细长而清秀，和像是淡墨勾勒出的眉毛很是相衬。嘴唇薄，下巴纤细，头发很长，完全覆盖住了耳朵。

最重要的是，他和影像里的男人一模一样。

"你们试过面部识别吗？"

"据说，九成特征是一致的……"千叶回答道，"当然了，这在因水晶影像不够清晰而产生的误差范围之内。真维那的长发遮住了耳朵，我听分析组的人说，这可能是那剩下百分之十的原因。"

也就是说，在他们"常识"的范畴内，这几乎是决定性的了。

"据说水晶是留在现场的，在哪里发现的？"

香岛回答了我的问题。

"在现场的地毯上。桌子右腿边。据说掉在赤司……遗体的附近。"

正好落在那个隐藏的双层底抽屉附近吗？虽说影像里并没有出现水晶，但从双层底抽屉里取出的时候掉在地上，这种可能性也不是没有。

眼下姑且不论这个，先记住水晶掉落的地方和抽屉位置之间的关系。

"哎呀呀，还真的来了。"

背后传来一个声音。

转头一看，门口站着一个身着浅驼色西装的大块头男人。年龄五十好几了吧，手上戴着一枚花里胡哨的戒指，头发往后梳着，一张宽大的脸显得很有气魄。

男人背后，一大群身着白衣的男女依次进入房间。

"夏虫扑火……不对，现在还是冬天。"

"紫、紫香乐……"

千叶轻呼一声。

紫香乐一成已于 1989 年辞世，所以眼前这个人应该是负责经营星咏会的紫香乐一成之子——紫香乐淳也。

也就是说，他是星咏会的大当家。

在不妙的地方被发现了。

七

狮堂由纪夫，2018 年

"可真头疼啊，竟然擅自让外人进来。"

淳也一边摆弄着凹凸不平的戒指，一边居高临下地说道。

"你就是香岛奈雪吧。是对真维那的事情忍无可忍了，才做出这种事吧。可你要是这么乱来，我也很难办哪。"

"对……对不起，紫香乐，那个……"

香岛的眼神游移不定。对一个年纪尚小的少年，有必要施加如此高压吗？

"紫香乐所长，实在抱歉，这事不能全怪香岛……"

千叶喊道，脸色变得煞白。

星咏会是俗称，据说正式名称是"水晶研究所"，所以最高领导人被称为所长吗？赤司的职务好像是大星咏师，仅看头衔的话，实权似乎是在紫香乐这边。

"呦，"淳也将视线从千叶身上移开，说，"我还以为是谁呢，这不是'犹大'千叶冬树吗？"

他继续用戏剧般的口吻说道。

"御船千鹤子的教训，或是长尾郁子的检讨，看来你这家伙没有半点切身体会呢！之前向学会谄媚，这次又选了一个凡庸的刑警！"

"这——"

"加略人犹大是第十二使徒……你的的确确应该是'第二代'。连这点自觉都没有，还想重蹈覆辙吗？"

千叶刚想开口说什么，又低头沉默不语。

我方才听说星咏会的研究内容曾在学会公开发表过一次，从千叶的反应来看，公布的人果然是他。

"请问御船千鹤子和长尾郁子是谁？"

回答我问题的是白衣团中的一人。

"明治时代，因拥有千里眼而轰动一时的两位女性。"

循声朝墙边看去，一个身着白衣的男子抱着胳膊倚在墙上。和其他列队整齐的白衣人相比，他的态度相当傲慢，嘴角挂着嘲讽的笑容，全身都想表明自己占据了上风。

"在明治时代，连学会都被卷进千里眼真伪之辩中。在长期争论的末期，御船千鹤子自尽，长尾郁子病亡。'千里眼是伪科学'的声明发表之后，所有的一切都埋葬在黑暗之中了。"

"真是令人惶恐的教导哇！"我故意强调道，"能请教一下你的名字吗？"

"手岛臣。"白衣男子将头发往上一撩，"我就是能力仅次于石神赤司，很快就会成为星咏会首席的男人。以后，请多指教！"

"本人由衷地感到惶恐。"

"你的名字不报也没关系，反正我们已经调查过了。"

"那还真是费心了，非常抱歉。"

我们之间的对话只给彼此留下了"讨厌的家伙"的印象，但在打乱节奏方面还是挺成功的。千叶高声打断我和手岛的闲扯：

"不是的，紫香乐！这次不是要公布研究成果，而是为了重新调查那个事件……"

"有什么不一样呢？结果不都是将水晶的秘密泄露给外人，把他带到这里来了吗？"

千叶不说话了。

"你在'那个时候'该吃够苦头了吧。我们多年来的研究成果，以一句'超自然'就被弃之不理了，甚至都没有再看一下。别跟我说你已经忘记那段屈辱了！"

"没有……"

"香岛，你也是，只要是你师父的事，你就什么都不管不顾了。"

"所长，不能这么说吧？"

在后面候着的白衣团里走出来一个人。头发不加修饰地束成马尾，年龄约莫二十五岁，黑色细框眼镜后面，一双好奇心十足的大眼睛厌恶地斜眼瞪着。

"香岛还小，这种事情总会有一两次吧。要是什么反应都没有，反倒令人担心。而且，"她抱着胳膊，堂堂正正地说，"你决定真维那的事情时，确实很强硬。理应料想到会有这样的异议。"

"哼，"紫香乐嗤之以鼻，"可真是温柔呢！"

那位女性转向我，放缓了口气，打招呼道：

"我是高峰瑞希，星咏会的主任研究员，请多关照。"

她给人的印象是，总算出现了一个会讲话的人。当然，香岛和千叶除外。

"高、高峰说得对。"香岛见此良机，赶紧高声说，"星咏会对师父的处置是不是太操之过急了？请务必重新考虑……"

"你别太得意忘形了。"淳也压低声音。

香岛吓得脸色苍白，瑟瑟发抖。

"水晶影像不是铁证如山吗？就是石神真维那闯进大星咏师之间，射杀了石神赤司！"

"那个所谓的铁证，根本就有问题。"我插嘴道。

香岛和千叶已经垂头丧气、一蹶不振了。鹈面无表情地沉默着，不清楚是敌是友。我不在这时开口的话，无论过去多久，战况都将不利。

"啊？"淳也意味深长地笑了，"为什么这么讲？这不就是个再简单不过的事吗？人不都相信自己亲眼所见的东西吗？狮堂，你刚刚就用你这双眼睛看了那段影像吧？"

"不过，我的职业要求我即便是亲眼所见的东西也要怀疑。"

我挑衅地说道。

"啊，希望你别误会，这次的调查是我提出来的。是我恳求香岛和千叶给我看影像，因为感觉里头有猫腻。"

香岛不安地看向我。这当然是假话，但要是不这么说，淳也会对他俩纠缠不休，一直攻击下去。

"嗬，你主动提出调查！"

我感到淳也的矛头慢慢指向了我。

"首先，这里有一个很大的疑问。石神赤司要是真的预言了杀人事件，为什么会眼睁睁地坐等自己被杀？以月食为线索，赤司应该能够预料到是今年1月31日的未来吧。当然，要是这段影像上传到服务器，你们也该有所戒备吧？然而尽管如此，为什么他还是被杀了呢？"

"原来如此。好像大致情况都了解了嘛，而且理解力似乎也可以。"淳也面露喜色，点点头说，"不过，关于这两件事，香岛似乎还没告诉你。"

我做了个手势催促他往下讲。

"第一，并非所有的水晶影像都会公开。在特定情况下，我们允许星咏师独占预知情报。"

"怎么说？"

"你听说了未来是被随机记录的吧？"

"听说了。"

"因为是随机的，所以水晶也会记录'私密体验'。没错，比较典型的是男欢女爱的情景，不妨想想看吧。"

淳也露出了下流的笑容。

说起来的确如此。要是真的随机，去厕所的情景啦，洗澡的时候啦，这些无关紧要的东西可能也会记录在水晶上吧。

"这些影像都要在星咏会内部阅览的话，实在很不方便。因此，星咏师本人可以采取禁止公开的'私密指定'措施。这在制度上是合理的要求。星咏师最初看到预知影像时，便禁止生成数据上传到服务器，以水晶的形式保留在星咏师本人手中。当然了，该水晶的保存和处置都由星咏师本人决定。

"也就是说，在这次事件中，赤司将映现自己死亡场景的水晶做了私密指定，然后将那块水晶保管在身边。我们是在他死后才发现的……即使想戒备，也来不及了。这真是一件令人痛心的事。"

"你是说，赤司明明知道自己会被杀，却还一直保持沉默？这也太不自然了。"

"应该是鉴于自己的死会对星咏会造成影响，便没有公开吧。毫无疑问，首席要是倒下，肯定会招致混乱的。"

"难道不正是因为预测到了混乱，所以才要公布吗？通过对未来的预知，对可怕的未来就能有所准备……想一想研究预知的目的，我觉得你的说法根本就是本末倒置。"

"原来如此，"淳也令人讨厌地耸了耸肩，"或许有一定道理。不过赤司究竟是怎么想的，真实情况我们也无法得知。"

毕竟死人开不了口。只要愿意，什么样的道理都能讲通。

"那还没告诉我的另一件事又是什么？能给我说说吗？"

"映现在水晶上的未来，无论怎么挣扎，都会变成现实。"

"这样啊，未来是无法改变的。但是，如果窥见了未来，人的行动就会发生改变吧。即便如此，也能将这些变数全都收束到水晶映出的未来之中，可以这样理解吗？"

"收束，真是个好词啊！"淳也鼓起了掌，"的确可以这样理解。比如，我们预知到一则新闻影像：这个村子发生了事故，死了三个人。我们自然会公开这一事实，呼吁大家避难。但是，不相信我们的三个人还是遇难了……不过，原本这次事故会死五十个人，我们的行动将死者数量减少到三个人，我们是这样考虑的。连逃避预知的行动都被编入命运，使其趋于预知看到的结果，我们把这个思路称为'既定假说'。要是遵照这个假说，不幸目击到自己死去情景的星咏师，就只能抱着到时自己必死无疑的觉悟活下去。"

"真是个残酷的世界啊！"

"构筑未来的技术总是伴随着牺牲，这是世间常理。"

"顺便问一句，您自身能操作水晶吗？"

"……我不清楚您究竟听说了什么，我没有'星眼'特征。这有什么问题吗？"

"没什么。无须牺牲的人才能攫取利益，我只是觉得这也是世间常理。"

淳也的眉毛动了一下。

"还是回到原来的话题吧。"我赶紧说道，"正如你所言，未来无法改变，而石神赤司预知了自己的死亡，也明白这无法避免。到此为止都没有问题。但为什么连起码的警戒措施都没有采取？只要安排监视，就算自己的死亡没法避免，不也能让凶手落网吗？光是听那些传言，我就不认为赤司这样的人物会没想到这点。"

"什么？这种事你都不知道吗？"手岛讥嘲似的说道，"你这刑警也没啥能耐嘛，稍微动动脑子就明白了：水晶里映现的可是自己的儿子啊，袒护是很自然的吧！"

上钩了，我内心窃喜。

"手岛，您说得很对。那么我想请问，为什么水晶就那样放着？"

92

手岛哑口无言。

沉默在室内蔓延。唯有香岛散发出一股暗自高兴的气氛。

"确实没法解释。因为真想袒护儿子的话，水晶应该最先处理掉。说起异常的地方，还有一件事。石神赤司既然是被当作自杀处理的，那么惯用手上就应该留有火药残渣。而另一方面，留下的'预知影像'里手枪只发射了一次，即石神赤司左侧头部被凶手击中的那次。也就是说，为了在赤司左手上留下火药残渣，还需再补一枪。但凶手朝赤司开枪之后，便走向房间门口，似乎就这样出去了。那么另一枪又是在什么时候开的呢？"

淳也轻哼一声。

"……每个细节都被你留意到了。"

"真的呢，"高峰这样说着，两眼开始放光，"很有探索精神嘛。"

我清了清嗓子，乘着优势穷追猛打。

"刚刚我指出的那点，在大星咏师之间实地调查后就能得出结论。保持和影像中男人相同的步调，从站在桌子左侧开始到走到门口所花费的时间，是否和水晶影像里的情况一致。还有关于水晶被留在现场的问题，要是能详细问问第一发现人，或许就能解决了。"

我脸上露出超级明显的营业式笑容。

"无论如何，我认为还需进一步调查，您意下如何？"

耳边传来夸张的掌声。只见手岛悠然地拍打着双手，面带轻蔑的笑容看向这边。

"太棒了！"

手岛很没有礼貌地走近淳也，伸着脖子看他的脸。

"紫香乐所长，这不挺好吗？就让他们调查吧。且不论狮堂心里到底是怎么想的，理论上他已经完全理解水晶系统了，并且在理解的基础上做了缜密分析——

"像这样的男人，一边被告知了自己的结局，一边踏上绝望的旅途，我倒觉得是能让所长消遣的余兴节目呢。"

手岛脸上浮现出恶魔般的笑容。

他到底在说什么？冷汗缓缓地从身上流下来，我有种非常不好的预感。

"香岛，座位借我坐下。"

"欸……"

在手岛的催促下，香岛站了起来。手岛快速地操作键盘，调出来一段影像。

"……真是恶趣味。"

高峰语调一变，以厌恶的声音说道。手岛脸色阴沉下来，没用言语回应，而是盯着显示器上的时间。

"3，2，1。"

手岛敲下回车键，屏幕上便全屏出现了映有屏幕的影像，就好像俄罗斯套娃一样。

手岛连人带椅转过来，这时影像晃动，屏幕上出现了我的身影，身后是香岛、千叶、淳也，以及其他身穿白衣的星咏会诸人。

我的脸上有擦伤，是先前在落石中受的伤。

瞬间，战栗传遍全身。

"刚刚你说，亲眼所见的东西都要怀疑。怎么样，还挺有趣的吧？这就是此刻的'我'用'星眼'看到的影像。"

面对这异样的光景，我的喉咙变得非常干涩。我勉强挤出声音：

"你到底想干什么？"

在我出声的同一时间，手岛说了一模一样的话。他抖动着肩膀笑了一阵，然后面露讥讽的笑容说：

"哈哈，狮堂，别这么吃惊嘛。你肯定已经从香岛那里听说了，能用读唇术解读说话的内容。这可不是什么魔术，只是你在这个瞬间说的话，是我的'已知'而已。"

手岛站起来，径直走向我。

"怎么样，稍微有点信了吧？"

屏幕中的淳也动了一下。我不由得警惕地回过头去。

"没错，"淳也笑了，"看你发现了一两个细枝末节的矛盾就满心欢喜，因此我觉得有必要让你稍稍认清一下现实。我们在一周前就预知了这段影像，所以早就预料到你这个刑警会闯入星咏会重新调查。你的事情在网上引起了热议，人脸识别很快就有了结果，因为你被拍了很多照片。说起来……"

淳也乜斜着我，嘲讽似的说道：

"你是那个在普通市民面前枪杀了凶恶罪犯的刑警吧？"

我的呼吸急促，清楚地感受到了香岛的视线。

"不过你脑子好不好使，以及在这里会做出什么样的推测，我就不得而知了。"手岛夹杂着夸张的动作说，"好啦，'影像'就此结束，但我们的现实还要继续下去。"

"还有，狮堂，"淳也又说，"事情不止于此，昨天又有一位星咏师预知了你的未来。"

"是吗？"我开始担心自己的声音有没有颤抖，"这很有趣嘛，能告诉我吗？"

"恐怕是几天之后的事了。你向我们诚挚地道歉，为你的失礼行为赔不是，你将以悲惨的姿态低下你的脑袋。"

这就是他自信的原因吧。

淳也继续说：

"已经确定了，几天后你将道歉，这就意味着你会在接下来的几天里进行一些调查活动，然后事情就会变成这样。毫无疑问，水晶映现了，就意味着'就会变成这样'。"

"所以允许我调查了，是这个意思吧……即使会变成那样也无所谓，我会彻底重新调查的。"

我目不转睛地看着淳也。

"明知道会失败？"

"我是'自己的未来自己决定'主义！"

"气势不错嘛，我很喜欢。那好，香岛——"

"我、我在！"

香岛以直立不动的姿势僵在原地。

"领着你带来的这位刑警，随意在星咏会内部转。见嫌疑人石神真维那也没关系。要是这位刑警提出问题，大家都请爽快地配合他。"

淳也和颜悦色地发出指示。那样温和的表情反倒让人感到害怕。

"香岛，在狮堂得出结论之前，我会暂时搁置对石神真维那的处分。如果连你自己带来的刑警都束手无策，你也该学会放弃了吧。"

"我……"香岛的语气萎靡下来。

"香岛，不要气馁。这样就可以放开手脚调查了，这正是我们期望的。"

"我很期待。"

手岛丢下这句话，打算和淳也一起离开房间。正好，我朝他们的背影抛出问题。

"请别再做扔石头的野蛮行径。"

"什么意思？"淳也边说边转过头来，露出一副没有防备的表情。

提出问题的瞬间，包括淳也和手岛在内，我环顾了室内星咏会每个成员的脸。对千叶和自称高峰的女性，以及注视着我嘴唇的鸫也投去了怀疑的目光。

但并没有从他们那里获取任何有意义的反应。

"没什么，我就是不想在这儿丢了性命。这只是言语上的表现手法而已。"

不管怎么说，调查被允许了。一定要揪出那个袭击者。这个事件还没结束，这里面一定有人不想让我深入调查。

总而言之，眼下必须增加同伴，哪怕一个也好。这时我想到了石神夫人，那个丈夫身亡、儿子身陷囹圄的未亡人。光是想想她为此焦心劳思，就让人心痛。在这个处处是逆境的地方，如果要拉拢人，她是最优先的选择。

"啊，对了，还有一件事。"

我绕到正要离开房间的淳也跟前。

"怎么了？"淳也将眉毛一抬，"我很忙的。"

"我只是想确认一下，听说这个事件的第一发现人是石神夫人，可她好像不在这里，我该去哪里见她呢？"

就在这时，淳也身体像在拒绝什么似的，语气强硬地说道："没必要。"

"没必要？什么意思？"

"没什么，我的意思是，在调查这次事件期间，没必要跑去问她。"

"不不不，这没有道理吧？"我紧咬不放，"石神夫人是第一发现人，听取她的证词是查案的铁律……"

"我不是说了没有必要吗?!"

淳也怒吼道。我一阵战栗。这并非害怕，而是对这个男人头一次赤裸裸地显露感情而兴奋。

"紫、紫香乐所长？"

一旁的手岛露出困惑的表情。我记下两者不同的反应。与此同时，千叶和鹈似乎也都垂下了眼帘。

淳也露出吃惊的表情，尴尬地向我点头致意："……失礼了。

"一定要找她问话的话，就让香岛带你去吧。反正我觉得她是不会自己出来的。"

"为什么？"

"最近除了和真维那见面，她一直闭门不出。"

淳也这话像是在说"所以我才眼不见为净"。

"对了，杀害赤司的凶器——手枪——据说是你的收藏品。"

"嗯。应该是真维那从我的保管库里偷出来的。"淳也露出一副打心底里不高兴的表情，"怎么了？"

"没什么，就是觉得要是手枪的主人的话，就不用偷了。我只是觉得这会省点工夫。"

淳也愤然甩下一句"失陪了"，便拂袖离去。有趣的是，他的反应并不像拒绝去见石神夫人时那样强烈。

我一边对获得的搜查权限和情报深表感谢，一边打定主意一定要去会会石神夫人。不仅有招揽同盟的用意，更重要的是，她恐怕是这个事件的关键人物。

八

狮堂由纪夫，2018 年

"虽说过程有些奇怪，不过总算拿到自由调查的许可了。"

我长舒一口气。

"那我们该从哪里入手呢？"

监控室里只剩我和香岛。千叶不知什么时候不见了。他也有自己的工作和立场吧。

"为了救出你师父，只能推翻那段影像了。为此，最要紧的是尽可能多地掌握线索。我想先去见见石神真维那，然后再去事发现场看看。"

"明白了。"

香岛带我离开了监控室。收押石神真维那的房间似乎在同一层的地下室。被扣上杀人的嫌疑，而且被监禁在地下室，想必会非常不安吧。

"穿过这个房间就是了。"

香岛推开双开大门。展现在眼前的情景，让我屏住了呼吸。

这是利用地下广阔的空间建造出来的大房间。进深和宽度各有十米左右吧。两侧墙边各横卧着一排排透明的圆筒形容器。

其中一个圆筒形容器里，此刻躺着那个方才和我胡搅蛮缠的叫手岛臣的男人，宛若在棺中沉眠的死者一样。先前惹人嫌的笑容不见了，脸上是修行僧般的清净表情。圆筒形机器旁边，一位秘书模样的女性正在电脑前工作。她认出了我，冲我点了点头。

简直就是科幻小说里的情景。要是恐怖小说的话，圆筒形的容器里装的就是满满的福尔马林，里面保存着尸体吧。眼前的情景实在过于超脱现实，以至于让我有了这样的想法。

"这到底是什么地方？"

"还没有跟您说明。这里被称作'星咏之间'，是星咏师将预言记录到水晶上的房间。"

"哦。"

是名字的缘故吧，知道得越多就越能体会到宗教色彩。

"像大星咏师那样的人，即使在普通环境下进行冥想，也能够在水晶上记录预知。不过，只具备一般力量的星咏师需要适合'星咏'的环境，所以造了这样的房间。星咏会创立之初，好像准备的是带有隔板的榻榻米房间。而现在，就像您看到的，配备了专用设备。里面是无菌状态，保持着舒适的室温，且完全隔音。听说是 2000 年以后变成这样的。了解到 REM 睡眠下快速眼动与预知有关，便投资了这些促进舒适入眠的设备。"

"说起来，手岛可真安静啊！"

明明刚刚还那么烦人，我好不容易才将这句话咽了回去。

"手岛在星咏会可是屈指可数的优秀星咏师。你看——"

香岛走近女性问道："能给我看一下吗？"女性爽快地答应了，还向我搭话："你是从东京来的吧？"我轻轻点头。

"欸，"香岛招呼我，"狮堂先生，请看。现在好像正在进行记录。"

手岛所在的隔间，地上放着一个小台座，上面有块直径三厘米左右的水晶。此时水晶的中心，有像雾一样的东西打着旋。

"就这样，星咏师在水晶上留下记录。"

"现在还看不到影像吗？"

"在水晶的正中间或许能看到什么。不过就像之前说的，最先确认影像的是星咏师本人，所以不能偷窥。待本人确认后，星咏师认为可以公开，就会用机器读取影像，以数据的形式保存，或者把数据传送到解析组进行解析。"

"想看看吗？"女性向我搭话，"刚刚手岛确认了一块水晶，现在正要读取。你要是想看，我就给你看看实际操作步骤。"

"拜托了。"

女性将手边的一小块水晶放入电脑旁的机器里，关上盖子，然后操作起电脑键盘，机器开始发出"叽——"的声音。

"从水晶里提取记忆，使用的是特殊的激光。经我们研究，人在感应预知时，思维会在水晶上刻下特殊的纹路。只要用机器解读纹路的凹凸，就能读取出清晰的影像。"

光听这些话总觉得很蹊跷，但看过两段真实的影像之后，便没法再一笑了之了。

"记录预知的水晶，只能用未笠木村的吗？"

“是的。刑警，你知道石英吗？”

“石英？”突如其来的术语让我有些不知所措，“那是，嗯……那个吧，用在时钟上的……”

“没错，用水晶控制分和秒的时钟就叫石英钟。据说这时水晶的振荡频率是每秒 32 768 次。”

“这么多！”

“石英晶振的振荡频率，是由水晶自身的特性决定的固有频率。未笠木村的紫水晶，其振荡频率偶然地与人的思维频率一致。三十多年前，星咏会成立研究小组，用国内外各种矿床运来的水晶进行实验，但都没有取得显著成果。不过只用未笠木村的水晶，就足以支撑今后百年的研究了，可见其矿床的丰富程度。”

从石英晶振那里就听不大明白，但我还是明白了未笠木村的水晶的独特之处。

“还请保密。”她微笑道，“确认‘没有其他可用的水晶’，既是为了增加研究资源，也是为了确保紫香乐电器对预知技术的垄断状态。”

原来如此。当然要着眼于未来事业开展和商业利用。等到了那个阶段，紫香乐一成当初买下未笠木村的整座山，就并非用力过猛或是一时冲动，而是有预见性的投资。

“我刚刚听说好像有一种叫作星咏师私密指定的制度，说是可以禁止公开影像，也不会上传记录。”

“是的。”

“也就是说，手岛做了私密指定的影像，就算是你也看不到？”

"是的。除了本人，其他人都没有机会看。"

"那些影像便以水晶的形式保留在星咏师手里。星咏师能自己处置这些水晶吗？水晶上浮现影像的话，废弃时想必要万分小心。"

"的确如此。很敏锐嘛。"女性脸上浮现和蔼的笑容，"水晶就算打碎了，也有可能从散落的碎片中读取影像的片段。所以对于无论如何都想处理掉的水晶，我们每半年回收一次，然后送进紫香乐电器工厂的火炉里熔化掉。"

隐私管理可以说做得相当彻底，水晶映现的是个人体验的话，那处理时如此审慎也是理所当然的。

在这个事件里，石神赤司预知后，没有给秘书看，自己将水晶保管起来。到了半年一次的废弃处理阶段，也没有丢掉，而是一直保留着……这不是更加不自然了吗？明明有处理的机会，却没有这样做，也就是说石神赤司有保留水晶的理由，或是无法处理的理由。

"香岛，你知道石神赤司是什么时候有了那个预知的吗？"

"关于这件事，我查过记录，赤司从1985年创立之时起，已经进行过四十多次私密指定。但影像内容只有他本人知道，所以无法掌握哪个私密指定对应的是那段影像。这次留在现场的记录时长三分钟，而指定对象为时长三分钟的共计二十次，占全体的半数。"

"也就是说，没法确定是这二十次中的哪一次。明白了，多谢。对了，石神赤司的秘书是谁？"

"有段时间由赤司的妻子仁美担任，现在则是一名男性事务员。两位都作证在职期间没有见过那块水晶。"

要是两人的话可信，就愈发让人坚信这个推测：是赤司自己将水晶隐藏起来的。

"现在放在机器上的水晶，是用来记录时长为一分钟的影像的。差不多要读取完了。啊，出来了出来了。"

女性操作起键盘，把影像拖到屏幕上。她拉过椅子示意我坐下。

她按下播放键。

整个画面上映现的是大理石走廊。虽说尚未仔细观察这栋建筑内部，不过看起来很像星咏会本部。

走廊对面的门打开了。这是一扇装饰豪华的木门。从门里走出来的是我，接着是刚刚在监控室里见过的那个名叫高峰的女性。视线追着高峰，接着往我这边移来，上下晃动着靠近了我。画面的右下角像是手岛的右手，激烈地晃动着。影像里的我时不时看向高峰，露出困惑的表情。不久，我脸上浮现嗤笑，说了些什么。下个瞬间，香岛从我背后走了出来。

影像到此结束。

"这是什么情况？最后我也出现了。"

"不清楚，好像是我和那个叫高峰的女性从某个房间出来的影像。"

"啊，那个房间我知道。如此气派的门只有大星咏师之间才有。"

"这么说，是我和高峰去现场查看的时候遇到了手岛，他慌慌张张地跑过来。他为什么要这么慌张？又或者是困惑？不安？不对，从右手激烈的动作来看，更像是愤怒？"

那他又在生什么气呢？难不成是事发现场有什么不想让人发现的东西？

"怎么样，刑警？有参考价值吗？"女性向我搭话。

"参考价值很大。从客观角度看，我的笑还真有点恶心。"

女性又偷笑了一阵，然后说："头一次在影像中看到自己的人，大多都是这么说的。"这让我很安心。话虽如此，我为什么会笑呢？虽然很在意，不过既然是未来的事情，我迟早会知道的。

"好了，关于这个房间和水晶的事情都说清楚了，我们去后面的房间吧。"

我向后面一看，设备成排的大厅深处有一扇门。

向女性道谢后，我们朝真维那所在的房间去了。

那是一间铺着榻榻米的单调房间。正中间隔着粗格铁栅栏，里面有抽水马桶，看起来就像牢房一样。

"……据说，这是以前用来冥想的房间。"

"即使是这样，这种处理方式也太过分了吧。"

如果说暂时没有其他可用于隔离的房间也就算了，但仅以受害者手里的水晶影像为证据就做出如此处置，那个叫淳也的男人怎么看都不是正派家伙。

不——想起淳也对石神夫人表现出的那种强烈的拒绝，就能窥见另一件事：对她儿子真维那，是不是有同样的感情在起作用？

那么石神夫人究竟是怎样的存在？

眼前的囚室里，一名男子正闭着眼睛坐禅。他身形纤瘦，手指在腹部前交错，细长得就像马上要消失了一样。齐肩的头发有着蓬松的波浪卷，与那份纤细相辅相成，从远处看可能会让人误以为是女性。他紧紧地抿着嘴唇，反复进行着深长的呼吸。

"师父，打扰了，师父……"

香岛喊了几声后，他终于有了反应。

真维那缓缓地睁开眼睛，抬起头，黑色的瞳孔直直地盯着我。那双眼睛既未睁得老大，又没有惊讶得眯成一条缝，就像我出现在他眼前是理所当然的事情一样，没有表现出任何变化。他一脸平静，甚至仿佛内心也波澜不惊。

这正是那段影像里持枪男人的脸。

我有些畏惧牢笼对面的人，他的眼睛仿佛要将我吸进去。真维那的瞳孔里，有着不可思议的魔力。

"通过水晶，我已经在梦中跟你见过面了。"

他的声音异常平静，即使身陷囹圄，也依然清澈。

我注意到，他用的是"梦"这个字眼。未笠木村的水晶会做梦。或许是真维那遗世绝俗的身影，让我想到了鹭姬。

鹭姬传说是一个悲剧，那我们呢？

大概就是在这段时间，或者更早的时候，他已经在水晶的影像中看到了我，完成了跟我的"会面"。我不禁讨厌起逐渐适应、被这种状况和气氛吞没的自己。

"第一眼见到你的时候，我就迫不及待地等着这一天了。"

我和香岛一坐到铁栅栏这边的榻榻米上，对面的真维那就说"请用这个"，然后从铁栅栏的缝隙里递出一个像煎饼一样的坐垫。

在这全然不似囚室之中的松弛气氛里，我专心看起真维那的脸来。

在石神赤司所持的水晶里，映现的是赤司被杀时的预知记录。眼前的男人和之前在屏幕上看到的凶手长得极其相似。他的脸并不像影像中那样显露凶相，所以给人的印象全然不同。但就脸的轮廓看，确实是影像中的男人。

看到了一个人杀人的"情景"，还能相信那个人吗？我此刻面临的正是这样的问题。

我完全想象不出眼前的男人情绪激昂的样子——所以，那个影像中的男人也许并非真维那。

但是另一方面，也可以这样考虑：是不是发生了什么事情，才让眼前这个男人露出了那样的凶相呢？

我虽然是香岛的协助者，但关于真维那是否有罪，我还是想站在第三方的立场上。为了确认石神真维那是否是值得信赖的人，看来有必要稍微扰乱他一下。

"不管怎么样，这样的处理方式太过分了。"我一边故意环视房间，一边说，"你是什么时候被关进这个房间的？"

"三天前吧。食物和书，香岛和母亲都会送来，所以并不觉得不自由。"

说是这么说，但毫无疑问，这里的环境与自由相去甚远。这个青年没有所谓的欲望吗？我的脑海里浮现出圣人的形象，我赶紧将其甩开。

"大约一周前，我就看到了你和香岛像这样隔着囚室的铁栅栏和我见面的情景。"

"那可真是……"

"所以我就想，是不是出了什么差错，导致我被关进这里，或是被送进哪里的牢房。所以事先的准备工作基本上都做好了。"

这副身板看似单薄，却也有坚韧的一面。

"你母亲也来探望你了吧？她叫……"

"石神仁美。母亲也非常担心我……今天也来过了。看，她拿来了这样的饭团。"

真维那向我展示装有饭团的容器。一眼就能看出，饭团的形状并不规整，海苔也卷得歪歪斜斜的。我便想象了一下那位还未见过面的石神夫人。

"是位温柔的母亲呢！"

"嗯，是个很好的人。"

此刻，真维那的眸子不由得勾起了我的兴趣。那里面不是对母亲的亲近，也不是挂念。

那双眸子里映出的感情是怜悯。

要扰乱他的话，就现在。

"丈夫身亡，你又陷入这种状况，她该有多操心啊！光是想想就让人战栗。啊，失礼了。"

香岛气得浑身发抖，真维那以微笑制止了他。

"就我个人而言，我认为这种情势对组织来说也是无可奈何的。可一想到母亲……"真维那咬着嘴唇，终于表露出一部分感情，"我就觉得必须尽快摆脱这种状况。"

"那提出抗议不就好了吗？"

"我当然也反驳过——这样的处理真的有根据吗？"

"说到根据，就是石神赤司持有的那块水晶吧？"

"您也看过了吗？"

"嗯。越看越觉得，你的脸就是在水晶里看到的那张脸呢。"

"是吧。"真维那垂下双眼，"第一次看到那段影像，我也觉得头晕目眩。"

"'是吧'这措辞很奇怪，难不成你的意思是，你父亲就是被你杀害的，所以映现在水晶里是理所当然的？"

"狮堂先生！"

香岛从我旁边站起来，激动地大叫。他的双眼仿佛在说"看错你了"，我的心刺痛了一下。被这样的视线盯着，本该早就习惯了。我确实感觉自己的心在休假期间变得脆弱不堪。

我一直在观察真维那的反应，他的眼神没有半分动摇，可为了忍住内心的怒火，他紧握着拳头，从而透出一丝真情。

"我没有杀人。我不可能杀害自己的父亲。"

他没有丝毫犹豫，掷地有声地说道。

当然，石神真维那也可能是那种撒谎连眉头都不皱一下的极恶之人。但倘若真是这样的极恶之人，是不会露出愤怒的吧。最重要的是，他的眼神和铿锵有力的话让我相信他是无辜的。或许是这种信息传达出去了，我感觉身后的香岛在深呼吸。绝望变成希望若是有声音，也许就是这样的。

"说了很多无礼的话，非常抱歉。"

我先深深地低头行礼，然后郑重地表达了歉意。

真维那笑着说"刑警先生，你这人可真坏"，爽快地原谅了我。

"从现在起，我相信你是无辜的了。"因为想敞开心扉说话，我便有意识地用了第一人称，"我希望你能把我当成律师。也就是说，希望你把事实告诉我，包括那些对自己不利的事。"

"非常感谢。"真维那深深地低头行礼。

"那先讲讲，1 月 31 日，也就是事发当天你的行动。"

"那天一如往常，我早上 6 点起床，做完日常的体操后，就去了星咏会本部。白天的时间都用于冥想，在水晶上做记录。香岛还在上学，所以我让他放学后来这里，然后 17 点让他回家。接下来的事务性工作由我自己处理。"

"对不起……我会快速成长起来的。"

"那种事情不必在意。说真的，我希望你什么都别管，专心投入到学校的社团活动上。"在真维那温柔的笑容中，可以窥见他们的师徒之谊。"但奇怪的是，在星咏会本部我自己的办公室里，突然收到一封故弄玄虚的信。"

"信？"

"是的，内容是这样的——

"致真维那。我有件事想要跟您商量。今晚 22 点 30 分，能在未笠木村后面的树林里碰面吗？奈雪。"

我扭头看香岛，只见他不住地摇头。

"结果是别人冒充香岛写的信。但那时我信以为真，便按信里的指示去了未笠木村后面的山。深夜让小孩子独自出门太危险了，而且想到要是香岛真的在黑黢黢的树林里等我，心里就很不安，所以从 22 点 30 分起，大约有一个小时，我都在那里等着。结果香岛没有来，我便去香岛在未笠木村的家，确认了他的安全后才回家。"

"为什么等了一个小时？"

"我觉得要是错过就不好了。最后，我去了香岛家，香岛的母亲告诉我他已经睡着了，我这才安下心来。等待期间，我透过树枝的缝隙观察了月食，所以并不觉得无聊。"

"我不是想问这些……"真维那稳重的调子，通常情况下应该是很有魅力的，但在这种状况下却让人心焦。我挠挠头说："总之，你被那封信骗出来，被夺走了事发当晚 22 点 30 分的不在场证明，也就是被推定为杀人时间的最重要的不在场证明？"

"嗯，是这样。"

听他的语气，这似乎并不是一件多么大的事。

"你出门前没注意到那封信是伪造的吗？"

"没有。要是笔迹明显不一样，也许能注意到，可看起来大体上是差不多的。当然，他没有亲口对我说，而是留下了那样的信，本身就有些不正常。但直接把我叫出去，我想应该是想说有所顾忌的话题吧，比如恋爱咨询。"

"别、别这样啊，师父。"

"香岛还是像这个年龄段的孩子一样多多享受青春才是。狮堂也是这么想的吧？"

"有时候我也觉得他太过成熟了。"我清了清嗓子，"回到刚才的话题，信是放在你办公室里的？"

"是的。装在信封里，放在办公桌上的。"

"你办公室上锁了吗？"

"没有。我没有在那里放被人拿走会很难办的东西。"

也就是说，谁都可以放信。从他们师徒关系的亲密程度来看，在很大程度上可以确信真维那会按照信上的指示行动。

果然是有人暗中作祟。

"关于上锁的问题，其他星咏师的房间差不多也是这样。不过，大星咏师之间就另当别论了。"

"怎么个另当别论？"

"大约半年前，父亲给自己的房间安装了电子锁。这个锁以星咏会发给每个人的会员证——当成员工卡就好——作为门禁卡。进入房间会留下记录，挺好用的。父亲以前说过，自己的水晶被偷过，或是在分析的过程中跟别人的水晶混在一起，吃了不少苦头，反思之后便安装了电子锁……"

香岛也曾说过，在水晶影像数据化还未落实的时候，经常发生误取的事情。

尽管如此，使用电子锁还是非同小可。这或许说明，石神赤司对自己的死是有觉悟的，采取了自我保护手段，保持着警惕？

"上锁的事，之后再调查。那封关键的信现在在什么地方？"

"事发当天，回家后，我就扔进自家的垃圾桶了。"

"什么？"

"所以，我想现在它已经被回收焚烧了吧。"

我体内的力气仿佛一下子被抽空了。的确，尸体被发现是第二天早上的事，所以前一天晚上把它扔掉也不无道理。真维那把它当作没有作案性质的恶作剧，而置之不理，也不能说是不自然的。话虽如此……

"怎么会这样……"

"狮堂先生，对……对不起！"身后的香岛低下头，"要是我早点发觉，就能妥善保管了……"

"不用道歉。这也是没办法的事。"

我又转向真维那。

"真维那，我还有一件事要问你。事发当天，或者在这之前，石神赤司有什么异常吗？"

真维那的脸头一次蒙上阴霾。

"异常之处……事发前两个月开始，父亲就好像有意回避我。"

"这么久之前就……"

"是的。可以说一直都挺生分的。无论我多么想和父亲说话，他总是早早结束话题。母亲叫我'不要在意'。可最近他在走廊上看见我，就会躲进旁边的房间里，还会彻底错开吃饭的时间。我住在星咏会本部时，他就在家里；我回家时，他又去本部。当然，父亲是大星咏师，我知道他很忙，但这也太过分了。"

真维那的脸微微泛红。

"事发当日 16 点 30 分左右，我去给身在大星咏师之间的父亲送文件。看到他正全神贯注地工作，便萌生了小恶作剧的念头。我悄悄地绕到父亲身后，想吓他一下。父亲看到我，"啊"地大叫一声，并将我推倒在地。现在回想起来，我能理解那是因为害怕

114

被我杀死吧，可当时我完全摸不着头脑。"

真维那踌躇片刻后又说道：

"当时，父亲训斥了我一顿……他说了一句令我非常在意的话。"

"什么话？"

"'那场火是你放的吧……'"

火？这句话好突兀。

"是指那个瞭望塔失火吗？"

香岛的话唤醒了我的记忆。刚到入山村时，我就看到"小心火烛！"的告示。

"我想应该是。我记得那场火灾发生在一个月之前，也就是父亲遇害前的一周左右，可是……"

真维那的困惑我完全理解。赤司被害和那场火灾之间究竟有什么关系呢？

"结果，我还是没弄明白父亲话里的意思。可能是骂了一通冷静下来了，父亲又对我说'我总觉得心情烦躁，今天还是保持一些距离吧'……之后，我无话可说，只得走出房间。"

"师父，竟然发生了这种事情……"

香岛的眼睛湿润了，凝视着囚室里的真维那。

"最后和父亲的对话竟然是这样的，真是惭愧。"

真维那以此结束了这个话题。

"狮堂，我没有杀父亲。影像里的确有我的身影，但我也完全搞不清是什么情况。"

"我明白了。"我重重地点头，"很抱歉让你回忆这么痛苦的事情。"

最后，还有一件事让我十分在意。

"话说回来，你说在水晶里看到了我，就是现在这个场景吗？还是在这之后？还是说再往后，在你出狱之后？"

"我也不太清楚。因为隔着铁栅栏，所以可能是现在，也可能是放我出去的时候。因为做了私密指定，藏起来了，所以没能用读唇术……"

"那么就算我来了，也不能保证成功救你出去？"

我很在意从紫香乐那里听来的有关我失败的影像。事实上，他并没有给我看过，所以也可以认为是在撒谎。但也有另一种可能，影像真的存在，为了在最佳时机摊牌而先藏起来了。我对这个毫无头绪的事件完全失去了信心。

"不，你一定能救我出去。我相信你。"

"第一次见面就这么相信我？你也太抬举我了吧！"

"哈哈，怎样说都行。"真维那微笑着。

"从第一眼透过水晶看到你的时候起，我就有这种感觉。"

"真是备受期待啊！"多少受到了鼓励，于是我开玩笑道，"那你暂且就像等待被救的公主一样在这里静候，我一定会救你出去。"

"我可是男的。"真维那闹别扭似的说道。

他鼓起腮帮时跟香岛很像，我笑着脱口而出："你和香岛简直就像兄弟。

"总之，赤司开始躲着真维那的时候，他就已经通过水晶知道自己会死。而写下那封信的便是凶手。这两点是肯定的。凶手夺走你的不在场证明，想让你成为嫌疑人。"

"真是可怕的奸计。"

"还有更可怕的事情。想让真维那成为凶手，也就意味着，真正的凶手极有可能也知道那段影像的存在。"

香岛和真维那都屏住了呼吸。有一瞬间，寂静无声。

"可、可其他人应该没有机会看私密指定的水晶吧？"

"我今天听到过好几次了，所以从刚刚开始就一直在思考，是不是有什么空子可钻？否则，我们就不得不相信这是一个偶然——记录真维那是凶手的水晶被发现了，与此同时，这个事件真正的凶手想嫁祸于人，碰巧选了真维那。两件事偶然地对上了。"

然而，我不相信偶然。

九

狮堂由纪夫，2018 年

带着惜别师父的香岛上到一楼，看到走廊墙边倚靠着一位女性。

"哟，来了。"

"我记得你是……"

"刚刚已经自我介绍过了。"她推了推眼镜，微微一笑，"再来一遍。我是高峰瑞希，星咏会的主任研究员，影像解析组的组长，请多关照。"

"影像解析组是做什么的？"

"通过解析水晶的预知影像，推定其年代、状况、社会背景等。"

"是利用水晶预知的关键，堪称研究部的王牌。"

"呵呵，香岛说得这么直接，总觉得很难为情。"她露出轻松的笑容，让我降低了对她的警戒心。"紫香乐所长让我来当向导，带狮堂四处看看。"

"高、高峰能协助我们，自然是不胜荣幸！"

香岛为之一振，两眼放光。看来她在研究所是个了不得的人物。

118

"还为我安排向导，紫香乐淳也可真贴心啊！"

"我想多半不是出于好意吧。他是想尽可能知道事情进展。"

我耸了耸肩，觉得很可能就是这么回事。

"对我来说，你勇敢地跟所长叫板，总觉得挺痛快的。"

"你是说星咏会并非铁板一块吗？"

"在不累及自身的情况下，让上司碰碰钉子，还有比这更爽的事吗？你脑子转得挺快，很合我胃口。不过，目前还是所长占上风。"

"好吧。不管是什么理由，你肯帮忙，我感激不尽。"

"有话直说。"高峰开玩笑似的说，"狮堂，你看起来很年轻，多少岁了？"

"二十七了。"

"那和我同岁。"

"啊，二十七岁……就已经是主任研究员了吗？"

"干吗这么吃惊？"高峰咯咯地笑了，"那我看起来到底有多少岁？"

"不是的，我不是这个意思。"我慌忙补充道。

"高峰是真的非常优秀！"香岛雀跃地说道，"她五年前入职紫香乐电器，对星咏会的研究理念很快产生了共鸣。加入研究所后，她的实力获得了所长的认可，担任了现在的职位。她做了很多有趣的研究……"

"这家研究所很结果主义。"高峰苦笑道。

"现在在做什么研究呢？"

"我正在开发隐形眼镜……你已经听说星咏师的虹膜上有某种共同特征了吧？"

"好像是有星形图案。"

"我在想，能不能做出再现这个特征的隐形眼镜？要是星形图案本身就有力量，那让不具备星咏师天资的人戴上隐形眼镜，不就能进行星咏了吗？"

"要是能做出来，那将是划时代的壮举！"香岛又兴奋起来。

"实际上，为了进行预知，必须戴着隐形眼镜睡觉，这势必会给眼睛带来负担。有粘在眼睑背面的可能，甚至有失明的风险。看来能力上的差距还是很难弥补的。"

"嗯……"香岛陷入沉思。由于他的反应过于直白，让人不自觉地盯着他。

"不过，这项研究还有一个好处。"高峰装模作样道，"这个实验要是成功了，就能确认不具备星咏师能力的人眼睛是如何成像的。也就是说，具有医疗价值。原本飞蚊症、白内障等眼疾，外人很难理解。将其可视化，应该会是巨大的进步。"

"这、这不是很厉害嘛！"

"是吧！这可是为了申请隐形眼镜的开发经费拼命想出来的理由。"

看到香岛一副被耍了的表情，我忍不住笑了出来。

"归根到底，本意是为了满足我个人的兴趣，还是这样说比较好。虽然最近才开始制作，不过试制品很快就要完成了。"

"哈哈，那可太厉害了。"

这并非奉承。了解到这个可疑组织中的成员在认真而理性地推动事物的进步，我便由衷佩服。

"如果大家都能像狮堂和香岛一样，坦率地夸赞'好厉害'并接受就好了。"

"实际上，很辛苦吧？"

"是的。围绕我的研究，现在会内的意见分成了两派……"高峰手扶着太阳穴，叹气道，"想让星咏师的能力保持特殊地位的星咏师，反对研发隐形眼镜。紫香乐所长也站在这边。而另一边，那些希望自己也能获得能力的员工则表示赞同。像真维那和鹁，打心底里同意并赞成研究价值的人少之又少。最后，被权力斗争利用了。"

"唉……那千叶和手岛是哪一派呢？他俩都是星咏师。"

"千叶意外地成了反对派，不过手岛是赞成的。这让我非常在意，毕竟他对权力是很贪婪的。"

有朝一日，会成为下一任星咏会首席的男人——手岛是这样介绍自己的。的确，高峰的分析恐怕是对的。

突然，脑海里划过一个念头：赤司被杀，真维那被赶下台，最大的受益者是谁？真维那之后，能掌权的人是谁？因为学会事件，千叶貌似失去了在组织中的发言权，但在我看来他似乎仍想保住星咏师能力的特权性，这是否与此有关？

"啊，不好意思，"高峰看了香岛一眼，脸上一下子浮现出尴尬的表情，"这种事不该让香岛听的。"

香岛摇着头说："没有没有。"

听了许多生动的故事，又通过隐形眼镜的事，分析了成员们对权力的欲望，对我来说是不小的收获。

"这么说来，狮堂跟我同岁，讲话不要这么客气了吧？"

"的确如此……我是说，好的。"

我感到芒刺在背，朝高峰看去，两人互相苦笑了下，说着"还是算了吧""也是呢"，算是达成了共识。

有了高峰这个新成员的加入，我决定先掌握馆内的大致状况。闯入时，因不能被发现而比较着急，没办法慢悠悠地观察建筑物内部。不过，在被带往事发现场——大星咏师之间的这段时间里，我已经慢慢地适应了馆内的气氛。

这栋建筑地上两层，地下一层。从设在馆内入口处的平面图来看，地下除了刚刚去过的监控室、星咏之间以外，还能看到保管库和其他标记。

地上的建筑物，正中间是贯通的大集会厅。沿着集会厅的"口"字形走廊，从内至外排着一长列房间。各位星咏师的办公室、各个组的研究室、会议室等紧挨着。二楼东南角的房间，不知为何画了个大大的叉。难道是一间闲置的房间吗？

大星咏师之间位于二楼东北角。仅从平面图上看，似乎比其他房间要稍大一些。

和之前听说的一样，房间安装了电子锁。高峰用挂在脖子上的会员证触碰了一下，转动门把手进入房间。锁上的灯由红变蓝，并没有发出特别的声音。

"啊，先别进来。这个给你，客人用的会员证。"

她将卡抛给我，门随即在眼前锁上了。看来这锁只能一个人开，一个人进，跟车站自动检票机是一样的原理。

进入室内后，有一种熟悉感，毕竟之前在影像里看到过了。

房间最里面摆放着一张大书桌和一把椅子。木头的质地和暗棕色的色调共同营造出一种鲜明的风格，能让人感受到石神赤司——那位在此工作的男人的气质。书桌上的大理石烟灰缸也别有一番情趣。

两边墙壁分别陈列着书橱、衣柜等家具，以及鹿头标本。这些都在影像里看过了。脚下铺着的酒红色地毯也颇为眼熟。

"被发现时，尸体是倒在地毯上的。倒在桌子右侧，就在这附近。"

高峰所指的地方还残留着清楚的血迹。即使在酒红色的地毯上，由于颜色上的差异，很快就能辨别出血迹的位置。那片血迹不远处，地毯一角的附近，还有一块很大的黑斑。

"尸体曲背倒在桌子右侧。有血迹的地方似乎是头部。椅子也倒在相同的方向。"

"黑斑是什么？"

"尸体被发现的时候，玻璃杯就碎在那个位置。之前看的影像里出现了咖啡对吧？"

"听你这么一讲，好像是有……"

因为看的时候没有注意细节，有关咖啡的事想不起来了。虽然内心不是很情愿，但那段影像也许还得再看几遍。

我拉开桌子抽屉。在那段影像里，抽屉有双层底。我把手伸到抽屉底部的木板上一摸，发现一个小洞。

我从桌子上拿了一支铅笔插进洞里，将底板掀开，第二层一览无余——里面空空如也。

"这里面有放什么东西吗？"

"什么都没有，收获为零。"

我又从桌子上拿起一支铅笔，伸到抽屉底部。左手挪动插进洞里的铅笔，将底板放回原位。铅笔伸到底而底板又不翘起来，我在这个位置做了标记，然后找了一把尺子紧贴在铅笔的标记上。

"大概有三厘米深。香岛，你知道记录了那段影像的水晶有多大吗？"

"记录的影像有三分钟，所以长度大概是三厘米。之后再准确地测量一下吧。"

"为慎重起见，拜托你了。这个隐蔽空间与水晶大小相符，石神赤司将水晶藏在这里，大致错不了。"

他正要取出那块水晶时遭到袭击，水晶滚落到地上。如此一来，抽屉就空空如也了。

抽屉这边似乎没有更多的线索了。

东边的墙壁上有一扇大大的窗户。这就是那段影像的起点，石神赤司遇害那天遥望月食的窗户。站在窗前向外看，树都被砍了，所以视野很好。听香岛说，两个月前为了增建房屋，将窗前的树都砍了。这或许也有景观上的考量吧。

突然，我看到远处有一块焦黑的土地。我想起一个月前瞭望塔失火的事。那里就是原来的瞭望塔吗？

"要推翻那段影像，唯有找到其中的矛盾之处。"我对香岛和高峰说道，"一步一步来吧。影像开头，石神赤司站在这扇窗前遥望月食。当时月食的状况是怎样的？能从这扇窗户看到吗？"

高峰一边操作平板电脑一边说：

"2018年1月31日，月全食始于21点52分，终于23点9分。影像中出现的是食分最大时刻的月亮。最大食分的时间是22点30分，月亮出现在东南东至东南的方位，这和大星咏师之间窗户的朝向是一致的。

"顺带一提，以当时月亮的高度为基础，又计算了以石神赤司死亡时的身高从这个房间仰望的角度，两者并没有矛盾之处。"

"真是毫无疏漏。"

"云的状况也没有问题。当天未笠木村也受寒流侵袭，其上空清晰可见。"

"这种事影像解析组也能做到吗？"

"那当然了。我们在工作中经常运用天文现象，所以很熟练了。这是能帮我们弄清时间和季节的重大线索。要是都跟这回一样，有罕见的天文现象，我们的工作会轻松不少。"

"真了不起啊！"

之前听说的根据面容推断年龄也是工作之一吧。

"要是不知道看到的未来什么时候来临，很多时候就派不上用场。"高峰边说边推了推眼镜，脸上露出微微自豪的表情，"我的工作就是将影像中出现的所有东西作为线索，支撑推断。就连植物和物品，也能从生长和损伤状况看出很多信息。"

"那好，接下来我们就聊聊物品吧。"

"影像里，视角离开月食之后，一边看着大星咏师之间的家具，一边走向办公桌。关于这些家具，有没有什么依据可以判断它们不属于这个房间？"

"怎么说？"

"要是能准备同一种类的家具和大小一样的房间，那么在别的地方也能'制作'出跟这段影像完全相同的影像吧？"

高峰吹了声口哨。

"狮堂的想法很有趣，或许适合在我们这儿工作。"她边笑着说边摇了摇头，"但遗憾的是，这条思路并不对。首先，家具经年旧化的状态是一致的。这个房间里的家具，四年前似乎全部买新的替换过。家具的状况也——确认过了，并没有推断出年份上的矛盾，也没有任何特殊伤痕。其次，星咏会本部也没有和它大小一样的房间。这是大星咏师用的略大一些的房间。最后，也是最重要的证据，这间房间的地毯是举世无双的超贵重品。听说是前所长紫香乐一成找法国匠人定做的。"

真是这么好的东西吗？这么说来，四边点缀的纹饰的确很有特色。话虽如此，四边都是一模一样的设计，总觉得不像是费工费力的定制高级品。

"也就是说，家具确实都是这个房间里的……影像解析组还会调查家具的来历吗？真是辛苦的工作啊！"

"怎么可能！"高峰耸耸肩，"我们负责计算，但这种事务性的调查工作有其他组专门负责，所以有关家具的事情都扔给他们了。"

出乎意料的是，这似乎是个分工严谨的组织。

"话说回来，四年前把家具全都换了……到底是为什么？如果只是一部分还好理解，但全部都换掉，一定有什么理由吧。"

刑警的直觉告诉我，这不正常。能想到的理由是，因搬迁而更新换代。

"是因为四年前的圣诞节事件吧。那时我刚来星咏会不久，所以记得很清楚……"

"跟你来的时间一致，真是太可疑了。"

"哈哈，我也会被当成凶手吗？"高峰笑着回避了我的话，继续往下说，"那年圣诞节，旧大星咏师之间发生了一场小火灾。墙上的花环、彩带等各种各样的装饰品都着火了。幸运的是，火势并没有蔓延到整栋楼，但旧大星咏师之间的墙壁上留下了黑色的焦痕，一部分家具也被烧毁了，没有烧毁的也都被烟熏黑了……所以大星咏师之间搬迁到了现在的位置，家具也跟之前摆放得一模一样。烧得焦黑的旧房间现已不再使用了。"

"难不成……"我想起这栋建筑的平面图，"二楼的建筑平面图上，东南端的房间画了个叉，那个房间就是旧大星咏师之间吗？"

"好敏锐的观察力。"高峰惊讶地耸起了肩，"那我就把你可能想知道的信息告诉你。旧房间的大小和这间完全相同，而且窗户的数量和位置也是一样的。"

"那……"

"但不凑巧的是，房间内部熏黑了，完全没能保住原状。简直就是间黑屋子。如果'水晶里映现的现场'是旧房间，即使不进

127

行影像分析，也能一眼看出矛盾。因为那里一塌糊涂，完全没法装成现在的大星咏师之间。"

"这样吗？"

"话虽如此，发生了火灾，地毯居然完好无损……真不可思议。"香岛提出了理所当然的疑问。

高峰用力点了点头："据说，火灾发生时正好送去干洗了。是打算在圣诞派对之前洗干净吧。"

不管怎么样，那场火灾毁掉了可以用来设计诡计的房间。但我没有放弃，重提了这样的可能性。

"但把地毯带出去的话，不就可以找到大小一样的房间吗？"

"真是出乎意料地执拗啊！"高峰苦笑着说，"你倒是说，这种事情在不被房间主人赤司发现的情况下怎么做到？"

"再说了，无论怎么换房间，师父出现在影像里的事实是不会改变的……"

说完这话，香岛就萎靡不振了。

"作为一个技术人员，我也没法替他辩护。"高峰摇头，束在脑后的长发也跟着摇摆，"或许你已经听说了，出现在影像里的那个男人的脸，和真维那的脸有九成相似。因为有围巾和头发遮挡，所以只有九成。"

"……顺便问一下，影像里出现的是真人吗？"

"嗯？什么意思？"

"比如说，有没有可能是石神赤司看到的幻觉？赤司会不会有这样的强迫思维，认为自己会在月食之夜被真维那杀死？通过水

128

晶看到未来，或许做好了自己会死的心理准备，这从对真维那明显的拒绝反应也能看出来。这样一来，大脑可能会产生错觉，认为眼前出现的别的男人就是真维那吧？当然了，前提是水晶能记录那样的幻觉。"

高峰使劲地点了两三下头，说："狮堂真厉害，简直就像在快步追赶我们三十多年的研究成果。

"不过对于你的问题，遗憾的是，这条线索也毫无可能。水晶记录的是肉眼看到的真实情景。这是从实例中得知的：一位后来因酗酒产生幻觉的星咏师。双眼目睹事物，从而感知世界，大脑通过双眼的视角构建立体图像的那一刻，水晶就在做记录了。也就是说，你可以把这看成照相机。人的空想、不存在的东西是不会被映照出来的。"

"也就是说，影像里出现的是石神真维那，或是与石神真维那无限相似的男人。"

"嗯，是这么回事。如果真的恰好存在这么一个无限相似的人。"高峰露出了爽朗的笑容。

"话说回来，你知道那个男人为什么要戴围巾吗？"

"在这件事情上，真维那似乎没有任何证言。"

"当然了！因为师父根本不是凶手……"

"你的心情我能理解。"高峰对香岛露出担忧的笑容，然后说，"归根到底，要说戴围巾的理由，可能是因为室内很冷吧。毕竟是在一月底的夜里，又开了窗户。"

"这也太牵强了！"

之后该向真维那确认一下吗？但影像里的男人戴着围巾，总觉得另有原因。

"事实上，还有一个疑问……不对，这可以说是核心所在。"

"是什么？"

"看到那段影像里真实情景的人，也就是在那块水晶上做记录的星咏师，真的是石神赤司吗？"

高峰突然定住了，以一种难以置信的目光看着我。

"狮堂真有意思！是我干这个太久了，思维僵化了吗？"她发出银铃一般的笑声。

"或许是因为我还没有完全相信水晶预知，才有这个想法。"我让步道，"只是生性多疑罢了。"

"我渐渐也有了斗志。"

高峰转了转肩膀，麻利地操作平板电脑，调出影像。

"来吧！狮堂为什么会认为这段影像的'星眼'主人另有其人？请把根据列举出来！来吧，来吧！"

虽然高峰的热情让人退缩，但我绝不能输。

"第一，星咏师是影像中的视点人物，是不会露脸的。这样的话，这段影像也可以认为是石神赤司以外的人通过'星眼'看到的情景。

"第二，对'星眼'主人说的那句'不许你再叫我真维那'，并不像是对父母说的话。"

"关于第一点，'星眼'主人通常不会露脸，所以你主张'因为没露出脸，所以是别人'，对我们分析组来说是有些苛刻的歪理。"

我耸了耸肩。

"当然了，脸映在影像中的镜子里或水面上的话，便可以确认'星眼'主人，但大星咏师之间没有镜子，就算强人所难也没有办法。在这段影像里，要是看一眼装有咖啡的杯子，或许还有一点线索，但没可能在被枪指着的情况下喝咖啡吧。"

"不过，我在意的是另外一件事：这段影像里没有出现手。"

"手？这到底是……"

高峰开始重新播放影像。我和香岛一边确认是否出现过手，一边听高峰讲话。

"狮堂听说前所长紫香乐一成和赤司、青砥兄弟相遇的往事了吗？知道那件事就好理解了。在那个故事里，提到过赤司手上缠着创可贴吧？就像那样，星咏师的手有时会出现在影像里。写东西、操作电脑、吃饭，无论做什么事情，手都会进入自己的视野。这能提供很多线索。"

"怎么说？"

"首先，从手能看出大致年龄。可以通过皮肤和皱纹进行推测。其次，这也适用于影像中出现的其他人，有时还可以通过指纹确定身份。"

"指纹？"

"你有没有听说过这样的事：从上传到社交网站的剪刀手照片中提取指纹，从而进行指纹识别？换句话说，我们做的事和那个是一样的。

"在这次的事件中，赤司只要看一眼自己的手掌，我们就能从中提取指纹数据。之后再采集赤司的指纹进行对比，就能确定在水晶上做预知的就是石神赤司本人……"

听到这话，我从高峰手上拿过平板电脑，又从头开始播放影像。开枪的场面让我头痛不已，但一想到在挣扎的状态下手可能会进入视线，便无法将目光从画面上移开。

"……迄今为止都没意识到，确实没有出现手。"

"拉椅子的时候，手是从视线背后拉的。把抽屉的双层底抬起来的瞬间，手也被抽屉拉出来的部分遮住了。完全看不到赤司的手。下个瞬间，男人出现了，手一次都没出现，影像就这样结束了。The End。"

"是啊，手完全没有出现，真是太奇怪了。不觉得有什么猫腻吗？要是星咏会内部有人企图制作假影像，就会把你刚说的指纹检测的风险考虑进去，制作出手不出现的影像，不是吗？"

"真是说什么都不放弃啊。"

"这是自然。"我想到在身后等待的香岛，同时继续道，"男凶手进入房间后，他的手也一次都没有出现过，这很奇怪。应该有很多会动动手的时候，用手指向对方啦，用手抵抗啦。"

"但也可以认为是真的没有动。换句话说，星咏师遵从自己所处的状况，手自然就不会映出来。"

"什么状况？"

"举起手来！"

"什么？"

高峰把手指比作手枪的形状，正对着我的脸。刚刚在影像里看到的枪击画面和那次枪击事件的情形一起在脑海里复苏，一阵尖锐的疼痛涌向太阳穴。

"啊……原来是这样。"香岛老实地把手举到脸的两侧，"狮堂先生，我觉得照做比较容易理解。"

"从狮堂和我的身高差来看，还是直接坐到椅子上更容易解释。"

我被高峰催促着，坐在了事发现场的椅子上。高峰隔着桌子站在我正面，用手模拟出手枪形状指着我。现在我与影像中的星咏师所处的状况完全一致。

我举起双手。

"现在狮堂是抬起头以仰角看着我。注视着拿手枪指着自己的人，这样做是理所当然的。'星眼'就这样举着双手，手自然会在视野边缘。"

"嗯。虽然眼睛左右动一下就能看见手，但被手枪指着，根本顾不上吧。"

"是的。你明白手为什么不出现了吧？"高峰露出自满的笑容。

"明白了。"我也不服输地回以笑容，"可这样一来，我就越发搞不懂了，影像里的星咏师是石神赤司，这个推断是以什么为支撑的？"

"第一，这块水晶由赤司持有。第二，从影像是在大星咏师之间记录的，以及事件发生的情况来看，那人是大星咏师之间的使用者赤司本人，这一可能性是很大的。第三，抽屉装了双层底，这个事我们不知道，而影像里的星咏师知道。"

反过来说，这个推论也是相当脆弱的。

"虽然现在看起来似乎找到了希望，但如果真的想找到那段影像的矛盾，就必须给出一个一以贯之的解释，不仅是影像中的星咏师，还有真维那的脸、月食以及影像中出现的其他一切。"

"推理的基本常识都教给我了，真是贴心啊！"高峰耸了耸肩。

"对了，最后给你看看当天大星咏师之间的出入记录吧。"

"出入记录？对啊，大星咏师之间用的是电子锁，所以会留下记录。"

"是的。使用门禁卡，就会留下入室记录和 ID。警察来调查的时候，我们查过 ID 是谁，并交给了他们……"

"原来如此。难怪你会把这些信息透露给我。"

"一点就通嘛。"

高峰冲我眨了眨眼，然后在平板电脑上打开资料。原本的记录好像全是以 ID 的形式留下的，不过就如刚刚说明的，高峰已经事先换成人名了。

不愧是电子锁，以分钟为单位留下了记录。

大星咏师之间入室记录　2018-01-31

08：02　石神赤司

09：05　石神仁美

11：55　中野（实习员工）

12：30　鸨津一郎

13：12　手岛臣

14:36　石神赤司

15:00　中野

15:12　美田园（石神家的保姆）

15:28　石神仁美、美田园

16:31　石神真维那

18:27　千叶冬树

20:05　石神赤司

22:31　中野

23:26　中野

16点30分左右有真维那的入室记录。被赤司撞倒，大概就发生在这个时候吧。

最引人注目的是事发时间，22点30分左右的入室记录。

"这个叫中野的是谁？"

"我们雇佣过的实习女员工。"

"要去哪里见她？"我突然意识到，"你是说雇佣'过'？"

"好巧不巧，她在事发当天被解雇了。"

"解雇？怎么回事？"

"不知道，"高峰茫然地叹了口气，"我对细节一无所知。听说是因为对赤司做了失礼的事，但具体发生了什么我就不清楚了。赤司和中野似乎也不想说这件事。我听说，事发当天18点，中野就收拾好行李离开了未笠木村。"

"那这两个门禁卡记录，22点31分和23点26分，并不是中野本人留下的吗？"

"是的。凶手在中野离开后，将她的卡据为己有，然后用它闯入现场。"

"中野被解雇，也是凶手策划的吗？"

"怎么可能？要是这样，就说明是赤司本人策划的了。就算没有中野这件事，不也可以拿别人的门禁卡吗？其他星咏师的房间都没上锁，拿走某个粗心大意的员工的卡应该并非难事。"

高峰说得好像她曾经这样想过似的。

当然了，要是中野被解雇，是凶手从中作梗，那高峰的主张就站不住脚了。但现在我没有相应的证据，还是先问问知晓解雇理由的人吧。

"23 点 26 分这个记录，是不是表明凶手回到现场取走了什么东西？"

"恐怕是的。还有你指出的在赤司手上留下火药残渣的事情。应该是想到什么事情才回去的。"

"话说回来，离开房间不会留下记录吗？"

"出去不需要钥匙。重新看一遍记录，就会发现赤司本人进入过房间几次了。"

我点了点头，请求高峰把记录打印出来。

不会留下离室记录，反过来说，赤司从 20 点 5 分进入房间后，就再也没有离开过。因为他的尸体是在大星咏师之间发现的，这是理所当然的结论。

15 点 28 分，留下了石神仁美和美田园两人的记录，这也表明房间的电子锁一次只能进一个人。即使赤司曾出去过一次，再跟谁进来也行不通。

不对，要是变成尸体后搬进来，就可能再进一次房间。我试着继续往下思考，但果然还是碰了壁。死后再搬进来，恐怕就会和现场留下的血迹产生矛盾。按血迹飞溅的方向和形状来看，可以肯定是凶手开枪造成的，像预知影像里显示的那样。就算将血液刚开始凝固的尸体搬进来，也无法做出这么完美的伪装。

果然，石神赤司就是在这里遇害的。

"在大星咏师之间能查到的只有这么多了，接下来去听听第一发现人怎么说……"

"那我去联系石神夫人。"

香岛冲出房间。他是去打电话吧？

"呼——"高峰长长地叹了一口气，"是石神夫人……"

"她是受害者的妻子，还是要先听听她的话。"

"……要是能说上话就好了。"

"这么难相处吗？刚刚淳也的反应似乎也很强烈……"

"我不是讲过没有必要吗?!"——反应强烈，我自己都觉得这说法过于客气了。

"很难相处……或者说，嗯，该怎么说呢？"高峰的视线在空中游移不定，"那个人能蛊惑人心。"

"蛊惑人心？怎么说？"

"可能也有想象的成分吧。"

高峰开玩笑似的耸了耸肩。

"过去好像发生了很多事。我在这里只待了四年，知道得不是很详细，不过她似乎经常惹麻烦。"高峰清了清嗓子，"石神夫人在大学时代就与赤司相遇并交往，相处很长时间了。"

"你的意思是，相处久了，总会遇到一两个问题？"

"嗯。但仅仅是时间久还不能解释这些问题。毕竟从某个时候开始，紫香乐所长就限制她进入星咏会本部。"

"这么严重吗？"

我不由得吃了一惊。高峰则暧昧地笑了笑。高层领导的妻子被组织拒之门外——这该有多招人怨恨啊？

"可尸体的第一发现人是夫人，这样的话，就不能说受到限制了。"

"当然了，她是组织高层领导的妻子，即使限制她进入，也是有限度的。她的住所建在未笠木村的一隅，靠近本部，有事就会来这里。听说她曾作为赤司的秘书在本部工作过，相比那个时候，现在来本部的次数确实要少很多。"

"可这样一来，如今丈夫亡故，她的处境就……"

"哎呀，再多的话我就不说了。"高峰叹了口气，"还有人提议趁这个机会把她逐出村子。即使这样，儿子真维那一直在保护她。但在这次的事件中，儿子作为嫌疑人被抓了起来，她的处境越来越艰难了。"

高峰垂下了眼帘。

"一看到石神夫人弓着背，像是逃避别人的视线一样来以前工作的地方，就有些受不了。"

难道是过去发生了什么事情，让她承受着如此折磨吗？真是越听越不明白石神夫人这位女性了。淳也像讨厌蛇蝎一样讨厌她，儿子对她又爱又怜。"能蛊惑人心"，这句话在我脑海里一闪而过。

那赤司本人又是怎么想的呢？

像要打断我思考一样，高峰说：

"狮堂也卷入麻烦中了吧？"

"反正在休假，没什么问题。"

"这样不行，休假就得好好休息。"

"看来我的好奇心就像一种病。"我耸了耸肩，"而且也有被那孩子的热情触动了的原因。"

"香岛啊，真是了不得。"

"他这么在意真维那，执意要救他出来，是有什么理由吗？还有，居然让这么小的孩子当秘书，他父母是怎么想的……"

高峰挠着脸颊，为难地移开了视线，但马上又转过身来说："本人可能很难开口吧。

"香岛是未笠木村出生的孩子。那个时候，他的父母年仅十八岁，两家人都强烈反对生下孩子，但最终母亲还是生下了他。残酷的命运就是从这里开始的，眼看孩子就要出生了，男方却消失了。母亲想作为单亲妈妈抚养他长大，娘家却和她断绝了关系，她操劳过度，年纪轻轻就因病去世了。那时香岛还不到三岁。

"据说，母亲临死前，在香岛睡觉的床边放了用来测试的水晶，是星咏会交给她的。她可能是想，至少留个礼物给他吧。结果，那块水晶记录下清晰的预知，星咏会认为他有成为优秀星咏师的

139

希望，便收养了他。虹膜是孩子两岁前眼球移动刻下的'纹理'。香岛三岁时的虹膜记录中，显现出鲜明的星形纹样。母亲去世后，香岛被寄养在外婆家。对于这个被留下的幼小孩子，外婆或许正发愁该怎么办，星咏会提出收养香岛，她就爽快地同意了。"

像是事务性的报告结束了，高峰停顿了一下，然后用含糊不清的声音嘟囔了一句：

"我觉得太过分了。"

对于这过于凄惨的往事，我不知道该说什么。

"香岛是在星咏会本部临时设置的育儿室里长大的。石神家有个叫美田园的保姆，据说当时是她做了香岛的乳母。从那时起，真维那就很疼爱香岛。他也就十八岁吧，疼爱香岛就像哥哥疼爱弟弟一样。所以自打懂事起，香岛就很喜欢真维那，自愿成为真维那的弟子。他一边努力上小学、中学，一边像海绵一样吸收辅助真维那的必备技能，真是个坚强的孩子。"

"如此信赖的男人是杀人犯，要真是这样，他肯定接受不了。"

"是啊。请允许我说句粗俗的话，"高峰从鼻子里喷出一股气，"这真是件从头到尾都令人恶心的事。"

高峰像是被自己的话激怒了一样，整个身子都在颤抖。虽然心中郁积的沉重感尚未消退，但听她以干脆的口吻说出来，我感觉稍微轻松了些。

"香岛上小学的时候，星咏会顺利地帮忙在未笠木村找到养父母，正式签订了领养协议，他这才被普通的人家收养了。"

"是吗？听你这么说，我就放心了。"

听得越多，对星咏会最初的偏见就消除得越多，也越明白这是个可靠、踏实地履行必要手续的组织。

认真听完这些话以后，我的兴趣转移到了其他事情上，也就是眼前这位女性。

"那你呢？你为什么会在星咏会这么热情地搞研究？"

"我吗？"高峰瞪大眼睛，"我的话……不知道你想要什么样的回答。我大学毕业以后，马上去了紫香乐电器就职，然后紫香乐所长亲自打招呼，把我调到这个研究所……事实上，更像是直接被调来的吧。"

"抽调来的啊。"

"嗯。我自身也很感兴趣，所以就到这里来了。当然了，留在总公司也能做些有趣的事，但这边对我的吸引力更大，因为能直接看到别人看到的东西，这样的事情可是很少有的。"

高峰露出陶醉的表情。

"别人看到的东西？"

"没错。自己看到的世界和别人看到的世界有可能是不同的，你有想过吗？你眼里我衣服的白色和我以为的白色，有可能是不同的。"

"最讨厌哲学课了。"

"哈哈。"高峰捂着嘴笑出了声，"不过，水晶里映出来的东西没有这么极端的不同。就像刚刚说明的，和相机一样，只是将看到的东西截取下来。尽管如此，还是能说明很多东西的。就算只从视线移动的方式，也可以看出那个人的个性。这就像如何用相机的取景框捕捉眼前的风景，能体现摄影师的个性一样。

"即使是漫不经心地走在路上，有人会默默地看着脚下，有人会四处张望花花草草。有时，甚至觉得那一刻的感情都被记录下来了。曾有一位星咏师记录下一段分娩时的影像，看着那个星咏师看婴儿的视线，让人感到温暖，充满了安心和幸福。"

高峰继续说道：

"当然了，并不全都是好事。有时也会从影像里读出明显的恶意。不过包含这些在内，知道别人是这样看这个世界的，我就觉得有趣得不得了！"

她的眼睛熠熠生辉，很适合"一心研究"这个词。我在心里问自己，这样的她，有可能为了守护自己的"理"而染指杀人吗？

这时她低下了头。

"不过，像赤司的影像那样，看起来心情就没那么好了。赤司自身的恐惧被刻印在了上面，感觉就像自己被杀了一遍又一遍。"

"作为一名研究人员，你这也太敏感了吧。"

"哎呀，我倒是希望被说成细腻呢。"

高峰得意地挺起了单薄的胸膛。

或许是想太多了吧。我稍稍安心了一点。虽然总觉得星咏会散发着宗教色彩，外加所长紫香乐淳也的性格，总让人感觉很不舒服，但身在一线的员工还是比较正派、有趣的。

"啊，一本正经地讲了这么多关于自己的事情，累死了。然后呢？你想问的事情到此结束了吗？"

"嗯，暂时没有了。真是太谢谢了。"

我们俩走出房间，虽然并没有在哪里看过相同的情景，却有一种奇妙的熟悉感。

看着站在一旁的高峰，我终于想起这种熟悉感的来源。就在刚才，手岛臣的秘书在地下室给我看了他预知的影像。那里面映现的，正是我和高峰从大星咏师之间走出来的影像。

我看向走廊，只见手岛大幅晃着肩膀快步走过来。若以如此剧烈的动作走路，视线的确会上下摇晃。

他站在我面前，以责难的口吻问："你、你们到底在那里做什么？"

"做什么？当然是调查……"

"这我知道！我问的是为什么只有你们两个！那个小孩到哪里去了？"

"原来如此，你问的是这个啊。"

"什么？"

"发生什么事了？"背后传来香岛的声音。似乎是打完电话，听到骚动赶回来的。

事情到此为止的发展，看到的从水晶里提取的影像，以及从高峰那里听到的事，一切慢慢地联系起来了。我的嘴角忍不住浮现刚刚在影像里看到的那个"恶心的嗤笑"。

水晶影像捕捉到了首先从门里出来的高峰瑞希，然后责难我，又时不时地盯着她看。比起这样在眼前看此人的脸，水晶影像更能说清此人的感情。高峰说得没错。

"怎么了？有什么好笑的！"

"没什么，只是觉得'很快就会成为星咏会首席的男人'各方面也挺不容易的呢！我算有所体会了。"

我撇下唾沫横飞追问我的手岛，说"香岛，我们走吧"，然后离开了那个地方。

遇见高峰这样直率地面对自己好奇心的女性，我的心情逐渐缓和下来。虽然事情的发展很奇怪，但我似乎逐渐开始相信水晶的力量了。

"喂，高峰，"我脸上应该还挂着在那段预知影像里看到的恶心的嗤笑，"所谓的视线，真的很有说服力，对吧？"

十

狮堂由纪夫，2018 年

看到手岛气急败坏、怒气冲冲，我们急忙离开现场，下到星咏会本部一楼。

在走廊上，我问香岛他与石神仁美联络的结果，得到的却是一个出乎意料的答复。

"联系不上石神夫人。"

"怎么回事？"

"嗯……好像在家，但没有接电话。刚刚保姆好像去吃午饭了……"

香岛就像自己遭到了责备一样缩成一团，但我并没有意识到自己的语气有多严厉。

"联系不上，但并不是出了什么事吧？"

"没出事……她上午来见过师父。我给保姆打过电话，说她中午之前还好好的，所以大概是……把自己关在放映室里了吧。"

"哎！她家里还有这么夸张的东西！"

"因为赤司和石神夫人都喜欢看电影……他家里收藏了很多

影片，好像节假日也经常一起出去看电影。"

给人的印象是，他们是一对趣味相投的夫妻。这与之前听到的故事有很大出入。还是说正因为兴趣相同，争吵才变多了？

"放映室里没有电话，夫人看电影的时候也不会把手机带进去。"

"这么说，除了直接上门，好像没有别的办法了。"

"嗯……"

香岛显然退缩了。看来他不擅长和石神夫人打交道。

"发生了什么事？居然这样欺负香岛。"

千叶从走廊对面走来，手里抱着厚厚的资料。鸫也在一旁，他看见我时，冲我微微点了点头。

"我可没有欺负他。"我连忙摆手，"因为联系不上石神仁美，我询问一些情况而已。"

"这是常有的事。她一旦把自己关在放映室里，就联系不上了。"千叶耸了耸肩，他出人意料的话里并没有表现出强烈的憎恶感。

"果然是这样啊！"为了不让人看穿我是佯装不知，我认真控制自己的语调，"哎呀，这种人很麻烦吧，有急事的时候，联系不上……是不是有点自私啊？"

"也不能这么说。我跟她来往三十多年了，她以前是组织的员工，在赤司身边工作，辞职后便不再是员工了。说起来，她只是员工——虽说地位接近社长——的太太，除非是要紧事情，否则不会突然找她。既然这样，将空闲时间全身心投入到兴趣爱好里，也没什么不妥吧。"

千叶的话非常在理，语气也很冷静。对于我的话，他并没有较真反驳。也就是说，对于石神夫人，现在总算听到了中立意见。

鸫一动不动地盯着我们的脸，接着拿出笔记本开始用圆珠笔写起来，然后撕下那页纸递给我。字是站着写的，但很好读。

"石神夫人在职的时候，做事麻利，并且很有魅力。她和赤司也非常相爱。"

见我读完笔记，鸫羞涩地笑了笑。

据悉，千叶和鸫都是老员工。这两个人都是这样的反应，果然完全是紫香乐淳也个人根深蒂固的怨恨吗？

向他俩道谢之后，我的思绪又继续绕了好一会儿。但是当我注意到从鸫那里拿到的纸其实有两页时，兴奋感顿时涌上身。

"然而，夫人深爱的不止赤司一人。这是她的问题。"

为了不让香岛看到，我将两页纸揣进口袋。这不是能给孩子看的内容。

"香岛，要是联系不上夫人，我想先找保姆问问，你说呢？"

"就这么办吧。美田园阿姨的家也在未笠木村，不管怎样，还是先离开星咏会本部吧。"

本部距离未笠木村村落，步行不到五分钟。一问才知道，从东京的总公司到星咏会本部做研究的员工，大多都住在未笠木村内的员工宿舍里。石神赤司和紫香乐淳也等长期和这片土地打交道的领导层，似乎都在这里置有住所。

"未笠木村的人知道星咏会的事吗？"

"虽然对公司外部做了隐秘处理，但毕竟是规模庞大的组织，所以是在获得当地人谅解的情况下开展业务的。关于看到未来的核心部分，并没有明言，但是有人会将这里与鹭姬传说联系在一起吧。"

村落在离星咏会本部所在的平地稍微低一点的地方，利用斜坡建造的民居星罗棋布。其东侧有一座略显异类的公寓，似乎是员工宿舍。看得出来，和星咏会本部一样，公寓也是砍伐树林后建造的。

我被香岛领着，来到村落一隅的孤零零的独栋小屋前。

"打扰了。美田园阿姨，您在家吗？"

香岛将双手贴在嘴边围成扩音器状，用拉长的声音喊道。

木制拉门对面，传来"来了，来了，来了"响亮的应答声，咚咚咚的脚步声不绝于耳。门砰的一声打开了，一个圆脸矮个子女性站在眼前。年纪五十岁出头。她看到我的脸，便打招呼"啊，你好呀"，尾音拉得老高。

"奈雪，这个人是？"

"这位是东京来的刑警狮堂由纪夫。狮堂先生，这位是美田园阿姨。"

我向她打招呼："初次见面。"

"说的就是你啊。我刚接到星咏会打来的电话，说可能会有人到我这儿来。是有什么事吗？刑警来，是有什么事件吧？"

"是石神赤司死亡事件。我想听听大家的看法。"

"哎呀，"美田园蹙起了眉头，"门口说话不方便，请进来吧。"她招呼我们进去。

把我们领到和式房间，端上茶后，美田园开始喋喋不休地说了起来：

"现在回过头去想，事发之前就已经有很多征兆了。大概是事发之前的两个月吧，老爷开始执拗地回避着真维那少爷。那一定是因为他通过水晶做了预知，知道真维那少爷会杀了自己吧。而且不知从什么时候开始，他经常查阅有关月食的资料。老爷手里那块水晶上的杀人影像，的确出现了月食是吧？"

我点了点头，她又接着往下絮叨：

"听说了那个事，我才终于明白，老爷孜孜不倦地计算，还向夫人逐一报告：'仁美，这次月食好像是在西边的天空现身''这次月食高度很低，可能很难看到'……那时我还以为他成天体迷了呢。老爷只对电影感兴趣，他有了新的爱好，我还有点高兴，可万万没想到会发生这样的事情。"

"赤司查阅有关月食的资料，是从什么时候开始的？"

"不知道呀，要是我记日记的话，或许就能知道确切的时间了。大概四年前还是三年前吧。"

"这样啊。"

"然后，事发前的一个月，终于发生了一件小事。像往常一样，老爷计算月食后，把纸撕碎了扔在地上。我很担心，便问他怎么了，他大叫'假的，我才不相信！'。那样叫了一通之后，他又立刻在纸上写起了公式，算完后颤抖着身子趴在桌子上。我觉得这很不正常。现在回想起来，他应该已经发觉，刚好可以从大星咏师之间的窗户看到月食。他之所以大喊大叫，是因为知道自己大限将至吧。那真是太糟糕了。"

美田园用舌头润了润嘴唇，继续说：

"从那天开始，老爷毫不掩饰地回避真维那少爷。真维那少爷有工作上的事情想要和他商量，他也完全不理不睬。夫人问他为什么那样躲着儿子，也没有得到明确答复。看着冷漠的气氛在家里蔓延开来，我也觉得难受。到了事发当天，气氛已经紧绷到不行。"

"师父……不，听真维那说，他跟赤司在办公室见面的时候被推倒了。"

"哎呀，老爷竟然做过这种事？还不止呢，也是那天，好像是 15 点左右，实习员工中野哭着给我打电话，说'我被老爷辞退了'，我吓了一跳。我去了之后，老爷没好好说是怎么回事，只是一味地讲'今天就开除她'，中野哭得说不出话来。没办法，我只得叫来夫人，再次问老爷，但还是没搞清楚……就只能这么算了。"

我马上想到门禁卡的入室记录。15 点左右，美田园和石神仁美匆匆忙忙地进入房间，原来是因为这件事。

"中野犯了什么严重的错吗？"香岛问。

"呀……这我完全猜不到。夫人还有可能感觉到了什么，而我一直以为老爷只是心情烦躁。怎么说呢……"

美田园似乎有些难以启齿。

"因为他有凡事都郁积在心里的倾向啊。"

我感觉我已经读懂了石神赤司这个人的性格，正因为郁积在心底，才会在焦虑中爆发吧。解雇实习员工也好，撕毁月食的计算笔记也好，都是这种性格的体现。一直隐秘地藏着那块水晶的行为也是，与其说是担心组织陷入混乱，倒不如说是错失了说出口的时机。

又或者是，出于什么理由实在说不出口吗？

我决定换个问题。

"顺便说一下，现在星咏会认为是真维那杀了赤司。"

"狮堂先生！"

"香岛，这个是必须要问的问题。"我静静地劝告道，香岛顿时萎靡下来。"关于真维那杀害赤司的动机，目前尚无任何假说，你要是有什么线索的话……"

在提问的过程中，我注意到美田园的情绪发生了变化。她的肩膀颤抖着，仿佛在说：你连这种事都不知道就来我这里了吗？可是能将"那件事"告诉我，她又兴奋得不得了。

"线索？要说线索的话，那当然是夫人了，就是'那件事'。三十多年过去了，'那件事'的影响一直持续到今天……"

美田园嘲讽似的笑了笑。

"刑警，你接下来要去见夫人吗？"

"我是这么打算的……"

"那请一定小心。夫人是个毒妇，千万别被她骗了……"

"毒妇……"

好过时的说法。我不由得苦笑起来。

听到下一句话时，我明白了这个叫美田园的女人热衷八卦，以及按捺不住想要把这种消息透露给陌生人的秉性。

虽然如此，这个消息带来的冲击却要强烈好几倍。

"真维那少爷不是老爷的孩子，是夫人和别的男人生的孩子。"

十一

石神赤司，1980 年

"去上大学吧。"

紫香乐一成买下未笠木村的山之后，我和青砥便正式开始了对水晶的研究。我们先从未笠木村的山里搬来一瓦楞纸箱水晶，尝试记录预知的实验，但果然三个人的能力是有限的。于是，紫香乐一成想出建立一个组织进行研究的计划。

那个计划的第一步就是，劝说我们上大学。

夏天，在热得受不了的榻榻米房间里，面相精悍的社长得意扬扬地对我们兄弟俩说：

"虽说现在就成立一个组织也未尝不可，但我还是认为等你们去大学完成学业后再进行比较好。做研究和高中做实验完全不同，在大学应该能学到更多东西。"

"那当然了！"我一下子振奋起来，"我们也有心求学，可是……"

"学费嘛，等你们学成后再说吧。全都包在我身上吧。"

紫香乐说完，豪迈地笑了。青砥先说了句"非常感谢"，然后以非常夸张的姿势认真鞠躬。我也紧随其后，同时因自己过于厚颜无耻的举动，脸都发烫了。虽然并没有这样的打算，但从结果上看，就是促成了出资。紫香乐离开后，只剩下我俩，哥哥敲了敲我的脑袋。

能上大学，青砥还是很高兴的。原本能被外婆抚养就已经非常感激了，他打算报恩，高中毕业就工作，所以从一开始就放弃了上大学的想法。现在形势一转，又能升学了，青砥便发奋苦读，最终考取了东京大学文科二类。顺利的话，能选经济系的专业。

对于1979年引用的统一考试[1]政策，哥哥很是苦恼。考生对考试形式的变化是很敏感的。除了这个原因之外，起初打算就读理科的哥哥，大言"学习经济和经营，创立组织的时候也能派上用场"，于是把志愿改成了文科二类。

我也以哥哥为目标，努力应试学习。青砥上大学后，便开始了一个人生活，他偶尔会回来，聊聊自己愉快的大学生活。对内心焦虑的考生来说，这无异于一种巨大的刺激。直至升入大二，青砥都在驹场的校区就读，隶属于教养学院。他那时住在下北泽，常去附近的剧场看戏剧，经常步行到涩谷喝酒（本来还不应该喝的）。哥哥给我看涉谷站前的照片，商店云集，车辆川流不息，从黑白的影像中也感受得到活力。"应试学习很重要，休息也很重要。"哥哥说的这些话简直就像是恶魔的耳语。

---

1 全称为大学共通第一次学力考试，是指从1979年至1989年以所有国立、公立大学及产业医科大学的入学申请者为对象，在全国各考场同时进行的基础学力考试。

第二年，我考上了东京大学的理科一类。青砥是科学少年，我是文学少年，可现在我进了和少年时代兴趣完全相反的学院。从小就陪哥哥做实验，我也喜欢上了科学，可以说是互相影响了吧。

春假时，哥哥回到老家，从大白天就开始喝酒，为我庆祝。我下定决心二十岁之前绝不喝酒，所以非常抗拒。

"你也太没意思了。"哥哥咂了咂嘴，独酌了一阵，感到腻味，便趿拉着人字拖出门了。

"哥哥，你要去哪里？"

"这是乌鸦的自由吧。"

"什么？"

"你不知道志村健[1]吗？你也该看看电视了吧。"

我很想反驳，因为忙着应试，所以很久没看电视了，但哥哥讲的好像是最近的小品开始使用的段子。

"我要玩一下这个了。"

哥哥将双手放在齐腰高的地方，右手用力推，左手左右移动着。看来是风靡一时的太空入侵者游戏[2]。最近，哥哥沉迷游戏，一天到晚泡在入侵者咖啡厅里。上大学后，他好像完全成了放荡不羁的人，让我很是郁闷。

我回到起居室，喝得满脸通红的紫香乐一成迎了上来。

---

1 志村健（1950—2020），日本喜剧演员。"这是乌鸦的自由吧"是其改编的歌词，原作为童谣《七岁的儿子》（《七つの子》）。
2 即 Space Invaders，日本太东公司于 1978 年发行的街机游戏，曾在日本风靡一时，东京甚至出现了专门提供该游戏的咖啡厅。

"哈哈，赤司从春天开始也是东大生了。"

"托您的福，我能上大学了。"

"什么呀，不用在意啦。我们可肩负着引领水晶未来的伟大使命啊，要牢牢抓住这个巨大的商机。青砥正朝着经济学和管理学的方向前进，而你考上了理科系，组织运营必需的知识，研究必需的知识，兄弟俩分别掌握了。喂，赤司，今后的四年你可要好好珍惜，或许今后再也没有机会能自由支配时间了。"

我常常佩服紫香乐的上进心，如果不这样，就奠定不了如今的地位吧。

然而长到十八岁，他的言行却逐渐让我感到疏远。当然，他对我们的确恩重如山，但更重要的是，他的热情让我吃不消，让我有种"无论如何都必须按他说的去做"的拘束感。

"喂，赤司，"紫香乐抱着我的肩膀，一股酒臭味扑鼻而来。"当然啦，学习才是学生的本分，这点请一定要做到。不过，好好玩也是大学生的特权嘛。我因工作关系经常出国，但今后应该没有机会抽出充足的时间去国外旅行了。而且和女人打交道，还是趁早知道的好。这方面青砥挺高明的，在玩耍和学习之间取得了平衡。涩谷和下北泽那些好玩的地方，他都非常熟悉。前不久，我还被他说'紫香乐叔叔经常去国外，打扮也很时髦，却意外是个小老头'。长成狂妄小子了，我服了……"

酒过三巡，他就变得饶舌，这种强加于人的口气，让我渐渐清醒过来。

"对了，赤司，这是给你的。"

紫香乐从包里拿出一个小盒子，是一个精心包装的立方体盒子。

打开盒子，我立刻"啊"地叫了出来——里面是一块我心仪已久的瑞士手表。通体银色，表盘的设计很简约，正是我喜欢的款式。

"这是……"

"吓了一跳吧？"紫香乐笑眯眯地说道，"这是我给你的入学贺礼。"

"可是，这么贵重的东西……"

"为了采购电子零件去了趟瑞士，顺便买的。不用介意，收着就好。"

"既然您都这么说了……谢谢！"

"快戴上看看吧。"

在紫香乐的催促下，我戴上手表。冰凉的银制后盖吸附在右手腕上，仿佛从一开始就属于我一样。重量也恰到好处。

当初买下未笠木村的山也是这样，这人总喜欢让人大吃一惊。在源源不绝的上进心中，也能窥见其孩子气的一面。看着紫香乐的笑脸，我有种怎么也恨不起来的感觉。

"啊，我有些喝多了。赤司，能帮我拿下水杯吗？"

我站起来，拿来了紫香乐一直随身携带的水杯。喝了喜欢的酒，紫香乐酒劲儿上来了，似乎开始犯困了。我一边愉悦地感受手表的重量，一边跟他说"在这种地方睡着会感冒的"。

研究所的建设工程已经在未笠木村的山中展开了。无论是与当地居民的协商、用地的协调，还是与紫香乐电器总公司、集团优秀人才的交涉，都是紫香乐一成负责推进的。真正开始活动要等我们兄弟俩大学毕业，不过放长假的时候我们会做些水晶实验。

通过睡觉在水晶上记录预知，这种过家家级别的实验，我们兄弟俩已经反复进行过很多遍了。记录的时长会根据水晶的大小发生变化，而根据映现出的事物来推断时间的方法，这样的研究也在进行之中。不管怎么说，我们俩还没摆脱孩子气，大部分研究都是以那天跟青砥讲的"能否推翻诺查丹玛斯大预言"为基础，想方设法在影像各个角落寻找不认识的年号以及公元 2000 年以后的年月日。

因为获得了丰富的材料，紫香乐一成和哥哥也尝试用水晶预知，但经过了几个月的反复实验，都没能记录下预知。

"这是你独有的才能啊！"哥哥言语中流露着遗憾。

水晶的预知有个体适应性，对此，青砥用"才能"来表示。

然后，我们的第一步便是确认，这是不是我一个人的才能。

"鹭姬之后，拥有这个才能的是你啊"，青砥在中学时代曾说过这样的话，但真的只有鹭姬和我能用水晶预知吗？是否还有其他人能预知？要是有的话，预知能力者有什么共同的特征吗？要是有特征的话，就能发现更多能力者了。找到"第二人"，在决定组织的方针上，可谓是巨大的分水岭。

于是，我们找到了一个名叫千叶冬树的男人。

他就职于紫香乐电器分公司，在入职当年的研修集训中被发现为能力者。

那个时候，紫香乐电器及其分公司在内部分发指甲盖大小、记录时长为三至五秒的小水晶。公司以礼物、纪念品的名义，把那些水晶分给大家，并说明水晶发生异状的话，就跟公司联系。而在紫香乐电器分公司的集训和员工旅行中，做得更彻底，鼓吹"紫香乐一成力行的健康法"，让员工把水晶放在身边冥想。当然了，现场的人是笑着勉强接受的，但我们找到了期待的"第二人"，所以这也并非完全是无用功。

在紫香乐的安排下，我见到了这个名叫千叶冬树的青年。也许是因为刚进公司就被社长叫了过来，他似乎十分紧张，不过给人的第一印象倒是诚实耿直。当然了，距离研究正式启动尚需几年，所以千叶要在紫香乐电器的分公司继续工作两三年，之后再调动，不过我们必须早点跟重要的"第二人"打好招呼。

"像他这样耿直的人，能成为'第二人'真是太好了。"紫香乐说，"我们能共同描绘理想，与他讨论、沟通也顺畅。如果'第二人'个性太强，组织基础就会变得危险。能找到他那样的人，我们是幸运的。赤司，你不这么认为吗？"

接着是叫鸫津一郎的男人，他是读唇术专家。也许是因为境遇的关系，他沉默寡言，却给人一种办事利落的信任感。他似乎和千叶慢慢要好起来，组织正式运行的时候，作为预言者和研究者的组合，期待他们能发挥更大的作用。

不过，紫香乐一成的儿子淳也，却有些让人难以忍受。他因钦佩伟大的父亲而模仿其言行，但由于缺乏经验，且没什么内涵，给人一种徒劳无功的印象。我原以为，被模仿的一成会摆出臭脸，结果他对淳也还挺姑息的。一想到一成意外地溺爱子女，我就觉得好笑。

不管怎样，寻获"第二人"的我们，决定选拔有适应性的人。在研究机构正式启动以前，我们希望招集五个最少能记录三分钟清晰影像的人才。只要建立体系，或是知道水晶预知的原理，人员往后可以再增加。五这个数字，是探究能力者共同特征的最小数量吧。在我跟刚刚结识的千叶之间，并未发现有什么特别的共同点。

之前，我们讨论过研究机构的名称。

"叫'星咏会'怎么样？"哥哥这样说道。

"写作咏星，读作星咏。通过水晶看到未来，可以将这种行为比作占星术。"

"哥哥大概是个浪漫主义者吧。"我调侃道。

哥哥固执己见，我也觉得这名字不错，于是向紫香乐一成提这个意见。同时，我们还决定把星咏会中进行预知的人命名为"星咏师"。

"也就是说，星咏会成立之际，赤司就是首席星咏师啦。"

"我？我不是干这种事的料，还是哥哥来吧。"

"我可没那种才能，"哥哥自嘲似的笑了笑，"我负责组织运营。不过，一个刚大学毕业的小伙子不会立马当领导，只好先望着赤司先生的背影度日喽。"

他那时的口气也好，看起来一味吃喝玩乐的大学生活也好……我的不安感愈演愈烈。一起抓住成功——哥哥还有当时那种强烈的想法吗？但愿并未堕落到底……

成为大学生后不久，我感受到了气氛的不同。这既有大学和高中的不同，也有我跟哥哥所处的环境的不同。

或许是我进了理科学院的缘故，周围放纵的同期同学并不多。我自然泡在图书馆里，忙于收集学分，不怎么玩耍，平日里利用白天的空闲时间看场电影都觉得非常开心。

哥哥则和同期同学结成小组，互看讲义笔记，考前做好自己擅长科目的讲义总结，然后相互交换，似乎很得要领。虽说文理有别，但我在教养学院也上过同样的课，所以我看过一年前哥哥做的讲义总结，他总结得简明扼要，而且从教授讲义的重点押题，对扩展部分还做了补充说明。那些体现了哥哥聪明才智的讲义，让我从阅读伊始就有了挫败感。我很羡慕这种互帮互助的举措，但本性老实，既然好不容易上了大学，就该奋发踔厉，把课选得满满的，坚持去驹场校区上课。

可是进入五月后不久，去大学上课变得十分痛苦。从 20 世纪 60 年代开始，东大内部就用"五月病"描述这个症状，我记得入学时前辈忠告："为了不得五月病，要适当放松。"原以为和自己无关，但因为准备大学入学考试用功过度，又把课程安排得太满，似乎不知不觉中把自己的精力耗尽了。我厌烦大学食堂里人山人海，午饭也吃得越来越简单。紧张的劲头是没法持续太久的。

一天早晨，我终于在第一节课时迟到了。

那位教授上课的节奏很快，稍有松懈就会找不着北。我慌慌张张地整理好衣服冲进教室。

我进门溜到最近的座位上，这时距离上课已经过去半个小时了。果不其然，我完全跟不上他的节奏，只能拼命抄写板书。内心越来越着急，以至于书写用具掉到了地上。我也不知道其他同学正专心看的资料放在什么地方。

"资料在前面的座位上。"

耳畔传来一声低语。一个女生从横排两个座位之外探过身子。我被那双要强的吊梢眼盯着，不由得定住了。她那丰润的嘴唇浮现着淡淡的微笑，缓和了眼睛给人的强势印象。乌黑的长发轻烫过。总之，这位女性一下子深深地刻印在了我心里。

她惊讶地歪着头。我觉得她歪斜皱起的眉毛都是迷人的。

"资料，前面。"

我回过神来，说了声"谢谢"，然后去最前排的座位上拿教授放的讲义资料。

我返回前，她一直盯着我的座位。见我回来，她好像吓了一跳似的转过脸去。是有奇怪的地方吗？该不会是应对不周？本来已经在这样快节奏的课上迟到了，又在意她刚刚的举动，心思怎么都集中不起来，都没法好好地记笔记。那天的课就这样结束了。

"刚才真是谢谢你了。"

我下定决心打招呼的同时，她也开口了：

"那个……"她指了指我的笔记本，"黑泽？"

"什么？"

定睛一看，我的笔记本里夹着一张上周看的电影的票根，正是黑泽明的《影武者》。四月下半月刚公映，没课的时候我去看了。

"怎么样？"

"还算有趣吧。"我有个坏习惯，总会补上一句没用的话，"我喜欢《七武士》《用心棒》《椿三十郎》，这部也不错。不过，没有三船敏郎，果然就……"

"是吗？我喜欢志村乔，没有三船也不是不行吧？我果然还是喜欢《天国与地狱》。那个铁桥场景真好啊。喂，你下节课是什么？"

"跟我一样。一起去吧！"听我回答了下节课的名字后，她笑了起来。

"对了，还没做自我介绍。绿谷仁美，理科一类。"

"石神赤司，我也是理科一类。"

这之后，我回应，《天国与地狱》也很好，黑泽明的完美主义实在太棒了，不对，是太过了，但没有这种完美主义的话，就塑造不出这样栩栩如生的战国时代的农民形象，也正是因为这种完美主义，三船敏郎才会被真正的箭射中。最喜欢《七武士》里哪个角色；一个一个聚集同伴的过程也好有趣好欢乐等，说的都是些漫无边际的话。因为考进理科学院，很久没有沉浸在电影话题里了，和她对话我感到很满足。她还是漂亮的同期，这点也很不错。

"下次要不要一起去看电影？"

话一出口，我自己都吓了一跳。对我来说，这是非常大胆的提议。

"不好意思，才刚认识就突然邀约，不愿意的话……"

"好呀。"

"什么？"

"我都说好呀了。"

她一歪头，长长的黑发垂了下来。

"有什么不满吗？"

"怎么可能！"我抑制不住内心的兴奋回答道。刚说完我就担心自己是不是说了多余的话，但她的笑容还是温和的。

先前的忧郁已经跑到九霄云外了，从第二天起我便欢天喜地地跑到驹场校区认真听课，然后和她共度空闲时间。我天真地以为，这就是紫香乐一成所说的，学业与娱乐两不误，我的玫瑰色的大学生活。

但事情并没有这么简单。仁美有很多女性朋友，即使在课堂上遇见了，我也很难接近叽叽喳喳的女学生团体。实际上，那天仁美似乎也是因为偶然迟到了才坐在后排，我这样的人才得到了搭讪的恩惠。和女性朋友说话的时候，她好像根本看不到我似的，我越是接近她，就感觉她离我越远。

一次，哥哥对我说了这样的话：

"东大有个说法，听起来煞有介事的：校内银杏叶掉落之前，女生要是交不到男朋友，那在校期间就只能单身了。"

"这人说话真刻薄。"

"不知道是谁说的，但肯定是搞对象一无所获的男生因嫉妒说的。不过，的确是五月祭、十一月驹场祭这些热闹活动结束的时间，或许并不完全是空谈。"

游荡成性的哥哥就是这副从容的态度。换言之，这也是一条箴言：东大女生数量不多，男生不努力不行。我自然为自己的无能为力着急、焦虑，连她家电话号码都不知道，就在想如何约她看电影，每天都过得苦闷不已。

临近五月祭，校内躁动的气氛越发高涨。一年级的学生也要参加社团和研究会，在赤门所在的本乡校区做展览或摆摊，因而变得忙碌起来。我也为了准备语言学班的摊位和研究会的展览忙得不可开交，渐渐把她抛在了脑后。

五月祭当天，刚踏进赤门，就看到校园内的人行道被挤满了，摊位鳞次栉比，树木叠翠。为了不输给那些青翠的树木，东大生们都声嘶力竭地叫卖东西，把客人招揽到展览上，前来参观的中学生都目光炯炯地回应着。学园祭允许喝酒，有些成年人从早晨起就红着脸。才过了一个小时，我就厌烦了人群，来到人迹罕至的三四郎池一带。

坐在长凳上歇一会儿，在青翠的绿荫中深呼吸，忙碌的心情终于静下来，我想起了绿谷仁美。

我一边想着她，一边从三四郎池拾级而上，恰好瞥到了她的身影。正所谓无利不起早，方才的疲劳一扫而空，我精神抖擞地追赶她的身影。

她似乎不是孤身一人，而是和一个男生在一起。也是，像她这样的美女，都五月祭了还形单影只，反而比较奇怪。正当我沮丧不已时，从嘴里蹦出一声惊呼：

"哥哥？"

她身旁的男生回过头来，果真是哥哥。见惯了他长刘海、大偏分的发型，所以一眼就注意到了。

仁美瞪圆了眼睛，交替着看我和青砥的脸。

"欸，难不成你俩是双胞胎？"

"不不不，相差一岁。但长得确实很像，经常被人认错。"

"喏——"青砥一边说，一边将手搭在我肩上。看着并排站立的我俩，仁美笑得肩膀都在颤动。

"所以我才觉得奇怪，讲的话牛头不对马嘴，措辞也完全不一样。"

"我也是现在才明白。"青砥笑嘻嘻地说，"突然被搭话，说看过黑泽明了，搞得我一头雾水。"

"你当时应该跟我说的。"

"这怎么行？像你这样的大美女跟我搭话，我可没法置之不理。"

对于青砥装模作样的台词，仁美欢快地笑了起来。青砥又拽过我的肩膀，用只有我听得到的声音说：

"说真的，我都羡慕你了。加油吧。"

青砥使劲拍了拍我的后背，然后挥挥手离开了。

"真是有趣的哥哥。他叫什么名字？"

"青砥。"我担心自己的声音会不会显得有些不快，"就如你看到的，可以说是个轻佻的大哥。这也算一种才能了。"

我大概是在用"才能"一词讽刺吧。我想要的并不是什么用水晶看见未来的力量，此刻我羡慕的是，能与她无所顾忌地交谈、让她开心的哥哥。

"是吗？"仁美哧哧地笑了，"对了，赤司，我想到下次想和你一起看什么电影了。"

"欸？"我不由得喊道。

"嗯？"

"不是，你刚刚说……"

仁美愣了一下，然后点头。

"现在跟你哥哥也认识了嘛，都叫石神会分不清吧？所以叫你赤司喽。不喜欢吗？"

"怎么可能！对对对，叫姓的确会分不清。"

这一刻，我甚至喜欢上了自己名字的发音。刚刚还让人觉得烦躁的人潮和绿树，现在却觉得融洽无间。那个哥哥偶尔也会做点有用的事情，待会儿请他吃路边摊的炒面吧。

从那以后，我俩经常一起去看电影，慢慢地开始"交往"了。初次见面就知道对方是比较挑剔的影迷，偶尔也会因电影感想而拌嘴，不过第二天在课堂上见面，又会聊"《星球大战》的新作好像上映了""周一逃课一起去看吧"。《野兽之死》和《不良少年》的原作和电影到底哪个好，这话题是家常便饭；就连那些我本打算一个人去看的卢西奥·弗尔兹和达里奥·阿基多的电影，以及《十三号星期五》这样恶趣味的片子，她都陪我看了。

"你是哪里人？"一天，她问了我这样的问题。

因为她是东京人，所以我回答"我也是"，之后又补充道："自

167

我介绍说是东京人，明明没什么不好，可总觉得自己是个无趣的人，真是不好意思。"

"既然没什么不好，那就堂堂正正地说出来。"她笑着说道。

"也就是说，你是从自己家来上大学的？"

"嗯。话虽如此，实际上我住奶奶家。"

"啊？这么说，你父母……"

"在我小时候出事故去世了。"

我不禁倒吸一口凉气，只能说："对不起，问了这么沉重的事情。"稍稍犹豫了一下，又说道，"我的父母失踪了。"之所以没说"你的心情我能理解"，是因为我觉得这样的话反而不负责任。

"这样啊。"她垂下眼帘，旋即又笑着抬起头，"正因为这样，我几乎没有被父亲爱过的记忆，所以我的理想型是有包容力的男性。"她的语气像是开玩笑，我非常认真地回答："我会努力的。"见她扑哧一声笑了出来，我也开心地笑了。

除了电影，她似乎还有很多爱好，其中之一就是高尔夫。她记得父亲生前打过，所以有了兴趣，好像会去社团打球。我对体育一窍不通，只能嘴上表示："好像很有趣嘛。"

大学生活似乎越来越充实了。过了暑假，便是十一月驹场祭，我又为准备展览和策划忙得焦头烂额，不过这次已经跟她约好要一起逛，所以心情跟五月祭全然不同，我甚至想快点开始。

十一月下旬，驹场成排的银杏化为鲜艳的黄色林荫道，果实开始掉落，气味也开始消散，驹场祭就在这时候举办。第二次祭典洋溢着朝气蓬勃的活力，我兴高采烈地逛着。

然而，很快就没这个心情了。

她和青砥并排走着。五月祭时，仁美脸上浮现的是困惑的表情，但此刻她笑得又柔和又快活。

"哥哥？"

我战战兢兢地打招呼。

"这不是赤司嘛！"

仁美此刻的表情变化我没有看漏，脸上的快乐一下子消失了，取而代之的是一瞬间的惊讶。她极富魅力的眼睛瞪得大大的，故意做出夸张的反应。

"哎呀，我又被骗了！"

"太有意思了，我不知不觉就得意忘形了，结果搞得跟诓骗一样。"

"对不起，赤司，我又搞错了。你们俩真的太像了！"

像往常一样，青砥脸上露出不怀好意的暗笑，消失在了人群中。从他的笑容里，我不禁嗅到了某种欺骗的气息。没过多久，我就想起哥哥也是高尔夫社团的成员。

一片叶子落在了我肩上。

十二

狮堂由纪夫，2018 年

"也就是说，传闻真维那少爷是老爷的哥哥——青砥老爷的儿子。"

美田园给我和香岛讲了个长长的故事。一开始，她绘声绘色地讲述了石神赤司和石神仁美的相识。这段往事洋溢的青春气息令人心痒，而青砥和仁美的关系也从暗地里浮现出来。

最后，美田园悄声告诉了我们这个传闻。在这个信息的冲击下，我大受震动，素未谋面的青砥和仁美的印象，在脑海里发生了翻天覆地的变化。

"也就是说，石神夫人……那个了……"

"出轨啊，出轨。肯定错不了。"

美田园声音上扬，脸上洋溢着神气活现的喜悦之色。

"真维那现在多大了？"

"二十八岁了。他是在青砥老爷死亡的两个月之后出生的。青砥老爷于二十九年前的二月意外死亡，只留下这个遗种。"

好没品的说法。我不禁蹙起眉头。

"从您的表情来看，您也觉得很可疑吧。青砥老爷的死，真的是意外吗？我一直很在意。"

我从香岛那里听说过，青砥死于事故。当时，觉得这事和赤司遇害的关联性不大，并未深入追究。我决定趁此机会从跟前的女性口中套取信息。

"青砥是怎么死的？"

"在水晶采掘场卷入落石中，头都被撞裂了，真的好惨啊。他的尸体是一大早前往采掘场开采研究用的水晶的工人发现的。"

我想起进入水晶坑道时，看到一个禁止进入的牌子。那时，香岛说"以前发生过落石事故，死了人"。那个死者就是石神青砥吗？

警方好像也认为是死于事故，事情就此尘埃落定。但若是杀人事件，要先杀死他，再制造落石，以掩盖真正的伤痕吧。以当时县警的水平，在缺乏他杀证据的情况下，不进行详细解剖也是可以理解的。

"好像是不大正常。"

"是吧？"不知为何，美田园得意扬扬地说，"自从我得知真维那少爷是青砥老爷和夫人的孩子，就一直觉得老爷可疑，可疑得不得了。"

"怎么会……"香岛的声音在颤抖，"怎么会……这不就是说，赤司杀人了！"

"奈雪，我也不愿相信呀。"美田园对他单纯的反应报以怜爱的微笑，"当然了，我没有任何证据，也从未大肆声张……"

"你说真维那是青砥的孩子，有什么根据吗？"

"那就有很多了。三十三年前星咏会成立，我就一直在这里做事了。夫人偶尔会跟青砥私会，被老爷当场抓住，她就说'哎呀，好像搞错了。因为你们长得太像啦！'。这话别提有多假了。多半是从大学开始，那对兄弟和夫人就是三角关系了。"

美田园摇了摇头。

"青砥老爷去世以后，夫人就跟丢了魂似的。明明自己的丈夫还在，看起来却好像丧偶一样。所以真维那小少爷出生后，她就将心思转移到了他身上，反过来老爷对孩子却越来越冷淡。有一次，卧室里传出老爷的怒吼——'你说的是真的吗？！'。我没听到夫人在那之前说了什么，但她一定讲了让人非常震惊的话。"

"'让人非常震惊的话'，你认为是真维那出生的秘密？"

"你是说我搞错了？"美田园不怀好意地笑了。

"审慎是我的职业习惯。"我微笑着回应。

"当然了，仅凭那天晚上的事情，我是没有把握的，让我如此确信的是另一件事。那是老爷怒吼的两周后，真维那少爷十个月的时候，那天我住在老爷家里，真维那少爷的婴儿床所在的房间，传出了动静。我还以为进了小偷，便战战兢兢地过去看。结果，竟是老爷。他手提着水壶，窥视着睡着了的真维那少爷。于是我一边叫'老爷，你想做什么？'，一边制止了他。水壶里装的是开水，我的手都被烫了，幸好真维那少爷毫发无损。我问老爷为什么要做这种事，他没有正面回答，于是我想，因为夫人说的话，他对真维那少爷产生了憎恶吧。"

这真是难以想象的故事。企图给毫无抵抗力的婴儿浇开水，着实让人非常硌硬。他这是要杀了孩子吗？这手段也太绕弯子了。

"这一切都是夫人的错，是她煽动了老爷和青砥老爷的对立……可怜的老爷，可怜的真维那少爷！"

听着美田园伤感的讲述，我心想：这就是紫香乐淳也憎恨仁美的原因吗？令赤司和青砥——组织左膀右臂的两个男人同时自毁的女性。毫无疑问，她对组织来说是最危险的存在。从紫香乐一成手里继承组织时，便讨厌她——姑且不论是否认同这种行为，但从感情的发展来看是合情合理的。

"您知道那件事了吧，就是老爷最初看到的预知？"

"据说看到了父亲差点杀死自己的情景。"

"就是这个，就是这个。老爷的父亲差点杀死他的动机，是因为他母亲出轨了，然后老爷的夫人又被青砥抢走……"

美田园的肩膀一阵哆嗦，好像终于能把迄今为止在工作中积压的想法一股脑全都吐出来一样。

"唉，这就是所谓的因果轮回吧。"

"原来如此，原来如此。这真是个有趣的故事。"

庭院里传来一个耳熟的声音。一个男人大声鼓着掌，从榻榻米房间的檐廊走了进来。

"紫香乐老爷！"

美田园面色变得苍白，立马站了起来。

"啊——"美田园惊慌失措，"请、请原谅我，紫香乐老爷，我绝不是想散播石神家的丑闻……"

"不用介意。我倒觉得你做得非常好，通过你这个一直在石神家工作的保姆的视角，我才知道了这个有趣的故事。"

没想到紫香乐淳也会这样说，美田园的表情凝固了。过了良久，她才明白他不是责备自己，便微微弓着身子说了句"对不起"，或许是待不下去了，离开了房间。

房间里便只剩下我、香岛和紫香乐淳也。

我站了起来。无论如何，现在"不能被压倒"。

"偷听很没品的，这可不是组织头领会干的事。"

"哎呀，别说得这么难听嘛。我只是碰巧听到了而已，而且——"

紫香乐挑衅地指着我：

"我说有趣，是针对你。"

"针对我？"

"刑警似乎是个很有因果逻辑的职业，自己找情报自不必说，有些好奇的人也会把情报送上门来。当然了，这些不一定有用，甚至还有可能作茧自缚……"

"你到底想说什么？"我感觉自己的声音都尖厉了。

"动机！"紫香乐进攻似的说道，"你现在已经向我证明了，石神真维那杀害石神赤司的动机。"

我吞咽了一下："这话是什么意思？"

"机会、物证、动机……根据水晶影像所示，机会和物证这两样都有了，唯有动机不得而知。不过答案似乎很简单，真维那不是赤司的儿子……"

"话不能乱讲，即使不是亲生儿子，也不会把这当作杀人理由吧。"

"但故事就是从这里发端的，赤司怀疑自己的哥哥与仁美有不正当关系，因而引发了第一场悲剧，二十九年前石神青砥的死，便是赤司下的手。"

果然要提这个。美田园也抱有这样的疑惑，并不值得大惊小怪。

"你大概也想到了吧。"紫香乐像看透了我的心思一样说道，这让我很恼火，"这样一想，一切就都能联系起来了。赤司杀害哥哥后，将遗体运到水晶采掘场，伪造成落石事故现场，掩盖杀人痕迹。是借落石隐藏击杀的伤痕吧？几个月之后，真维那出生了，他便把矛头指向了可恨的敌人的遗腹子，也就是开水事件。"

"这怎么会是师父杀害赤司的动机呢？"

"香岛说得没错。假如曾遭受虐待，或许会因压抑而反抗，但真维那身上没有这样的痕迹。当然，以前发生过开水事件，万幸的是未能得逞，但这在真维那记事之前，本人应该不记得。"

"你们也太性急了，而且都讨论到这种地步了，直觉还是很迟钝。"紫香乐轻蔑地耸了耸肩，"都到这个地步了，不是已经很简单了嘛，要是真维那知道了自己出生的秘密，知道了伯父青砥才是自己真正的父亲，同时还知道了二十九年前他意外死亡的真相……"

听到这里，我终于想到了。

"自己的亲生父亲被石神赤司杀害了……"

紫香乐像表扬差生一样笑了。

"正是如此，动机就是复仇。"

"可、可这样的猜测是毫无根据的。"

"有根据。"

"是什么？"

紫香乐就像演戏一样，做出持枪的姿势，对准我的胸口。我脑袋深处就像被老虎钳拧紧了一样痛。为什么站在我面前的人都喜欢摆这个姿势？

"'闭嘴！不许你再叫我真维那！'"

"这算什么——啊？"

我不禁喊了出来。

"这句话着实令人费解。不过正如你的推理，视点人物，也就是赤司在这句话之前喊了'真维那'，这是肯定的，对此真维那表现出了强烈的拒绝。对自己的父亲，不可能有'不许叫我名字'这样蛮不讲理的要求吧？如果这样要求，就只能认为他知道对方不是自己的亲生父亲，而且还知道他是杀父仇人。影像里的真维那，似乎表现出了恐惧的样子。"

紫香乐的说法给人一种牵强附会的感觉，但能为那句此前多次被提出来的理解不了的话找到相应的解释，不得不承认他干得漂亮。

"狮堂，我必须对你说声谢谢，"紫香乐将手搭在我的肩上，"因为大家都怕我，这样的事情我可问不出来。"

"还没结束呢。"我甩开他的手，竭尽全力逞强说道，"要是推翻影像，你的推理就牛头不对马嘴了。"

"我就知道你是不会放弃的。"

这话听起来有些不可思议，但我知道他指的是我认输的预知。这和眼下所处的状况有些不一样吧。

"请尽量加油。"

"我会的。失陪了。"

我撇下他离开了美田园的家。香岛带着哭腔喊着"狮堂先生"追了上来。

我回到星咏会本部地下室，再次造访了真维那所在的囚室。

"真维那，我有件事情想问你。"

"嗯，"真维那从书本上抬起头来，"什么事情？"

"你伯父是个怎样的人？"

"狮堂先生！"香岛怒吼道。

真维那的脸上没有一丝动摇的神色。看到香岛的反应，他似乎察觉到了一切，于是给了我想要的回答：

"一个轻佻的人。在我出生前就去世了，是我的生父。"

"你是怎么知道这事的？"

"我查过血型，父亲是 B 型血，母亲是 O 型血，我是 A 型血。B 型血和 O 型血的父母生不出 A 型血的孩子，而我在以前的文件里查到了伯父是 A 型血。"

"师父……"香岛的眼眶湿润了，担心地看着真维那。

"这件事跟杀人事件有关系吗？"

"我不知道，现在还什么都不知道。"

只是就眼下的状况而言，真维那知道自己与赤司并无直接的血缘关系，这个事实会带来负面影响。

"是吗？"真维那回应的声音很温柔。这样温柔的声音让我的心情黯淡下来。我真的能做些什么把他救出来吗？之前无尽的自信已然消失殆尽了。

我从星咏会本部出来，沿着入山村平缓的下坡路往下走。香岛跑着追了上来。

"狮堂先生，我在星咏会本部给您准备了房间，今晚请在这里休息吧。"

"不了，好不容易才在那边找到住宿的地方。我还是回入山村一趟吧。"

太阳要落山了，出了大门顺着一条路直走就行，不会有什么危险吧？我有些担心那个神秘的袭击者，但今天无论如何都想回到让自己安心的地方。

"您会回来的吧？"香岛呼唤道，脸上露出孤寂的表情，就像妻子目送丈夫出门时一样。

我回答"别担心"，但语气显然缺乏说服力。这我自己也知道。

"这就是所谓的螟蛉之子呀。"

我不太想回民宿，就又去拜访了林阿姨。听紫香乐淳也推理时，我的大脑几乎一片空白。火盆里生起了火，身子暖和了后，终于又有了活着的感觉。我把我卷入未笠木村杀人事件的始末告诉了林阿姨，唯独隐瞒了水晶。

"什么是螟蛉之子？"

"一句老话，就是说父子之间没有血缘关系。这话是很久以前的小说里流行的，由纪夫可能不知道。"

听到了不熟悉的词，我终于可以进一步审视石神赤司这个男人所处的境遇了。因为没有血缘关系，他差点被父亲杀死；后来又被告知，自己和儿子也不是直系血亲。他该有多孤独？孤独到足以杀死自己的哥哥吗？

不知为何，我想起了先前站在坡道上原本是家的空地上，俯瞰这个村子时的感慨。父母双亡，形单影只，连故乡的家都不复存在的自己。过去和现在之间的界限摇摆不定，自己和石神赤司这一形象仿佛融合到一起了。

"不——不要这样想！"

我的孤独和石神赤司的孤独是不一样的，随随便便重叠在一起很失礼。

最后他还被自己的孩子杀死了，这实在过于残酷。

"话虽如此，来休假都会卷进杀人事件里，总觉得由纪夫你很让人担心，你好像对自己太无所谓了。"

"什么意思？"

"在别的地方插手杀人事件，后面要是出问题的话，为难的是你吧？"

"啊，是这个意思吗？如果是这样，我倒希望您说我是重情重义的男人呢。"

我开玩笑似的说，可林阿姨还是一脸严肃。我只得挠挠头，又说：

"明白了，一有危险，我就抽身。我会保护好自己的。"

"嗯，这样就好！"

阿姨快活地应道。不知是不是察觉了我内心依旧迷茫，她以更加振奋的声音转换了话题。

"对了，由纪夫，你吸那个吗？"

阿姨做了个在嘴前吸烟的手势。

"吸的。"

"这个你用得上吧？拿去吧。"

她递给我一个小塑料袋，里面有一个银色的 Zippo 打火机。它很有年代感了，右下角刻着某个字词的首字母和数字。

"这是什么？作为礼物的话，包装也太寒碜了。"

"要那么漂亮做什么？"阿姨皱起眉头，"这个呢，是附近的小学生捡的。看他烧落叶玩，我怕有危险，就骂了他一顿，拿了过来。也许拿到派出所去比较好，可我忘得一干二净，直到刚才还放在衣柜里。现在再拿过去，会平添很多麻烦吧？所以我就想把它送给用得上的人。"

"哦。"

这是谁的失物吗？仔细看右下角刻的数字，可以读出"198"，第四位数字已经难以分辨了。想必物主一直添加燃料，珍惜地使用着吧。物主似乎相当爱惜物品，丢了这样的打火机，一定非常沮丧吧。

"不，我觉得这是好东西，不忍据为己有。在我离开村子、回东京之前，就先由您保管吧。"

"你还要在这里待一阵子吗？"

再度被问到这个问题，我自己都很惊讶，我似乎还很纠结这个事件。出生的家已经被夷为平地，确认完这件事后，我来入山村的目的可以说已经达到了八成，可香岛和真维那在我脑海里挥之不去。紧随我左右、一直投以期许目光的香岛，还有寄予我无条件信任的真维那。

要是弃他们不顾回东京，我自己都没法原谅自己吧。

"不许你再叫我真维那"，这句话是罪魁祸首，无论如何都无法推翻它吗？

高峰的工作是影像分析，没有对读唇术做任何说明。我想起了读唇术专家鸫，看来他也值得一查。

那段影像在脑海里一次又一次地浮现，我不断思考有没有别的解释，有没有遗漏的地方。再次回想时，呕吐感不断涌上来，但直觉告诉我，那段影像应该反复回顾。

月食。进入房间的真维那。赤司被他用枪指着。然后……

"找到了！"

那段影像里的星咏师，不是石神赤司。我找到根据了。

十三

狮堂由纪夫，2018 年

　　我一大清早就去了星咏会本部，看到香岛拿着竹扫帚在大门前扫地。不忍看他心神不宁、无精打采，我尽可能爽朗地跟他打招呼："早上好！"仅仅是这样，他就几乎要哭出来了，宛如感人的久别重逢。

　　我趁步调还没被打乱，开口道：

　　"香岛，我发现了一条线索。"

　　"嗯，嗯！"他擦完眼角，试着振作精神，"是什么？"

　　"回想下那段影像中展开的对话。"

　　香岛点点头。

　　"首先，凶手举起手枪，说'最好不要反抗，这可是真的'。星咏师说了什么之后，凶手又说'很遗憾，就是这样。我很确定你就要丧命于此了'。我们先假设那段影像里的星咏师就是石神赤司，这么一来，你不觉得这两句话哪里有些不自然吗？"

　　"是什么？是'很确定'这个说法吗？星咏会的人说这句话，没有什么不对头吧。如果您说的是这个……"

"不是这个。"

见我摆手，香岛歪了歪头。

"想一想，这两句话中间，星咏师会说什么。没错，有各种各样的可能，比如：

"'也就是说，你要在这里杀了我？'。

"男人接了一句'就是这样'，那么对于男人的杀意，星咏师一定说了什么一语中的的话。"

"这有什么不自然的？"

"石神赤司在事发两个月前就躲着真维那了，而且还计算了事发当天月食的高度，表现出了动摇的迹象。毫无疑问，这意味着赤司知道了'自己会在月食之夜被杀'。也就是说，他不可能等到被人用枪指着时，才明白自己会被杀死。"

"啊……"香岛眨了眨眼睛。

"所以我就产生了这样的疑问：那段影像中的星咏师，不是石神赤司，而是其他人被杀的场面吧？我也不知道这个推理会走向哪个方向，而且你师父还是拿着手枪，我只能说那段影像并不是表面上显示的样子。"

香岛握着竹扫帚的双手顿时充满了力量。

"有两件事情我想确认下。听说鸫是读唇术专家，能让我见见他吗？"

"我马上去确认他的工作安排。"

香岛以活泼的语调说道。被分配了该做的事情，他方才那副无精打采的样子已经烟消云散。真是给点阳光就灿烂啊！

香岛进星咏会本部大楼后不久，就带着消息回来了："听说鸫一早就去开会了。会议结束后，应该就能面谈。"

"这样的话，那就先办另一件事吧。"

"什么事？"

"跟石神仁美见面。"

"啊！"香岛屏住了呼吸，"那我再打一次电话吧。她通常早起，我想应该已经起床了。"

"要是已经起床了就再好不过了。不联系也可以，我现在就突击访问。"

"哎，"香岛身子往后仰了一下，"还是别这样做吧……赤司亡故、师父被关起来以后，仁美就一直没什么精神……"

"你要是害怕就别陪我去了。"

"不，我不是害怕！"

糟了，我忘记他的倔脾气了。转念一想，想要劝说香岛，最重要的是讲道理。

"这是早上第一个访问，可能会问很多不好问出口的话，我只是临时应付，可你今后也必须和她搞好关系吧，我觉得你还是别去的好。"

"这样吗？"香岛垂下眼帘。

"对！没事的，我只是问几个问题而已。"

香岛告诉我石神家的位置，然后目送我独自前往。

石神仁美一直身处事件中心，我却还没见过她。

石神家在未笠木村中可谓光彩夺目：是单层宅院，占地广阔，四周围墙环绕。组织高层的住宅理应如此吧。这宛如乡下名门的庄重氛围，让我不由得紧张起来。

我先敲了敲门。

"打扰了。"

我并未期待回应，但听到门里边传来"来了，来了，来了"的回应，和啪嗒啪嗒的脚步声，有种似曾相识的感觉。果不其然，露脸的正是石神家的保姆美田园。

"哎呀，是您……"

"感谢您昨天提供的宝贵信息。"

我微微一笑，把脚迈进院子里。

"后来，紫香乐老爷说了什么吗？"她不安地问道。

我一边装模作样地打马虎眼，一边走进院子，从扭扭捏捏的她身旁走了过去。

"夫人现在在哪里？"

"啊，哦。夫人一大早就起床了，现在又把自己关在放映室里了。"

"我想跟夫人谈谈。"

"这个……"美田园屏住了呼吸，"我不知道行不行。"

"不行吗？"

"要是通报了没有预约的人，挨骂的就是我。而且，夫人状态非常不好……"

"我知道夫人心力交瘁，但从第一发现人口中应该能获取有用

185

信息。"我特意卖了个关子，"这也是为了救出真维那。"

美田园的眼神动摇了。

我想起昨天问话时，她说起仁美，满是憎恶，对真维那却流露出"可怜"的情感。不是为了仁美，而是帮助被蛮不讲理囚禁起来的真维那，我推断这个理由更容易让她接受。

意图奏效了。

"……进了玄关，沿着走廊往里走，里面有扇隔音门。放映室是半地下的，请小心楼梯。"

"谢谢，非常感谢。"

打开放映室的门，眼前理所当然地一片昏暗。

电影正以大到没有必要的音量播放着。在彩色的影像中，身着丧服的男女在森林中纠缠在一起。房间里弥漫着一股香甜味，像是水果烂熟的气味。我看到一个女人坐在荧幕前的沙发上。把荧幕发出的微光当作聚光灯，她好像是站在没有观众的舞台上。

她跷着二郎腿，整个人深深地陷在沙发里，两手交叠放在胸口，两眼无动于衷地对着荧幕。眼角的皱纹在荧幕的微光中化作冷酷的阴影，但整体给人的感觉不像年逾五十。娇艳丰满的嘴唇仍保留着女性的魅惑，长长的黑发让人想伸手触摸。交叠的双臂令衬衫外的毛衣凸显出胸部的优美曲线。

昏暗的房间。画面中纠缠的男女。弥漫的香甜味。只要说一句话，这里的魔法就会解除似的。这位女性拥有俘获人心的魅力。从她的身姿可以感觉到，正是不断取得与年龄相称的魅力才有了如今的她。

然而，真正让人印象深刻的并非整体印象，而是她那双无动于衷的疲惫的眼睛，毫无气力的绵软身体，还有最初看到的眼角的皱纹。衰老切实地侵袭着她的躯体，而现实又给予她重击。

我刚跨进去一步，她的头转向这边。"谁？"她尖锐的声音问道。"擅自进来，真是不好意思。我是东京来的刑警，名叫狮堂由纪夫。"我自报家门后，听见她喃喃自语"哦，那个人"，然后长舒一口气。

"开关在你那边，能帮我把灯打开吗？"

我遵从她的命令（命令这词很贴切）打开灯，与此同时，她把电影暂停了。

"真是部热情的电影呢。叫什么名字？"

"只是这个场景而已。"她边叹息边说，"电影名叫《葬礼》，你听说过吗？"

"没有。我对电影没什么了解。"

"狮堂是吧，你多大了？"

"二十七。"

"那你不知道也正常。这电影流行于 1984 年，是伊丹十三导演的第一部作品。"

"这个名字我听说过。"

"这就是所谓的世代差吧。"

仁美自嘲似的笑了笑，然后用手拍了拍自己旁边的座位，催促我坐到沙发上。那是可以轻松坐下四个人的大沙发，虽然感觉被允许坐在她身边，我也求之不得，但还是隔着三个拳头的距离坐下。这是心理上的距离，也是可以观察对方表情的距离，还是做刑事工作的距离。

"现在我正对您丈夫身亡一事进行重新调查。"

"我听美田园说了。东京的刑警休假时也要插手其他地方的杀人事件，还真是闲不住啊！"

我暧昧地笑笑，搪塞过去。

"我认为你儿子不是杀人凶手。"

与其磨磨蹭蹭、令人心焦，还不如速战速决。

石神夫人的反应，却是我没有想到的。她愣愣的，似乎在说"啊，又是那件事"，接着是"你以为这样说，我就会过意不去吗"这样有气无力的反应。

"大概是香岛教唆你的吧。"

"一开始是这样，但现在有根据了。"

我将方才和香岛讨论过的，预知记录中星咏师和凶手对话的矛盾之处，以及对于星咏师真实身份的疑问告诉她。

听我说完，石神夫人笑得肩膀都颤抖了。

"你真是个有趣的人呢！一般来说，没人会怀疑预知记录里的星咏师是谁吧。"

"这很奇怪吗？"

"不奇怪。"这回石神夫人面露友好的笑容，故作媚态地说，"因为我喜欢有趣的人。"

明知"喜欢"一词，不包含石神夫人一丁点的感情，但这声音还是令人心荡神摇。我体会到了被她吸引的男人们的心情，胸口就似火燎一般难受。

"听说是你最先发现你丈夫的尸体。"

"是。"不知是不是心理作用，她的声音微微颤抖，"那天早上……我没在卧室里看到他。而那天前不久，调查完月食后，他看起来非常不安，过度回避着真维那，神情很不正常……所以我非常担心，便去了星咏会本部。丈夫沉迷预知时，就会住在那里，所以我想去确认，他是不是待在大星咏师之间。"

"我听到一些传言，说你被限制进入星咏会本部。"

"那是……没有办法的事。"

她回应道，声音小到几乎听不见。我这才了解这件事并非紫香乐淳也单方面的意愿，她也心怀愧疚。我心里有了一些眉目，但现在还是先问别的问题。

"事发当天，哪怕要打破这个禁令，你也必须去星咏会？"

"是的。那天我总觉得非常不安……"

"不安？是因为你丈夫的行为吗？"

"也有那个原因……"仁美小声补充道，"月食……"

赤司在调查月食，而那天是月食之夜的次日。我是这样理解的，但她的话听起来似乎有别的隐情。

嘟囔完月食这个词后，她就像贝壳一样闭紧嘴巴，我只能继续问先前的问题。

"然后你就去了大星咏师之间，在那里发现了你丈夫？"

"是的。"仁美好像清醒过来似的，继续说，"打开房间的门，

189

我没有看见丈夫的身影，就一边喊他一边走进去。刚走两三步，就发现他倒在桌子旁边。"

"能告诉我具体倒在什么位置吗？"

"我走进房间，看到他横卧在左边的地毯上。对……像这样，右半身朝下。"

这与从高峰那边听到的关于尸体被发现时的状况并无矛盾之处。

"丈夫的头……对不起，我当时太害怕了，没有仔细看。"

"这很正常。"

"但是丈夫手边有一块溅了血的水晶，我记得很清楚……正是记录了那段预知的水晶，那块不祥的……"

"据推测，水晶放在桌子抽屉的暗格里。你知道那个暗格吗？"

"……完全不知道。"仁美垂下视线。

"他本来不擅长隐瞒，毕竟作为一个优秀的星咏师，什么样的想法都会在水晶上显现出来。所以他隐藏了那样的东西……我真的没有想到，哪怕单独跟我商量一下也好，我现在悔恨不已。"

她以愈发低沉的声音继续说道。

"他对我的信任已经丧失到这种程度了吗？顿时觉得自己好悲惨。"

这样的对话简直就像公然交换秘密。我明白她想有人倾听，但我不喜欢听对方想让我听的话。

"真维那的遭遇真是太糟糕了。"

"嗯……他原本就是个要强的孩子，在我面前也表现得十分坚强……近来每天都担心他，真的担心……"

"听说你每天都会去看他。"

"我也没什么能为那个孩子做的……真是太可怜了。他为什么要做那种事情……"

"那种事情，是指枪杀你丈夫吗？"

她露出惊讶的表情，仿佛对我的话非常意外，"你——你怎么这样说？"

"但听你的口气，似乎也相信是这样的。"

"谁也逃不过亲眼所见的冲击吧。因为你是头一次看水晶预知，才会半信半疑。"

"可能吧。"

"没错，绝对是这样。"

"我，"我固执到底，"并不打算放弃。"

这时，她自然而然地拉近三个拳头的距离。一开始我没有明白她的意思。不知什么时候，年长我近三十岁的她，贴着我坐到旁边，把手放在我的手背上。她的手还很紧致——没有做过家务吧，虽然已不再娇嫩，却深谙如何摩挲他人。

"刑警，你真的能救出那个孩子吗？"

我突然后悔不迭，要是把香岛带来就好了。在这种状况下，他的存在就相当于防波堤吧。石神仁美究竟是把我当男人看，还是把我当棋子看，我越来越分不清了。

我甩开她的手。

"虽然不能保证，"我担心自己的声音会不会表现出动摇，"但我是这么打算的。"

上了年纪后，她还很有意识地利用自己的魅力，年轻时要是天真烂漫地将其表现出来，又会怎样呢？我想到了石神兄弟，爱上她的两个死者。我又想到了美田园对她的评价。我现在能领会美田园的话了，她的确有那种像是吸食他人青春而活的妖艳。

"《葬礼》……"

我望着变暗的屏幕喃喃道：

"刚才看的那部电影，你喜欢吗？"

"喜欢。这是丈夫求婚那天，我们去看的电影。"

她不停说着，仿佛要把心中的话一股脑儿倾吐出来一样。她说话自始至终都有气无力，好像每一句话都令她不堪重负。

"当时这部电影挺流行的，虽然名叫《葬礼》，但其实富有喜剧色彩。即便如此，约会去看的电影是《葬礼》，我觉得有些过分了。之前看达里欧·阿基多和《十三号星期五》，我也是这么想的。不过《葬礼》一开场，就有趣到整个影院都传出了笑声，所以看完电影心情不错。准备去吃饭时，他却拿出戒指说'嫁给我吧'，我不禁笑了。明明准备了戒指，打算求婚，却选择了名叫《葬礼》的电影来看。每当我提起这事，他就一副不高兴的样子，所以一直没有机会重看。从他的角度想，认认真真求婚，却遭到嘲笑，大概也很郁闷吧。"

"这不是挺浪漫的吗？"

"求婚故事，都同样的浪漫，也都同样的陈腐。"

她耸了耸肩。

"但我喜欢他这种笨拙的地方。"

此刻她的声音听起来，和说喜欢我时完全不同。

"这只不过是丈夫太一本正经了，总爱瞎忙活。一点也不美好。"她寂寞地笑了笑，"不过一个人看这部电影，并不怎么有趣呢。"

"是吗？"

"嗯。真不该刚祭奠完当事人，就看这东西。"

她开玩笑似的说道，似乎是想掩饰自己的感伤。知道她在强颜欢笑，我很难过。

"你不满你丈夫一本正经的性格吗？"

为了不被拖进伤感里，我一口气说了出来。不能再陷进去了。

"没什么不满。"说着，她将目光投向远处，"这就是他的可爱之处。他很珍视我。"

"你很爱你丈夫。"

"是的，很爱他。正因为如此，有时候我想逃得远远的。"

她用舌头润了润嘴唇。

"……求婚的时候，丈夫向我吐露了他在星咏会进行的研究内容。"

"你丈夫还挺有勇气的。"

"嗯。没想到我们相识的时候，他就已经在和青砥一起做那样的事了。我一开始半信半疑。'作为丈夫，婚后被发现在搞奇怪的研究，那就太不诚实了，所以我坦诚相告。'丈夫这样说道。"

她摆出递戒指的姿势。

"'我看到了和你一起度过的未来：总是和你一起看电影，你虽然偶尔也会流露不满，但一直在我身边。为了实现这样的未来，我一直在考虑我能做些什么。请收下吧！'"

"这不是挺浪漫的吗？"我有些不好意思地说道，"夫人真幸福。"

"是啊，我也觉得很浪漫——一开始的时候。"

她慢慢站起来，从放映室架子的一角抽出一本旧相册。上面隐约可见"1985—1989"的文字。

她翻开相册，给我看一张照片。

"这是筹备星咏会成立四周年晚会时，在大星咏师之间拍的照片。1989年……正是青砥意外身亡、紫香乐病故的那年。你看，两人长得很像吧？"

照片里是年轻时的石神赤司、石神青砥、石神夫人、紫香乐一成、紫香乐淳也、千叶冬树和鸫津一郎。

那时，石神赤司应该才二十岁出头吧。他朝气蓬勃，身姿挺拔。能从石神夫人脸上窥见她现在的影子，更突显了她的好底子。

"大学毕业，我和赤司结婚以后，我搬到了未笠木村的家，丈夫继续做研究，我则做秘书支持他。我想这样的日子会一直持续下去吧。他看到的未来里有我，不就是我的未来被他支配了吗？"

"……可是，就算是星咏师，也不可能看到全部的未来吧？"

"这种事情我知道。"她冷静地回应道。或许是对我说的话感到焦躁，她的声音颤抖着。

自己长期以来的烦恼被人理性分析，没有比这更恼火的了吧。这样应该可以让仁美失去自制力了。

"但有时候，即使我知道这样想也没用，但还是会想。我们结婚，是因为丈夫看到了未来。那要是丈夫没有看到这样的未来，我就有可能和别人结婚吧？为什么丈夫可以'星咏'，我却做不到？这不是很不公平吗？不能'星咏'的人，就必须被能'星咏'的人支配未来吗？"

她语速飞快地对眼前的我讲着根本无能为力的事情，仿佛剥去了年轻的伪装，露出了与年龄相应的老态。

"那双眼睛……丈夫那双不祥的眼睛……星形图案！就是那双眼睛因禁着我的未来……星形的囚室！无论如何，我都很想反抗，很想偏离他的预知！"

"你跟青砥好像是从大学时代开始交往的吧？"

"我和青砥在大学不过是玩玩。"她嘲讽似的说道，"对丈夫产生怨恨以后，就经常私会了。"

"原来是这样。"

窥见她的本性后，我甚至觉得刚刚那个差点沉沦她美色的自己很可笑。

"你选择青砥，有什么理由吗？"

"丈夫一本正经，有时会瞎忙活，而青砥君惯于玩乐，放荡不羁。他俩是性格完全相反的兄弟。"

她对青砥的称呼变了，声音中流露着爱意，眼睛眯起来，仿佛在凝视遥远的过往。青砥君——年轻时，她与丈夫兄长的甜言蜜语，跨越了三十多年重现了。

"他们拥有彼此所欠缺的东西，虽然不是男女，但可以说是彼此最好的伴侣。而这样的两个人却长得一模一样，没有比这更蛊惑人心的事了。"

"所以你就向你丈夫复仇？"

我用轻松愉快的声音问她，就像在听有趣的八卦。

"没有。一点意思都没有。"她咚的一声坐到沙发上，"会让人觉得我不忠的预知，他应该看到过好几次，但他并没有生气。相反，他只是反省自己是不是魅力不足。"

我想起美田园的话：老爷是那种凡事压在心底的人。

"正因为无论我犯了多少错，都没能让他退缩，这让我极度懊恼。"

这不是不爱，正因为爱，才变得扭曲了。我暗自思忖，如果没有未笠木水晶介入，这对夫妇又会怎么样呢？虽然会有分歧和争吵，但或许是一对幸福的夫妻吧。

但是没有水晶的话，石神赤司也就上不了大学了。

突然，我想起了鹭姬传说。鹭姬被美丽的紫水晶吸引，欲求不满——我想要紫水晶，更多，我想要更多……

贪婪的鹭姬的形象和眼前仁美的形象重叠在一起了。能看到未来的水晶，不能给人带来幸福吗？

"你觉得你只是想稍微逃避一下？"

"是的……但是后来我意识到，丈夫在谋划更可怕的事情。"

她捂住了脸。

"那天……就是那天！二十九年前，青砥君死在了水晶洞窟里。一个多月后的一天，丈夫从身后紧紧地抱住我，在我耳边低语——‘我会一直陪在你身边的。’"

这是什么意思？赤司失去了心爱的哥哥，她失去了重要的"友人"，对悲痛欲绝的妻子这样说，是理所应当的。

想到这里，我明白她想说什么了，顿时一个激灵。

"我确信，就是丈夫杀死了青砥君，并伪装成意外……然后在我耳边宣告，永远都不会让我逃出囚室！"

倘若真如她所言，这便是赤司杀死青砥的一个旁证。而真维那杀死谋害生父的赤司，这个设想的出发点将会更牢不可破。

同时，石神仁美也有了杀死赤司的动机。

想逃出鸟笼的鸟的谋杀。

十四

狮堂由纪夫，2018 年

我向仁美借了那张 1989 年星咏会员工的合照。这张照片清楚地记录下如今已亡故的石神兄弟的长相，而且我也有想要确认的事情。

回到星咏会本部大楼，香岛一脸担心地跑过来。

"怎、怎么样？"

"果然有点累了，"我不由得叹了口气，"今天就先回旅馆睡觉吧。"

"啊！"香岛露出夸张的反应，"我已经和鸫约好了！"

"哈哈，我知道。我也有事情想赶紧确认，还要继续调查。"

为了再次打起精神，我用手拍了拍双颊。

"带路吧。"

"言语解析组"的办公室在星咏会一楼，与之前看到的设施相比，引人注目的莫过于书架上一排排并列的辞书了。在电脑主机和显示器林立的室内，五六名研究员一边交谈一边工作。

鸫坐在椅子上工作。香岛绕进他的视野里，他立刻点了点头，然后回头看我，我们互相点头致意。

鸫指了指键盘，然后手指快速地在键盘上敲击起来。

"就用这个对话吧，比较方便。"

我知道他随身携带笔记本，但有电脑的情况下，这样确实比较方便。于是我借用键盘敲了一句"请多关照"。香岛替我搬来一把椅子，于是两个男人并排坐在一台显示器前，轮流敲击着键盘。某种异样的情景就这样展开了。

这时，我留意到桌上放着一个 Zippo 打火机，很眼熟。

"这个打火机是？"

"这是星咏会成立时发给成员的纪念品，当时在职的人都有。我戒烟十几年了，所以现在不用了，但为了不忘初心，就将它放在这里。"

林阿姨给我看的打火机，上面磨损的四位数字，现在搞清楚是"1985"了。

如果是这样，那个打火机是成立之初就在的某个成员遗失的吗？这意味着什么，目前尚且不明。

"你想问我什么？"

"听说你是读唇术专家，我想知道读唇术有多准确……"

没有回复，我转头一看，鸫抱着胳膊，眉头紧锁。措辞果然太失礼了，我刚想打字，鸫就敲击起来。

"你还记得齐达内的头槌吗？"

我一时间不知所措，犹豫着该如何回复。鸫见我这样，嘴角浮现笑容，又开始敲击键盘。我一直以为他是个扑克脸，这个笑容让我放松下来。

"齐达内是谁？"香岛歪着头问。

我回答："足球运动员。"

不久之后，鸫给出了更详细的解释——

"十几年前的事了。在国际足联世界杯比赛中，法国国脚齐内丁·齐达内给意大利国脚马尔科·马特拉齐一记头槌，被罚下场。"

我想起来了。那时我还在上中学，跟同学聊足球话题，谈论的都是齐达内和中田英寿。他是一名球技高超的球员。决赛于周一凌晨4点开始，一想到待会儿要去上学就觉得很烦，但还是瞒着父母半夜爬起来，关了灯在客厅里看比赛。齐达内因头槌被罚下场时，我感觉就像被世界欺骗了一样，看完对决，已经到运动社团晨练的时间了。

"齐达内那一记头槌的理由，尚不清楚。不过有一种说法是，马尔科对齐达内说了种族歧视的话，还侮辱了他的家人。齐达内是阿尔及利亚第二代移民。"

当时我还是中学生，没仔细阅读过这方面的报道。

"为了验证马尔科是否真的说了这些话，《泰晤士报》邀请了读唇术专家杰西卡·里斯对比赛录像进行了分析。结论是，解读出了侮辱性的内容，内容是……"

写到这里，他朝我看了一眼，轻轻地耸了耸肩。我也以手势表示"内容就算了"。有孩子在场，没有必要再刻意重提那些让人不舒服的话。

"但是，BBC（英国广播公司）的读唇术专家解读出了另一种意思。同样的侮辱性言论，但解读出的内容完全不同。"

"哪边是正确的？"

"从结论来说，并不清楚。从剧烈晃动的体育转播录像中，很难断言嘴唇动作可以准确地读取出来。而且，意大利语不是杰西卡的母语。据说，她是在意大利语翻译员的协助下进行读唇术解读的。

"为了让你有概念，我以这个有名事件为例子。我想说的是，读唇术的准确度很低。从正面近距离观察说话者的嘴唇动作，说话者说话要缓慢而清晰，且说话者与解读者的母语一致时，准确率才能达到 30%。近年来，人工智能的开发也在不断推进中，牛津大学借助人工智能 LipNet，解读率已经达到了 95.2%。前提是，实验对象的影像要是正面的，而且说的是实验者指定的英语。"

三十这个数字听起来充满了希望。鸫觉察到我的兴奋，遗憾地摇了摇头。

"不过，那段影像另当别论。"

"为什么？"

"先从星咏会说比较好。星咏会计划提高预言准确度，将来出售这项技术。在这个目的之下，为了尽可能消除不确定因素，星咏师和研究员身体力行，也就是说，只说日语，而且说话要尽可能口齿清晰。这是三十三年来日积月累的习惯之一。在那段影像中，赤司是从正面看着说话者的，你还记得吧？"

"嗯。被枪指着，而后一直盯着男人的反应，自然会变成这样。"

"没错。再者，男人的口型很清晰，说的也是日语。"

专家都这么说了，是真没辙，但我不能放弃。

我紧咬不放："就没有破绽吗？"

鸫又皱起眉头。看他似乎在烦恼什么，所以我一改之前的焦躁，耐心等待。他操作起键盘，打开了一个与方才对话窗口不同的界面，似乎是研究室内部的通信软件。确实，这样就不必劳烦鸫一行行打字了，看着屏幕就能对话。鸫所展示的通信软件上附有三句话和一个视频文件。

"你最好别反抗，这可是真的。"

"很遗憾，就是这样。我很确定你就要丧命于此了。"

"闭嘴！不许你再叫我真维那！"

鸫一边看这三句话，一边重新审视关键影像。考虑片刻后，看了我一眼，又开始敲击键盘。

"有两个。"

两个破绽！我差点就跳起来了。

"一是，有混杂着未知日语的可能性。"

我歪头表示不解。

"这是与预知未来密切相关的课题。例如，要是三十年前我们预知现今这个'未来'，影像中的人说了'智能手机（スマホ[1]）'一词，这种情况下解读的可能性就会显著降低。商务酒店（ビジ

---

1 スマートホン（Smartphone）的缩写。

ネスホテル）的简称ビジホ通用的话，就可能会认为是微笑酒店（スマイルホテル）或者是别的什么酒店的简称。如果智能手机一词已经出现，解读的可能性就会提高，但是在手机尚未普及的时代来'看'，这种可以携带、具备了互联网功能的电话，完全超乎想象。要是强行套用已有的词汇，智能手机一词自然就没法导出了。"

"据说，紫香乐电器看中水晶研究，也有这方面的原因。"香岛补充道，"要是能'看'到竞争对手的产品信息，那将会大有裨益。"

"也有相反的问题，语言太古老，以至不明白。比如，使用了已经废止、不熟悉的词。"

昨天林阿姨对我说了"螟蛉之子"，这便是我不听解说就完全不明白的词。如果草率地将别人的话套在自己所知的词汇中，或许就会读出不同的内容。

"应对古老词汇的方法，就在这个房间里。"

鸨的这句话有些奇怪，但环顾四周，书架上的辞典再次映入眼帘。仔细一看，还有相当老的版本。辞典旁边还有图鉴和其他大型书籍。这些书配合互联网一起使用的话，能覆盖绝大多数的词汇了吧。

我再一次细看那三句话。

"要是真混了未知的词汇，解读就会变得很难了。"

"话虽如此，前两句话，一个拿着枪的男人对别人这样说，是非常自然的。"

总觉得这话有些奇怪，但确实能够接受。

"事情发生在今年 1 月 31 日，也就是说，那段影像是过去的影像记录，混有未知词汇的可能性很低。虽然'这可是真的'中的'真的'，也有可能表示的是手枪的某种专有名词，比如未知品牌的手枪名字，但并不会影响大局。"

的确如此。第二句话也是，尝试换掉一部分，也行不通。焦点果然还是"不许你再叫我真维那"。

"还有一个破绽是，日语的同口型异音词。"

"这是？"

"在日语中，有些片假名的口型完全相同，但发言不同，比如サ（sa）、ザ（za）、タ（ta）、ダ（da）、ナ（na），还有マ（ma）、バ（ba）、パ（pa）。"

我张嘴读了一遍，确实如鸫所说，是有这样的感觉。

"有没有浊音和半浊音也很难区分。所以在读唇术中，香烟（タバコ）和海参（ナマコ）看起来是同一个词。"

"那要怎么区分？"

"看整体意思，也就是联系语境。如果有人说'我可以出去吸一口×××吗？'，我想没人会去吸海参吧？"

鸫应该是想开个玩笑吧。看了我的脸，他有些失望。

语境……这句话刺激了我的大脑。我也好，星咏会的人也好，都受到了某种语境的束缚吗？石神真维那想要杀死影像中的星咏师，除此之外，还有别的解读吗？不对，如果"星眼"不是石神赤司，他死不见尸就很奇怪。而且真是这样的话，影像里的人是石神真维那，这个前提本身就变得很奇怪了。

真维那，我嘴里念着这三个字。

"真维那这个名字里，也有刚刚提到的发音，マイナ，マ和ナ。"

"确实是这样。但是实际上，石神真维那出现了……"

实际上，石神真维那出现了！

我终于知道为什么会觉得奇怪了。对啊，认为眼前的男人是石神真维那，本身就先入为主了。

看着聊天记录，我脑子灵光一现。

"臭婊子（バイタ）。"

"？"鸫只敲了个标点就停住了。

"就是臭婊子！如果バ误读成マ，夕误读成ナ，那就是マイナ了！因为眼前出现的是石神真维那的脸，所以才搞错了！"

鸫显然惊慌失措了，他就像看到什么奇怪的东西一样诧异地看着我。

"石神青砥还活着的时候，兄弟俩围绕着仁美形成了三角关系。"

这话不堪入眼。在我输入完的瞬间，鸫皱起了眉头。

"所以你想表达什么？"

"二十九年前，石神青砥神秘死亡。如果是赤司杀的，会怎么样呢？那段影像是赤司杀死了青砥，青砥被枪击中了头部。为了掩盖伤口，赤司伪造了落石事故，砸碎了他的头。"

"不可能。根据是什么？"

"青砥被赤司用枪指着，应该说了这样的话：

"'为什么要杀我？为了那个臭婊子吗？'

"然后赤司愤怒地说道：

"'闭嘴，不许你再叫她臭婊子！'"

室内一片沉默。鸫挺直背，倚靠在椅子上，脸上露出了苦恼的表情。

"这样的事，怎么可能！那段影像怎么可能是二十九年前的，而且赤司还杀死了自己的哥哥，这实在……"

"这个推测还有另一个依据。"

我拿出先前从石神夫人那里借来的照片。香岛一看到照片，就瞪大了眼睛。

"好像，"他的声音在颤抖，"二十九年前，赤司和青砥的脸，和现在师父的脸一模一样！"

十五

石神赤司，1988 年

"千叶，说真的，我很理解你的心情。"紫香乐淳也纠缠不休地说道，"我也想早日成功，但真正的成功需要很长的时间……"

他正咔嗒咔嗒一开一关地玩着 Zippo 打火机。淳也是在模仿父亲一成的说话方式吧，但一成举手投足间透着岁月历练的沉稳，而淳也就只有阴险而已。我再也看不下去了，便离开了淳也的办公室。

千叶冬树向学会公布星咏会研究内容的消息，瞬间在星咏会内部传开了，大家都在议论"怎么就没人预知到这件事，阻止他呢"。即使在学会上公布了，也完全没有话题度，再加上没有上新闻，所以很不巧貌似谁都没有通过预知注意到。

我去青砥的办公室，他也谈论起这件事。他一边处理文件，一边叹着气说：

"不过，星咏会内部的论调是，一方面指责千叶太轻率了，另一方面又觉得他挺可怜。"

就连一成，当初为"第二人"的出现兴高采烈成那样，也直截了当地说了失望的话："他看起来不像是会做这种事的人，难道是我看错了吗？"

"我也很难受。他是个好人，重情重义。"

"确实。但是我不赞同在这个阶段对外公布星咏会的研究内容。"

青砥下了这样的结论后，又滔滔不绝地对我说道：

"说到底，这是一门预知未来的技术。目前在紫香乐一成的影响下，出资人和消息渠道都有所限制，可万一越过了这条线，出现了想要恶意利用它的人，我们这边未必能控制。对普通人来说，也是这样。比如，他们问下次大地震是什么时候，你现在做好向他们详细说明的准备了吗？想利用预知未来造福社会，就要做好这样的准备。可眼下我们并没有足够的能力做到这点，因为还有很多不懂的事情。除此之外，商业利用也是一个问题。我们的法务部还没有申请到这项技术的专利。紫香乐电器垄断了未笠木村的水晶，这是一大优势，但一旦公开这项技术，我们的技术就会被挪用或者被低价购买，那就没有意义了。"

"当然了，"青砥耸耸肩，笑了一笑，"我们也不是为了赚钱才这么做的。即便如此，在这种设想还没有完全实现的阶段就发表出来，未免太草率了。"

听着青砥冗长的议论，我不禁发出一声感慨。青砥把头从文件上抬起来，看着我蹙起眉头。

"怎么了？"

"没什么，我只是觉得哥哥考虑得挺周全。"

"啊？"青砥咂了咂嘴，"你把我当什么了？经营一个组织不就是这样的吗？"

"大学时，你不是经常去跳迪斯科吗？"

"那是大学时的事了。"

青砥有些不好意思地在脸前摆摆手。事实上，哥哥的精明在大学时的一些行为上就体现出来了，现在只是有效地利用到工作上了。

"总之，等手上的工作处理完，我会和你一起处理千叶后续的事情。毕竟那家伙预知的清晰程度令人瞠目。最重要的是，他是我们印象最深的'第二人'，要是他不干了，我也很头痛。"

"拜托了。"

"好了，赤司大先生，快去记录下一个预知吧。差不多到时间了吧？星咏会可就靠你了。"

我笑着说"别给我这么大压力啊"，然后准备离开他的办公室。就在这时，我在他办公室的橱柜里瞥见了一套陌生的茶杯和茶托，点缀着蓝色的花纹，非常华美。对青砥而言，真是一种新奇的爱好。

"鸫。"

我在走廊上叫了一声，鸫端端正正地朝我鞠了一躬。无论过了多久，他都还是这么拘谨，对此我只能苦笑。

他做了个"不好意思"的手势，然后拿出笔记本，沙沙地写着什么。

"影像分析结束了，果然是柏林墙。"

"果真？"

我看着鸫的脸，缓缓开口说道。

一周前，千叶冬树记录的预知里，一个新闻影像成了话题。影像里，一群外国男女声势浩大地爬上一堵墙，其中一人举起鹤嘴镐向下挥，想要破坏墙壁。周围的人都在狂热中迎接用锤子和楔子破坏墙壁的男人。因为没有声音，总觉得有些诡异。在千叶这段时长三分钟左右的预知最后，他房间里的日历出现了，从上面标注的记号倒数，可以推断这是 1989 年 11 月 9 日的新闻影像。

从墙壁上大量的涂鸦、文字和图案来看，星咏会内部大家都在猜测，是不是柏林墙。但是，对于"柏林墙即将被推倒""身穿绿色军服的男人们似乎没有特别阻止"这些影像中的事实，大家都无法接受。影像传给了解析组，由鸫负责解读。

"但是他们讲了什么，我就不知道了。原本非母语的读唇术，操作起来就很有难度，而新闻影像中所有人都很兴奋，这让解读变得更加棘手了。日本新闻广播员的发言只有五秒，得到的只有影像中出现的是柏林墙这一信息。"

鸫不焦不躁，默默地写下长长的对话。我很喜欢他冷静沉着这一点。

"谢谢。"

或许冷战时代即将结束。用一成和淳也的话来说，政变情报有利可图。然而，要是处理不好语言问题，对国际性事件的预知准确度就会下降。

"嚯，果然和我想的一样。"

淳也一把夺走鸫手里的笔记，吹着口哨看了起来。

"我还以为戈尔巴乔夫是个挺能干的家伙，没想到居然走到这一步，真让人大跌眼镜。"

"你以为你是谁啊？"，我将这句话压在喉咙里。

不过，淳也的感慨也有让人赞同的地方。与一个人做预知不同，星咏会对预知的记录、保存和分析都实现了系统化，在组织的努力之下，重大事件一个又一个地被收入网中。

这不禁让我暗自产生了新的想法：一直以来，淳也给人的感觉是，在同龄人中很惹人嫌；而一成、青砥、千叶和鸫，这些难以替代的协作者也在增加。

"我们一定会成功的。"我想起哥哥高中时所说的话。

"是的，"我在心里喃喃道，"一定会有所成就的，我们两个。"

淳也挥挥手离开后，鸫还站在原地。我走到他前面，问他怎么了。

一起工作已经有三年了，我还是读不懂他的表情。他盯着我的脸看了几秒，然后迅速地在笔记本上写了起来。他撕下一张纸，递到我手上。

"请不要太责怪千叶。"

字迹潦草到不像鸫写的。

"我明白。"

我读的时候，手里又被塞了第二张。

"我也认为千叶的行为太过草率了。但是，我也觉得赤司、青砥以及一成太沉得住气了。"

一字一句传达着他的想法。他素来安静，内心竟隐藏着这样的热情，我吃了一惊。

距离初遇水晶的那一天，已经十六年光阴了。从那天开始，我和青砥一步一步日积月累，从小学生水平的实验直至这个组织，持续稳步地推进着。

所以，我清楚这是一件穷年累月的事。我在不知不觉中知晓了这个道理，可是千叶也好，鸫也好，他们并不知道。他们被交付了尚未完成的希望，这或许可以改变他们的一生，或许眼下就会有所改变。或许能够改变——这就是急功近利的原因吗？

"那个水晶有魔力，会勾起人的欲望，被迷惑的话就完了。你们几个对此是有耐受性的。"

"是啊。"

正因为有魔力，千叶这样老实的男人才误入歧途？

然而，随着我体会更多，我有了另一种感觉。

这是鸫说的话，也是鸫的想法。或许是因为同期中他和千叶走得最近，所以对他比较了解。他表面上是在谈论千叶，却在不经意间流露出自己的想法。

他是否也差点被魔力迷惑，被欲望吞噬呢？鸫面无表情，什么也无法窥见。他就是个让人看不懂表情的男人，笔记本上写下的文字也寥寥无几。

回到家里，见仁美在沙发上坐着。她一看到我，就用舒缓的声音搭话：

"喂，下回什么时候上街？我有想看的电影了，凯文·科斯特纳主演的《谍海军魂》，好像是下周六上映。"

"啊，真的去看了呀！"

"是吗？你这说法太奇怪了。"

"上回我在预知里看到，我和你在电影院里看凯文·科斯特纳的电影时的情景。"

"哎呀，那可真惨哪！你被剧透了吗？"

"怎么说呢，电影院里看不到时钟，像这种还没有在日本公映的电影，也不知道是第几分钟的场景。我没有进行影像分析。如果是剧透场景，那就太不忍心了。"

我把手覆在外套的纽扣上，突然不想换衣服了，长长地叹了一口气。

"我该放弃看电影吗？"

"什么？"

"看一部电影，就相当于把我的眼睛蒙上两个小时。你知道哥哥是怎么形容我眼睛的吗？他说是'神之眼'。太夸张了吧？我向他抱怨'快不要这么说，怪不好意思的'。总之，我想说的是……"

"比起看电影，我更应该把时间花在观看世界的动静上，新闻啦，报纸啦，有用的预知被记录下来的概率就会提升。这对星咏会大有裨益，对世界不也有好处吗？"

仁美冷哼一声，"可真是伟大的自我牺牲精神啊！"

"可是……"

"电影被记录在预知里，通过这个或许就能知道未来哪些电影会大受欢迎。比如进入电影院的人数，结束后观众的反应。这样一来，紫香乐的赞助商在投资电影时，就会有参考数据了吧？这是你的娱乐，所以对别人完全没用，千万不要这样想。这种想法只会束缚你，没有丝毫用处。"

她干脆利落地说道。我出神地盯着她看了一会儿。这是个新鲜的想法。

"好啦。"仁美拍了拍手，站起来，"那就这样决定了，下周六去看《谍海军魂》。即使你没被剧透，也别跟我说你在预知里看到了什么。我可是很期待的……"

之后，她说太冷了，要泡杯红茶，便去厨房了。要是没有她引领我，我会过着献身水晶的无聊人生吧。回想起和她相遇的大学时代，我一时沉浸到了感慨之中。正回忆时，哥哥的身影浮现在了脑海里，我的头刺痛起来。

"话说回来，求婚的时候听说你在研究水晶，说实话我心里还犯嘀咕呢，没想到居然走到了今天。"

"是啊。"

仁美将两个茶杯并排放在桌子上。我的茶杯是我一直以来在用的，而妻子的茶杯似乎是新的。白色的陶瓷杯上绘着粉色的花纹，茶托上也有同样的纹饰。成套放在一起，即使不喜欢花田似的鲜亮色彩，也会被吸引住。

"那个杯子是新的吗？"

"嗯，是新的。淳也的父亲之前去了法国，他在那里给我买的。"

"一成经常出差，每次都跟他说不用买纪念品。"

"不挺好的吗？这是他的好意，我便收下了。再说了，女人就喜欢这样的小玩意儿。你也稍微学学淳也的父亲，也送我一个漂亮的礼物吧。"

我不由得苦笑起来。先记在脑子里，下次去街上看电影的时候再想想要买什么。

突然，妻子的茶杯刺激了我的记忆。怪不得那个花纹看起来很眼熟，刚刚我在青砥办公室的橱柜里看到了同样纹饰的茶杯，只是颜色不同，妻子的是粉红色的，而青砥的描的是蓝色的花纹。

情侣杯，这个词在我脑海里一闪而过。这让我想起大学时代的仁美和青砥。我们结婚之后，她还会像挑衅一样跟丈夫以外的人使用情侣杯吗？

"今天这茶泡得很不错呢！"

妻子的嘴角露出笑容。

四个月后，她有了身孕。

十六

石神赤司，1989 年

三月，本地警方的调查有眉目了，总算可以喘口气了。

1989 年 2 月 22 日，原计划在这一天举办星咏会成立四周年的纪念派对，但不幸取消了，因为那天早晨发现了石神青砥和紫香乐一成的尸体。

哥哥死于水晶坑道的落石事故，紫香乐一成则死于心脏病发作。当然，两人在同一天死亡，自然是疑窦重重。星咏会同时失去两颗巨星，也给了成员们某种不祥之感。

在警方的调查中，最为棘手的是，他们越过对两起死亡事件的调查，诘问星咏会到底是个什么样的组织。由于泡沫经济的影响，也由于现在是诸多新兴宗教兴起的时代，一群人自诩研究水晶，隐居在深山之中，仅凭这点，警察就会觉得这是一个非常可疑的组织。失去了青砥这个能干的发言人，损失不小，但紫香乐淳也凭借着从父亲那里遗传的好口才，予以堂堂正正的答复，渡过了这一难关，让人不得不刮目相看。

在星咏会前景难料的危难之际，失去他们俩是巨大的损失。

在星咏会内部，"泡沫会破灭"这一预知，已经成了确定无疑的事实。淳也自以为是地说过"即使不预知，大家也都察觉到了，所以才说是泡沫"，也无法掩饰会内滋蔓的不安情绪。经济繁荣的日本届时将何去何从呢？我们没有收集到详细的预知材料，也没有掌握足以宣告泡沫即将破灭的研究成果，推翻诺查丹玛斯大预言的预知依旧没有出现。笼罩着星咏会的闭塞感，令人憋闷。

"你没事吧？"

我将身体沉入家里的沙发里，仁美担心地看着我。她的眼眶红了。

"你为什么哭呢？是因为突然失去了大学以来的老朋友而悲伤？还是……"

我没能把这话说出口，只是无力地摆了摆手。

算了……现在不是和她吵架的时候。

仁美在客厅的桌子上摊开书写工具。她拿起圆珠笔，在信笺上沙沙沙地写了起来。

"我得写一封信。大学同学很担心我。因为一直互寄贺年卡，她似乎知道了我住的村子死了两个人。先前她还来信，说听闻我丈夫的哥哥去世了，问我还好吗。我得写一封回信……"

她像是说给自己听似的，一直重复着。她还很虚弱，挥舞着圆珠笔的手没有力量。没过多久，伴随着嚓的一声，圆珠笔划破了信笺。

"这是淳也的父亲给我的。那天往前数三天，他去法国出差回来，给了我这个礼物。我拿给青砥看，他说'多漂亮，多好

217

啊'……紫香乐一成挑选小物件的品位很好……是吧……你也该学学……"

我从后面抱住仁美，直到两个人都冷静下来。仁美轻柔地摩挲着孕育了新生命的腹部，一句话都不说。

"下次去街上逛逛吧。久违地看一场电影，买点喜欢的东西，晚上再吃顿好的。"

仁美轻轻地点了点头。

"我会一直陪在你身边的。"

仁美的身体在我的臂弯里一阵颤抖。

失去了青砥和一成，必须两个人活下去了。我对妻子的怀疑并没有消失，但现在我想把这事抛在脑后。两个人，不对，还有腹中的孩子，三个人一起活下去。然后把青砥和一成孵化的星咏会发展壮大，最大限度地发掘水晶蕴藏的可能性。这是对他们起码的祭奠。

"我已经想好了这个孩子的名字。"

"叫什么？"

"マイナ（Maina）。"

"很好听。"

如果生的是个女孩，这名字还挺可爱的。即便是男孩，在汉字上下点功夫，也会是帅气的名字吧。

现在就这样吧，只要两个人在一起就行。反正警察的追查，已经熬过去了。

那块水晶，我已经藏到抽屉里了。为了不让人发现，我用上了一直藏私房钱的双层底抽屉。一想到之后有可能会大祸临头，我就备受煎熬，但我现在只想把它甩到脑后，紧紧地抱着妻子。我一边摩挲着她的背，一边一遍又一遍地说"没事的，没事的"，或许也是在对自己说吧。

即使是现在，每每想起那块水晶，我就心烦意乱。

"啊——不要！不要！"

猩红的巨大的眼睛，盯着我看。

"不要看我！"

那天，那个可怕的夜晚，那轮赤月，就像在监视我一样，绽放着不祥的色彩。

十七

狮堂由纪夫，2018 年

"'真维那'这个词，还有真维那的脸，要是能突破这两点，那个影像剩下的最大障碍就只有月食了。"

我这样写后，鹄倒吸了一口气。

"这么说起来，那天也出现了月食。"

确确实实给人一击而中的感觉。要是那段影像是二十九年前的，也就是 1989 年，那轮红色月食就会成为一大障碍。但是，那天也能看到月食的话……

"二十九年前的 2 月 22 日，我们在水晶洞窟的入口附近发现了卷入落石事故的青砥。时间是早上 6 点左右。"

鹄面露沉痛之色，继续敲击着键盘。

"直到前一天……一切都还如常。仁美的孩子马上就要出生了，甚至隐约有了庆祝的气氛。星咏会成立四周年的派对，也近在眼前。只是，2 月 21 日，那天晚上出现的天文现象令人印象深刻……猩红的月亮给人一种不祥之感。我还记得，有好事之徒去了入山村的瞭望塔。第二天一早，就发现了青砥的尸体。而紫香乐一成直至中午都还没起床，我们便去了他的起居室，却发现他已经死于心脏病发作。当然了，我们没有立即把月亮和人的死亡联系起来，只是只有赤司幸存下来，不得不认为是某种不祥的巧合。"

那天晚上也有月食，那多半错不了。

我拿过键盘。

"我们整理下目前已知的信息吧。影像里的星咏师，在二十九年前的夜晚，被石神赤司用手枪杀害了。动机是围绕着石神夫人的感情纠葛。而二十九年前的夜空，出现了月食，或许和影像不再矛盾了。这件事必须找高峰确认是否属实。而且，真维那和二十九年前的赤司长得非常像。鸫，麻烦播放下视频。"

鸫调出视频，推测到我的意图，便放大了拿着手枪的男人的脸。

"啊——"香岛叫出声来，"果然很像。"

我点了点头。因为围巾和长发遮住了耳朵和脖子，所以一定程度上会让人搞混吧。

"所以才要戴围巾吗？"鸫写道。

"什么意思？"

"这话题真令人不快，实在不太想说。赤司的脖子上还留着小时候差点被父亲勒死的瘢痕，人前他只穿高领西装。不得不少穿的时候，就用粉底遮盖。所以……"

"用围巾遮住瘢痕，是不想让人认出他是赤司。这种可能性也是有的。"

"不对，请等一下，"香岛插话道，"如果是这样，那赤司不就是为了留下这样的预知而这样'设计'了吗？可水晶上映现的未来是随机的，哪怕是大星咏师，这种事也……"

的确，这段影像太刻意了。这里面似乎还有一个秘密。如果我们错把 1989 年的影像当成 2018 年的，那这就是救出真维那的关键。这种可能性值得探究。

"而且，"香岛气势十足地说道，"即使能突破月食，前提也还是不成立。要是像狮堂先生推理的，那进行预知的星咏师就是青砥了。但是，没有预知能力的人是肯定不能进行预知的。"

"青砥没有预知能力吗？"

"没有。"

"……没有预知能力的人，完全没有进行预知的可能性吗？"

"……是的……"

我完全明白香岛也对我的推理寄予一线希望。总之，第一步还是要确认。

"香岛，可以帮我把高峰小姐叫来吗？"

我委托高峰做两个调查——如果把影像中的男人看作石神赤司，在人脸识别上是否有矛盾；如果把影像中的月食看作 1989 年 2 月 21 日的，是否有矛盾。这要花三个多小时。

在星咏会一楼的会客室里，我和香岛焦急地等待着报告，鸫回去做自己的工作了。

我的脑海里萦绕着好几个疑问。

二十九年前和现在的两次月食。不同的语境之下，把"臭婊子"和"真维那"弄混了。往这个方向思考应该没错。石神赤司、石神青砥、仁美的三角关系，和"臭婊子"一词的关联，很难让人认为是偶然的。

另一方面，还有一个很大的疑问。要是影像映现的是石神赤司杀人的情景，那他就不会因那个影像而害怕自己"被杀"了吧。

当然，这也有可能全是赤司装的。向周围散播恐怖，月食当晚尸体被发现时，或许能达到某种效果吧。

最令人不快的想象是，他用手枪自杀后，通过水晶被发现这一事实，将嫌疑人的矛头对准石神真维那。这是对那个可憎的青砥的私生子真维那的恶意。二十九年的空白，恐怕是因为要等真维那长到足以被误认为是影像里的男人。

但是，他会因此而自杀吗？

关于影像，我也了解了很多，但总感觉缺少"核心"。眼下线索不足，就暂时不想了。

"你们两个都在这里呀。"

会客室的门打开了。是千叶。

"怎么样？调查顺利吗？"

"委托了高峰做调查，现在在等结果。难得有机会，等待期间，可以跟我聊聊吗？"

"这样啊……离下次预知记录还有一个小时，所以可以的。"

千叶边说边坐在我对面的椅子上。一开始就和千叶打交道了，但有很多事都没问，趁这个机会打听一下吧。

"你为什么会加入星咏会？"

他作为星咏会"第二人"加入组织的经过，我从香岛那里听说过了，但我还想听千叶自己说说。

千叶用黯淡的眸子瞥了我一眼，先说了句"这故事很无聊的"，然后讲道：

"研究生毕业后，我就进入紫香乐电器旗下的子公司工作了。我本来连前社长紫香乐的面都见不了，只是个不起眼的男人，多亏了水晶，才有了这样的改变。前社长也给了我们这些基层员工一个机会，在水晶测验中，我有幸取得了好成绩，被批准加入星咏会的预知项目。"

"原来是这样。"

"我被分配到这里，和星咏会成立，是同时发生的。第二个星咏师……听起来有些夸张，但不管怎样，我就是作为这样的存在被招进这里的。"

千叶这样卑屈的说法，实在难以想象他是被当作"第二人"的男人。一个被欲望迷惑而丧失一切的男人。一个在组织中被视作重要存在，却毫无发言权的男人。

"我和鸫就像同期一样，关系很要好。当时的成员，现在不是退休就是调到别处了，剩下的只有仁美、淳也、鸫和我了。"千叶有些悲伤地说道，"在紫香乐电器总公司，很多人认为调到这里工作是降职。"

"可是，"香岛歪着头说："据说是紫香乐一成选拔了优秀人才组建成的……"

"那个人才班底打下基础后，一成便离世了。'一成先生说要做的话，我们就做！'那些追随一成脚步的人，一下子失去了干劲。而且，石神青砥去世，也有很大的影响。那时，石神兄弟发现了紫水晶，给了我们梦想，可谓是二位一体的希望……"

彼此最好的伴侣。我想起了石神仁美对兄弟俩的评价。经营的基础和理论由紫香乐一成掌舵，石神兄弟则是组织的精神支柱，他们身上有超凡魅力。

第二个星咏师出现，是推进组织成立的一大转折点。经营人、领袖、第二人，共同运营着这个组织，而在1989年的事件中全都失去了。我现在明白，星咏会这个组织的发展为什么会在过去三十余年慢如牛步了。

"可你不也没离开组织吗？"

"我吗？"千叶断然道，"我一无所长，被一成选中，石神兄弟也很照顾我。我觉得为这个组织效劳，完成水晶预知，才是对他们的报恩。"

"说得真好啊！"

声音细小，又加上驼背，使得千叶看上去很没有自信，却似乎很重情重义。

"即使老人不在了，现在也有高峰、手岛等新人加入，再过几年，高精度的预知或许就能完成。"

"是啊。看着高峰，我就觉得水晶的预知能在很多方面派上用场，让人感到很有希望。"

我本以为这样空洞的回答没有任何不妥之处，千叶的脸却阴沉下来。

"当真如此？"

我一时不知所措，赶紧追问一句"怎么了"。千叶背对着我们，眺望窗外，他的后背看起来孤零零的。

"我开始觉得，预知完成了，或许也不会有任何变化。"

"这、这是……"香岛脸上浮现出动摇之色，"为什么？"

"那是青砥和一成过世大概三年后的事了。我看到一个预知，通过日历上的日期，得知是 1995 年 3 月 20 日。"

这个日期卡在我脑袋里，终于想起来后，也就明白了千叶表情阴沉的原因。

"地铁沙林事件吗？"

听到我嘟囔，千叶点了点头。"于香岛而言，这是出生前的事。"他感慨颇深地说道。

"那是一个十分钟左右的影像，由新闻影像、我跟星咏会的同事就眼下发生的事件对话的场景构成。从时钟上可知，那是早上 8 点 30 分过后的事。预知影像里，出现了我调频道的手，无论哪个频道都在报道同样的事件；同事带着惊恐的表情问'这是怎么回事？之前不是清一色的阪神·淡路[1]报道吗？发生什么事了？'影像也好，体验也好，现在我都记忆犹新。"

千叶的声音微微颤抖。

---

1 即阪神大地震，又称阪神·淡路大地震，是 1995 年 1 月 17 日发生于日本关西地方的 7.3 级地震灾害。因受灾范围以兵库县的神户市、淡路岛以及神户至大阪间的都市为主故而得名。

"看到那个预知时，我便意识到了预知的局限性。仅凭十分钟的影像，根本无法准确地掌握事件在哪里发生以及是如何发生的。我因这个意外事件心烦意乱，别说关注新闻了，视线到处游移，更会因和他人交谈而转移注意力。不准确的信息只会引发混乱……而且，即便我们获得了准确的信息，又该如何让别人相信呢？要让别人相信，又得花多少年时间？我们已经花了三十三年时间。光看影像，根本不知道同事说的'阪神·淡路'究竟是什么，我急得不得了。你应该从淳也那里听过'既定假说'了吧，无论做什么，预知到的未来都不会改变，连规避行动所产生的影响也会收束到预知所示的结果之中……这非常符合经验法则，即我们的规避行动根本于事无补。但是，我们的行动真的一点影响都没有吗？这一切真的没有任何意义吗？

"我甚至害怕起来。显示在水晶里的预知，无论如何挣扎，都会变成那样。那个事件会发生……即便让别人相信这个预知，可能也挽救不了他们。我对这些念头刨根究底，有一天产生了一个疑问——窥见未来的我，算什么呢？是不是因为我窥见了，事件才会发生……"

鹭姬传说在我脑海里闪过。或者说，一个以为自己被囚禁在鸟笼里的女性的传说。

香岛的表情黯淡下来。这个少年自出生起就待在星咏会，并且一直相信那些东西而活着，这些话真不该讲给他听。对他来说，刺激太大了。

"你都这样想了，为什么还要继续研究？"

我纯粹是因为想不通才问的。这是了解千叶这个人最重要的问题。

"一方面……还是要对青砥和一成报恩。另一方面，纵然无法挽救……也许能创造向神明祈祷的瞬间。"

对话似乎开始宗教化了。我在内心苦笑。

"比如，紧急地震的速报。现如今，警报会在地震发生前的几秒或者几十秒发出，甚至可以用手机接收。在那几秒里，能做的事是有限的，关闭火源，穿上鞋，打开门窗，确保退路。不过，我认为最重要的还是做好心理准备，哪怕一点点也好。"

"所谓的向神明祈祷，就是做好心理准备啊。"

"但是——"很有气势地开口之后，香岛或许是失去了信心，变得很沮丧，"那、那也太虚无缥缈了……"

"对！少年，说得很好嘛！"

突如其来的赞赏，让我吃了一惊，往门口看去，只见高峰瑞希抱着一叠文件站在那里。她向上推了推眼镜鼻架，然后以快活的口吻说道：

"向神明祈祷的瞬间？正因为把生命都寄托在这种事情上，千叶的预知才是晦暗的！要是尽往回看，有用也会变得没用！"

对年龄差两轮以上的人进行说教，高峰不愧是高峰；而完全陷入理屈词穷的境地，千叶也不愧是千叶。高峰的语气里好像透着急躁的情绪，总觉得千叶有些可怜。

不管怎么样，高峰的出现，让现场的气氛变得稍微欢快了一些。对此，我深表感激。

"喂，狮堂——"高峰突然将矛头转向我，粗暴地将文件递过来，"我告诉你……这种事很少发生的！这种荒唐事……真的很少！"

她抱着胳膊，猛地别过脸去，好像很不喜欢自己的分析结果被人挑出毛病。

"人脸识别的结果是……"

"嗯，你说对了！就是二十九年前石神赤司的脸！可是，一般会考虑到这一层吗？赤司被杀了，而且'真维那'这三个字在影像里不是说得很清楚吗？话说回来，'臭婊子'又是什么?！鸫也认为有这种可能的话，可以先告诉我啊。"

她气得拳头直哆嗦。

"总之，把影像中的男人考虑成石神赤司，并没有矛盾。"

"好的，了解了！那么，那个引人注目的月亮……"

高峰呼出一口气。

"就结论而言，是有可能的。"

我默默地握紧拳头。

"1989 年 2 月 21 日，月全食开始于 23 点 53 分，结束于 2 月 22 日凌晨 1 点 15 分。这部分和鸫的记忆是一致的。最大食分的时间是在 2 月 22 日凌晨 0 点 35 分，和 2018 年出现的月全食高度大体一致。这个很重要。因为季节几乎是重叠的，其他的天文现象又无法区分。窗外的景象只占据了影像开头部分，能把细节连接起来的数据确实不足，真气人啊。要是那部分影像再延续一会儿，能看到月亮的运动轨迹的话，就有可能出现矛盾……"

高峰用手抚摸下巴，头低下来。

"事实上，刚看到影像时我就很在意，今年 1 月 31 日的月食，不仅仅是月食，还是超级蓝血月，是看上去比平时更大更清晰的超级月亮，是蓝月，是一个月里出现的第二个满月，而且是和月全食同时发生的非常罕见的天文现象。其中最重要的特征就是超级月亮，因而看起来比平时更大更明亮，然而那个影像中的月亮并不能清晰地体现这一特征。因为真维那的脸和其他符合的要素很多，所以即使有疑惑，也没有联系起来。"

"这个疑问现在算是解开了。"

"是呀，真得谢谢你呢！"

高峰瞪着我说。

"感激之情不体现在态度上，是传达不到的哟。"

"话真多。接下来才是最重要的，其实这两个月亮出现的方位并不相同。"

"什么？那……"

"2018 年的月亮出现在东南东至东南的方位，所以能透过大星咏师之间的窗户看到，我之前说过这个。而 1989 年的月亮则出现在正南至西南西的方位，没错的话，现在不可能从大星咏师之间的窗户正面看到月亮。"

"那到此为止了吗？"

我很沮丧，感觉一度抓在手里的东西溜走了。

"我也这样想过。不过呢，狮堂你运气真好。"

高峰耸了耸肩。

"由于四年前的火灾，大星咏师之间从东南角的房间迁出去了……"

"啊！难不成……"

"我去调查了一下，旧房间位于东南角，有一扇朝南的窗户，从窗户望出去可以看到正南至西南西方位的月亮。"

"这样巧合——真的会这样巧合吗？"

高峰回答"不知道啊"，但既然确实发生了，就只能相信。1989 年的月食和 2018 年的月食，在两个大星咏师之间观测到的几乎一致。我在这个不可思议的巧合里有了确定之感。

然而，这真的是巧合吗？

总感觉是什么人的下作勾当。

"一开始，我们把那段影像解释成 2018 年的，是因为水晶掉在了赤司的尸体旁边。为什么赤司会有这块水晶，我想现在也清楚了。"

"请问这是怎么回事？"香岛问道。

"赤司杀害青砥后，发现青砥预知过的这块水晶。水晶里的影像是 1989 年赤司在大星咏师之间杀死青砥的影像。也就是说，赤司不处理掉这个证物的话，就会陷入和现在真维一样的处境。"

"啊，"香岛声音上扬，"所以他才把水晶藏起来。"

"用来隐藏的地方就是那个双层底抽屉。"

"可是，石神青砥能用水晶预知吗？"

"隐形眼镜……"

高峰茫然自失地嘟囔了一句，然后冷不防转身冲出房间。我还处于惊愕之中呢，三分钟不到，额头冒汗的她又回来了。

"狮堂，你还记得昨天我说正在开发隐形眼镜吗？"

"嗯，记得。"

听她这么一问，我感觉是听过这样的事情——她想验证，通过制作再现星形图案的隐形眼镜，能否让不具备预知能力的人也进行预知……

"作为一名研究者，我承认这很不公平，但我不想承认自己的想法已经被他人实现了。"高峰像是被自责的念头驱使一样摇了摇头。

"这话是什么意思？"我又问了一句。

"就是这个。"

高峰把一张纸甩在了桌子上。

看上去好像是什么东西的设计图。纸的正中间画着半球形状的图形，图形周围潦草地写着几个年号和英文。高峰已经事先说过了，所以半球图形看起来只可能是隐形眼镜。

"在1988年的研究记录中，只留下了这页笔记。这个时间跟美国软性隐形眼镜获准的那一年是相符的。要是在1988年，写下这页笔记的人偷偷开发了隐形眼镜……"

我惊讶地抬起了头。

"你说什么？"

"其他记录全都被处理掉了。目前尚不清楚，这是某个研究人员自己做的，还是那个事件的凶手做的——如果真有这么一个人。"

"你的意思是，还不知道那个人是不是青砥？"

"是的。"

这个情报的确与目前的推理相符。正因为如此，我的警戒心也提高了。

"但要是这种隐形眼镜在 1989 年就已经开发出来了，而且要是戴上这个眼镜真能看到未来……"

高峰的声音似乎在颤抖。她将隐形眼镜盒子递给我。

"样品已经完成了。你要是想证实，可以尝试戴着它睡觉。因为是持续佩戴型的，就算戴着睡觉，对眼睛的负担也会是最小的。"

一谈起研究，她就滔滔不绝，现在更让人觉得饶舌。

她抬起头，用充满决心的眼睛望向我。

"我也……打算一试。"

我明白了。无论多么逞强，她也害怕看到自己的"那个"吧。迄今为止，她做研究都乐在其中，那是因为觉得自己置身事外。

我接过盒子，感觉自己无法置之不理。

我也害怕看到未来。

"原来如此。真是漂亮的推理啊！"

好像是要践踏我们刚才的决心一样，背后传来一阵嘲笑，我回过头去。

"哎呀呀，刑警，"手岛将头发拢上去，"今天调查好像也很有干劲嘛！"

他领着石神仁美踏入室内。仁美站在手岛身后，总感觉她一脸疲惫。

仁美朝我点了点头，用微细的声音说："之前辛苦你了……"

"刚才高峰好像在调查东南角那个被封闭的房间，我很好奇，便过来打听打听，没想到在这里听到了你的推理。厉害，真是绝妙的想法，佩服之极。"

"那可真是荣幸啊，未来的星咏会首席大人。"

"只是有一点，无论如何都不可能。除掉这一点的话……"

手岛露出嘲讽的笑容。我回想起昨天和他的谈话，这才恍然大悟，我和高峰的样子看起来太亲密了，让他燃起了奇怪的对抗意识吧。推翻我的推理，变成了他的快感。我长吐一口气，而后紧张地问道："怎么说？"

"总结一下你的推理。影像里呈现的是 1989 年的事件，因而影像里的男人不是石神真维那，而是赤司。从赤司说的'臭婊子'来看，被杀死的人是青砥。也就是说，预知的记录者是青砥。本以为青砥死于意外，实则不然，他是被谋杀的。而且唯一的证据——水晶，二十九年后就这样被发现了……真是浪漫的故事啊！"

"那么，问题是什么？"

"月食。"

"等一下，根据高峰小姐的验算，把这当成 1989 年的月食也没问题……"

"呵呵，正因为如此，才有问题。"手岛嗤笑道，"听好了，影像里显现的是最大食分的月食，也就是说，1989 年的事件发生在凌晨 0 点 35 分左右。那段影像时长三分钟，因而可以计算出青砥最晚的死亡时间为0点38分。到此为止，没有问题吧？"

手岛后退一步，催促道："石神夫人，请说给他听吧。"

"我总算明白你在想什么了……如果是这样，早点告诉我不就好了吗？"

仁美叹了口气，走到我面前。

"刑警先生，实在抱歉。要是你的推理正如刚才我听到的一样，那就有一个非常大的矛盾。"

"夫人，"我咽了口唾沫，"请告诉我。"

"在那个时间之后，我见到了活着的青砥。"

我的头脑一片空白。

"请……请等一下！"香岛不肯罢休，"为什么会在凌晨0点以后，这么晚的时间？"

手岛露出下流的笑容。我在心里祈祷，千万不要说污言秽语，不要在孩子面前说这种话。

"因为那天青砥非常忙……我邀请他在工作结束后一边赏月一边小酌，结果他凌晨1点过后才来找我。高峰说，那天月食结束是在凌晨1点15分。毕竟是将近三十年前的事情了，具体时间我记不清了，只记得对他说过'你来晚了，最震撼的时段已经过了'，所以当时肯定是凌晨1点多了。"

"明白了吗？刑警。"手岛自信满满地说。

"这样的话，1989年的那个晚上，青砥死于凌晨0点35分左右的推论就落空了，因为死者的不在场证明成立。所以，最终只能认为那段影像是2018年的。唉，真是遗憾。这样一来，水晶里显现的男人，不可能是真维那以外的人。"

会客室里只剩下我和香岛两个人，共享着沉闷的空气。我们面对面坐在沙发上，一言不发。香岛给我泡的绿茶，已经凉透了。

我本以为，1989 年影像说会是一个很好的思路。当然，仁美说谎的可能性还是有的，而且我发现了她杀害丈夫的动机。但在洗清真维那嫌疑这一点上，我跟她的利害应该是一致的。这样一想，就不觉得她在撒谎了。

但可怕的是，目前为止所有事情似乎都被人抢先了一步。一获取新的信息，感觉思路对了，立马就有干扰者出来阻断推理。我心里有了这样一个简单却又绝望的忧虑。

"假如凶手是星咏师……"

香岛猛地挺直背，眼里透着期待。我感到如坐针毡，因为我还没有找到希望。

"这种情况下要怎么办呢？"

"欸？"

"回顾至今为止的调查，紫香乐淳也也好，手岛臣也好，他们像是预测到了我们的行动一样，适时现身，鼓吹真维那是凶手。所以，如果这个想法适用于凶手，就会想到这个可怕的可能性——要是凶手能看到未来，每次都能赶在我们的推理前抢先下手，那又会怎样呢？"

香岛倒吸一口气。

"我们掌握的证据，也许全都是凶手预知后散布的伪证。对方可以预见未来，要抢先我们是很容易的。"

"可、可是无论多么优秀的星咏师，也做不到对事件相关的记忆进行密集预知……"

"是啊，过于巧合了。但是要怎么否认呢？甚至连我们此刻对话的瞬间，都有可能被'过去'的凶手窥见到了。鹈说读唇术精度很低，但使用人工智能，或许外行也能读懂对话。这该如何是好？"

香岛的脸变得煞白，我的脸应该也一样吧。

"该用什么方法确认，我们得到的推理线索不是凶手故意让我们得到的假信息呢？"

香岛说今天也为我准备了房间，但我还是不大想待在星咏会本部。于是，香岛留在本部，我只身返回入山村。等待高峰分析结果，大把的时间悄然而逝，冬日短暂的黄昏降临到了山路上。

逢魔时 [1]——

我想到了这个不祥的词，不像自己往日的作风，然后苦笑起来。

可是……

背后传来轻微的咔嚓声。是香岛跟来了吗？这个想法掠过脑海，但随即有了不祥的预感，急忙往前一跃。

---

1 即黄昏时刻。此时天色渐暗，昼夜交错，在日本文化里认为会遭逢灾祸，或是容易遇到魔物。

回头看去，一个戴着口罩的男人站在身后。他体格壮硕，身穿紧身夹克，眼里布满了血丝。那副体格看着很眼熟。我确信，他就是我初次去星咏会那天，制造落石的那个人。但是在监控室里，和紫香乐淳也一行人见面时，我应该见过大多数职员，却不记得见过这个男人。

　　和男人距离三米。

　　要是跳得稍微慢一点，就被他从身后袭击了吧。

　　男人亮出一把大号蝴蝶刀。

　　"真不太平啊！"

　　体格差得太大了。

　　若想占据上风，唯有出其不意。

　　我在一瞬间做出判断，一口气冲了上去。

　　男人慌乱中将右手里的刀刺了出来。

　　但我已经跃到了男人胸口附近，将他伸出的右手往旁边一挡，刀子刺偏了，眼看他就要跌倒。因为仰赖武器攻击，他左手完全没有防备。我拽住男人的紧身夹克，一脚插进他失去平衡的双腿间，一口气使了个大外刈。男人一下子倒地了，我立马压在他的身体上，按住他的右臂，迫使他放下刀。我在休假，自然不可能携带手铐。我担心再遭抵抗，可能会让自己受伤，但是男人因自己轻易被制服而吓住了，突然变得温顺起来。

　　在押送男人的过程中，我无暇思考男人的真实身份，也没为持续练习至今的武艺发挥作用而自豪，而是拼命压制心底涌上来的不适感。

"为什么身体会这样行动呢？"我心想。

那一日，同样被刀指着的时候，我却什么都做不了。不仅如此，还犯下了未经许可向嫌疑人开枪的暴行。为什么那天身体不能像今天一样行动呢？其实，答案我是知道的。

因为事关他人性命。

"总觉得由纪夫你很让人担心，你好像对自己太无所谓了。"

林阿姨的话在脑海里闪过。或许她说得没错。或许我很讨厌自己，一点都不在乎自己的安危。这或许就是为什么我会在休假期间非法入侵，插手本不必掺和的事件吧。

我将男人带到附近的驻在所，极少遇到这种情况的巡警不知所措。

"那我先联系县警吧。请问这个人的名字是……"

"我还没问。"

几乎在我回答的同时，男人说道：

"Kuki Katuhiko。"

听到这个名字的瞬间，我一跃而起。

"你说什么？"

"我说我的名字是 Kuki，汉字是王字旁加久的玖，木头的木。你就是狮堂刑警吧，看来还没忘呢，那个家伙死也瞑目了。"

男人恢复了气势，唾沫四溅地说道。

玖木——不可能忘记的，这正是我休假的起因。我追捕抢劫杀人事件的嫌疑人，在众目睽睽之下，我将其击毙。那个男人的名字正是玖木正彦。

"就是你枪杀了我弟弟！我不会原谅你的！我从你东京的家一路尾随来到这里，你却在这样悠闲的地方静养。开什么玩笑！杀了你都不解恨！不过，你还挺难缠的，扔石头也好，用刀刺也好，都没伤你半根毫毛！"

"那、那星咏会……"

"星咏？"玖木眉毛一抬，"你在说什么？别给我打岔！我现在讲的是你杀了我弟弟的事！"

"是你杀的。"

梦中的声音在脑海里复苏。"你弟弟是穷凶极恶的罪犯"，这句话我未能说出口，因为既不想给他无谓的刺激，也因为我还承受着那时扣动扳机带来的严重影响。巡警察觉到我俩之间结了梁子，说了句"之后我会把他移交给县警的"，就让我回去了。

当了刑警，就会招来各种各样的怨恨——我本以为自己已经充分理解了前辈刑警所说的话，可实际遇到危险，反而觉得更加沉重了。我刚到民宿，就累得立刻瘫坐下来。今天发生了太多事情，一点食欲都没有。

我躺在榻榻米上思前想后，又发现了另一个绝望的事实。

"这样的话，就失去了最后的依据……"

刚插手星咏会的事件不久，我和香岛就遭遇了落石事件。我一直以为这是一个证据：除了石神真维那，还有其他真凶，而且这人并不想其他人搅和进来。既然不能像香岛那样无条件信任真维那，身为刑警的自己遇到了危险这一事实，就成了支撑我疑惑的重要依据。

然而，真相完全不是这样。

我遇袭，跟星咏会毫无瓜葛。

当然了，审问玖木，问出他是受星咏会指使的证词，这个可能性也不是没有。可从他的样子来看，他们之间并无联系，应该不会有错。

这样一来，我便没有头绪了。比起一开始对事件一无所知，眼下的状况更令人绝望。

往后只能相信他了，那个叫石神真维那的男人。

但是，我真的能相信他吗？

我躺在榻榻米上，扪心自问。

十八

香岛奈雪，2018 年

第二天早晨，狮堂先生没有来星咏会本部。

我乐观地以为他是早上睡过头了，可本部的每个人都看得出我心不在焉。打扫卫生时马马虎虎，狱中的师父交代我的事情也没心思做。要是学校放寒假就好了，要是有其他该做的事情就好了。

师父不在，他的起居室显得很宽敞。和他分离以来，这样的感觉屡次袭来，今天尤其强烈。我意识到，狮堂先生的存在已然成了我心里的一个希望。

中午过后，狮堂先生还没有来，我便给他住的民宿打了电话。

得到的回复是，他今天一早就离开了入山村。

民宿的人还说，狮堂先生逗留入山村期间，经常去拜访一户姓林的人家，我便要了联系方式。林阿婆的回复也不乐观，她说前天晚上狮堂先生一副闷闷不乐的样子去问她事情，昨天没有去。"我觉得他不是那种半途而废的孩子啊。"林阿婆忧心忡忡地说道。

通话结束后，我四处向星咏会的人打听他的行踪。

"欸，狮堂不见了？"

高峰听我一问，立刻火冒三丈，"什么！这算什么！这到底是怎么一回事？跑来捣了这么一通乱，还一本正经地收下隐形眼镜，现在却夹着尾巴跑路了？"

"别、别这样……就算你问我，我也……"

"是，"高峰突然冷静下来，"是，责怪香岛也没用。"

她将手指关节折得咔咔作响。

"唉……但愿他能回来，我们等着吧。"

狮堂先生回来后，会遭到怎样的对待，我决定不去多想。

"不过，看他不像是要放弃的样子啊。他昨天半夜跑来找我，拿走了赤司的影像数据。"

"影像数据？也就是说，赤司遇害时候的……"

"嗯，那段影像也包含在内。"

高峰小姐把嘴凑到我耳边，女性特有的体香让我眩晕。

"说实话，他拿走了赤司全部的影像数据。预知影像绝不外传，所以这事是瞒着紫香乐淳也的。不过，我也不清楚他拿走这些东西要做什么。数量实在太庞大了，现在不是处理这个的时候吧。"

所有的影像数据……狮堂先生找到什么新线索了吗？可他什么都没告诉我。

"对了，高峰小姐昨天有没有试那副隐形眼镜呢？"

"这个嘛……"

她从白大褂的前胸口袋里掏出一块小小的水晶碎片。

水晶正中央映现着十秒左右的熟悉的影像。

"眼睛现在还很难受，不过实验成功啦。虽然记录的是无聊的新闻影像，还是和娱乐圈相关的，但付出总算有回报了。"

"好厉害啊，高峰！"

"香岛说话真直率，真好啊！"

高峰小姐摸了摸我的头，手法就像摸家里养的小狗一样。

"嘿，我拼了命才取得成功，他却逃跑了，简直不可原谅……"

她自言自语地嘀咕道。

再继续深入这个话题，搞不好会重燃她的怒火，我赶紧转换话题。

但最让我震惊的是，她认为狮堂先生放弃并"逃跑了"。我是不是过于信任他了？

要是戴上隐形眼镜，没有"星咏"能力的人也能进行预知。这个发现是一个巨大的进步。但青砥的笔记仅仅只是笔记的话……1989年事发当时，就有可以再现"星眼"图案的隐形眼镜了吗？我想找出证据。

下午，紫香乐淳也来办公室取文件。

"那个刑警今天不在吗？"

他嗤笑着问道。

听我说明情况后，他露出困惑的表情，然后说道："是吗？他好像越来越害怕了。他也有可爱的地方嘛。"

我听了很生气，但没能当面反驳，一是因为他脸上的笑容消失得很不可思议；二是因为我和狮堂先生之间的联系终究薄弱，这心虚感正侵扰着我。

房间里只剩下我一个人时，寂寞和懊恼在心中蔓延。情感满得溢出来时，一种安静无声却又熊熊燃烧的斗志便自身体深处喷涌而出。

"只能由我去做了！"

我要救出师父！

当晚，我在办公室里打开一本崭新的笔记本，决定将这个事件的信息重新整理一遍。因为是只给自己看的笔记，所以遣词造句不用太讲究，我决定略去敬称。

1. 2018 年 1 月 31 日 22 点 30 分，石神赤司被杀。

刚写完这段文字，我就立刻画了两条删除线。在这个事件中，我的想法被死死禁锢住了，这在方才的文字里表露无遗。这样下去是无法找到真相的。

1. 2018 年 2 月 1 日早晨，石神仁美在大星咏师之间发现了石神赤司的尸体。

2. 赤司尸体旁边，有一块水晶，上面记录了三分钟左右的预知影像。

3. 根据水晶里的影像，石神真维那被抓。

A. 水晶里出现了月食。

B. 水晶里出现了一个长相酷似石神真维那的男人。

C. 男人说："闭嘴！不许你再叫我真维那！"

2018 年 1 月 31 日的月食，22 点 30 分达到最大食分，由此推断赤司死于 22 点 30 分。大星咏师之间的门禁进出记录，有一条是 22 点 31 分的，疑似是凶手留下的。这两点可以互相印证。

4. 1989 年 2 月 22 日早晨，在水晶坑道里发现了石神青砥的尸体；白天，发现了紫香乐一成的尸体，就在他卧室的床上。

a. 同年 2 月 21 日至 22 日也有月食，且在 22 日 0 点 35 分迎来最大食分。

b. 1989 年，石神赤司和石神青砥的脸，跟现在真维那的脸非常相似。从仁美那里借来的照片证实了这点。

c1."真维那"一词，在读唇术里也可以认为是"臭婊子"的误读。

c2. 石神仁美同时跟赤司和青砥交往。据说，真维那是青砥的儿子。血型差异可以证实。

A—C 分别对应了 a—c 的事实，这成了赤司遇害现场留下的水晶并非 2018 年的，而是 1989 年的证据。

以此为基础，狮堂先生做出了推理：水晶影像是赤司杀害青砥的场面。

但是根据第 4 条的 a 项，青砥必须在 0 点 35 分被杀害。而仁美的证词表明，青砥在凌晨 1 点的时候还活着，所以这个推理被推翻了。

但是两起事件的相似程度高得吓人，要是死的人不是青砥……

紫香乐一成？

不对，他应该是病死的。可是……

先把这个推理记在脑子里，现在继续往下思考吧。

5. 石神赤司去世前的几个月，似乎很害怕自己死期将至。他调查月食，对真维那避之不及，这些事都可以印证。

写下这段文字时，我心里有了一个疑问：赤司究竟是什么时候发现了自己的死期呢？也就是说，那个记录了预知的水晶，是什么时候落到他手上的？

如果按照预知是 1989 年的思路，就只能认为是在那之前。但是否有更加决定性的判断呢？

1989 年……一蹴而就是不行的。我决定从 2018 年 2 月 1 日，水晶被发现的时候开始，一步步向过去追溯。

首先，赤司开始躲着师父，是在事件发生的两个月前。到此为止是没有问题的。"那场火是你放的吧？"这句话也很让人在意，是指瞭望塔的火灾吗？但是看起来与事件完全无关。其次，他开始调查月食，是美田园阿姨说"有了新的爱好"的时候，是在三四年前。这点也不会有错。更早以前……更早以前，有什么事情让赤司的情绪显露出来呢？

就在这时，我想起了开水事件。

"赤司为什么要往还是婴儿的师父身上浇开水呢？"

作为杀人手段，也太不直截了当了。那么，浇了开水之后，会发生什么呢？

"烫伤。"

赤司该不会是想在师父脸上制造烫伤吧？这个可怕的想法令我浑身颤抖。

据说，赤司当时从仁美那里听说了师父出生的秘密（开水事件发生的两周前，从卧室里传出"你说的是真的吗?!"的怒吼，是他被告知那个秘密时发出的。这是美田园阿姨的推测）。如果是这样，赤司应该能预料到师父会和自己的哥哥长得一模一样吧。

如果那个时候水晶就存在了，二十多年后，赤司可能害怕被长得一模一样的师父杀死，所以才想烫伤师父，想让师父的脸变得和影像里的不一样。

也就是说，以开水事件为依据，可以推测出当时水晶已经在赤司手上了。开水事件发生在师父还是婴儿的时候，和1989年就相隔一两年。事件发生的当时就有预知了——推测开始接近了。

"很好！"

即使没有狮堂先生，我也有了或许一个人可以做下去的自信。

开始揣测赤司的意图时，我又产生了一个疑问。

6. 1989 年的月食和 2018 年的月食，出现的方位不一致。前者是正南至西南西的方位，后者是东南东至东南方位。从现在的大星咏师之间的窗户看到的是后者。

7.四年前发生火灾,大星咏师之间从先前的位置迁移出来了。在先前的位置上,透过窗户可以从正面看到1989年的月食。

8.火灾发生后,大星咏师之间的家具是买新的替换的。

9.唯独那块地毯,因拿去洗衣店,而逃过一劫。

就是这个疑问:要是认为水晶影像不是2018年的,而是1989年的,那为何连家具都一模一样呢?

赤司最晚是在1990年看到那段预知影像的,正如我刚才想的那样。不过,如果真是这样,就像拿开水烫师父,他对家具做出类似的破坏行为也不足为怪,但为什么重买了一模一样的家具呢?

第九条若说是偶然,也太巧了,还是说有什么企图?看来有必要调查一下那场火灾。

我走出办公室,朝星咏会的会计科走去。我没记错的话,星咏会的收据应该会保存五年。我恳求他们给我看资料,不承想很轻易就看到了。或许因为我是小孩子,没当回事吧。

四年前的圣诞节,也就是2014年。

确认完购买家具的收据,我大受冲击。

"为……为什么?"

收货人一栏写的是石神真维那。家具钱是师父付的吗?也就是说,是师父买了一模一样的家具?

不,也有可能是这样的:家具送来时,赤司不在,所以由他的家人，即我师父代为签收。

这里留的是师父的名字，越发让我确信这个事件是有人在作祟。然而其他人不会这么想吧。

"难道'那场火是你放的吧'，指的是这场火灾？"

我离开了会计科。淳也或手岛在追踪着我的步伐，离他们发现那张收据应该不远了。

得快点，得快点想想办法。我回到家里，彻夜未眠。

狮堂先生不在的第二天早上，我冷静下来重读了一遍笔记。

1989 年那天，青砥直至凌晨 1 点都还活着。不可能在月食期间被杀。即便如此，我还是有疑问。

10. 青砥凌晨 1 点和石神仁美相会之后，为什么还要特地去水晶采掘场呢？

我决定追寻青砥那天的行踪。

"你也辛苦了。"

石神夫人以倦怠的语气说道。

端坐在冰凉的榻榻米上，我很不习惯。可要是因为害怕，连想问的问题都问不出来，那就没有意义了。于是我坐直身子问道："我想请教夫人一件事情。

"1989 年 2 月 21 日，实际上是深夜，所以应该是 22 日了，据说夫人在凌晨 1 点和青砥见了面。由于青砥的尸体是 22 日一大早被发现的，所以就相当于您见到了死前的青砥。我想问：青砥当时是什么样子？"

"我觉得没什么异常。他工作到很晚，是常有的事。丈夫专职做星咏师，青砥则负责全部事务性的工作。组织刚成立不久，大家都很辛苦，那时他们两人都精力充沛过了头。要说有什么不对劲，也是在这之后了吧。"

"怎么说？"

"原本丈夫和青砥是这样分工的，但青砥去世了，组织运作的全部事务就交到淳也手上了。一成叔叔在世的时候，淳也倒还算老实，但一没人监管，他便抵挡不了水晶预知未来带来巨大利益的诱惑了。这是必定的，年纪轻轻就坐上了所长的位子，想从赞助商那里获取利益……一成叔叔在世的时候，千叶向学会公布了星咏会的研究内容，这事你听说过吧？那是千叶特有的正义感，他是有洁癖的人，结果却碰了钉子。这自然是很轻率的做法，但我记得那个时候我是有点痛快的。"

就像从喉咙里挤出来一样，她感慨颇深地吐出一口气，末了又像是为千叶辩护一样补充道。

对于千叶的行为，我第一次听到这样的评价。我感觉当时的人际关系中隐藏着我还不了解的错综复杂的情况。

"这种事情不该说给你这个小孩听吧。"

"没这种事。"我这样回答，内心却无法释怀。我出生时，星咏会就已经存在了，所以从来没有用赚不赚钱的眼光看待过它。

所谓的长大成人，就是这样吗？

"不过，事发当天，说奇怪也挺奇怪的。"

"怎么说？"

"不知是凌晨 1 点和我见面之后，还是起了个大早之后，总之他特地去了采掘场，可这种时间去采掘场到底能有什么事呢？"

我一下子来劲了。

"夫人有什么线索吗？"

"不清楚……水晶采掘场委托给了专门的部门管理，即便是去开采水晶，也会带着工人。"

"难道是背地里需要水晶？"

"不会的，那个时候在星咏会本部取用保管的未经使用的紫水晶是很容易的，现在也差不多。水晶使用后，直到废弃，都被严格地管理着，但未经使用的水晶少了一两块，没人会在意。村里的女孩过生日，你曾打算把紫水晶当作生日礼物，也想拿一小块带去吧？"

"夫人，这种事情……"

"哎呀，你的脸红得像个苹果。"

石神夫人的脸色稍稍缓和下来，那是难得一见的温柔表情。我的心情也跟着舒畅起来。

小学时，我确实拿过紫水晶。在现场被逮住后，我便惊慌失措地坦白了一切。那时，我以为能得到原谅是因为我还是个孩子。现在被告知原本就没人在意，顿时很后悔当时老老实实招供了。

"那个时候，水晶的管理比现在还要混乱。由于还不能数字化保存，拿错水晶的事经常发生，丈夫的水晶也经常被偷。"

"被偷？为什么？"

"因为丈夫的水晶画面特别清晰，据说星咏会里有人想要。或许是为了学习，或许也有人抱着收藏的目的。"

"噢……"

石神夫人低下头，看她的表情像是陷入了沉思。

"其实，那天青砥有点奇怪。"

"欸？"

"我之前犹豫要不要说，看你这么热情，决定告诉你。"石神夫人笑了笑，然后紧绷着脸说，"那天他说'我可能要死了'。"

"什么！"

如果这是真的，那么青砥果然是被谁叫了出去，被杀死在坑道里……

"你现在正在想的事情多半是错的。"

石神夫人望着远处，仿佛她把自己的过去投影在了我背后。

"当时，青砥一直对我说'我很快也能预知了'。那时我还不清楚，没有星咏能力的人用什么方法进行预知……昨天听高峰小姐说，用带有'星眼'图案的隐形眼镜进行预知的实验成功了，我才弄明白……所以青砥是进行了预知，知道了自己的死期。"

"那、那是因为……看到自己临死的场景了吗？"

"不是。你也知道的吧，星咏师意识到自己的死期，还有一个契机……"

我咽了口唾液，说道：

"也就是……再也看不到某个时间点以后的预知了。"

"对。星咏师只能预知自己亲眼看到的东西，青砥显然是看不到 1989 年 2 月 22 日以后的预知，他似乎非常在意这件事。去世那天也是，他坚持认为'我要死了'。"

这话要是真的，隐形眼镜早在 1989 年就已经存在了，这件事愈发确凿了，因为能让不具备星咏能力的青砥进行预知的方法就只有这个。

石神夫人充满思念的眼眸中，似乎浮现出了二十九年前青砥的幻影。

接着，石神夫人又讲了一段往事。1989 年月食之日的早上，她把紫香乐一成送的法国纪念品给青砥看，青砥欢喜地说"好漂亮啊"。我问她是什么样的纪念品，她拿出一张简朴但设计精美的信纸，说："像这样的……"

谈起青砥，石神夫人果然显得很有活力。不知为何，我的胸口一阵悸痛。

即便如此，为什么青砥预测到了自己的死期，还会深夜去水晶坑道呢？因为他没有目睹自己死亡的情景，那么无论是事故还是谋杀，或许都不会预料到死亡在那里等着自己吧。

看来还是有必要调查一下。

我向石神夫人道谢后，离开了石神家。

狮堂不在的第三天上午。

水晶坑道里冷飕飕的，又很幽暗，寒气直侵体内。坑道里布满了木架，到处都亮着灯，但光线愈加突显了坑道深处的黑暗。一个冰冷的东西触到脖子，我不由得"啊"地叫出了声。我立马回头去看，只看到微光荧荧的洞窟伸延开去。我伸手摸了摸脖子，湿漉漉的。雨水好像是从头顶的岩石缝里渗下来的。我仰头看时，吧嗒一声，又一滴雨水滴到我额头上。

沿着主路走，来到一个很开阔的地方。

巨大的紫水晶从两侧岩壁和地面伸出来，亮闪闪地反射着无数灯光。这不可思议的场景无论看多少次，都令人赞叹不止。从中心地带伸展出来的水晶，被削成了一个巨大球体，不禁让人猜想：这个水晶洞窟迟早会作为观光资源对外公开。

这是我非常喜欢的地方之一。

但今天的目的地不是这里。

"我记得青砥去世前，是进了右边的岔道……"

我往前走了几步，就看到一块"此处禁止入内"的告示牌。青砥遭遇事故以来，除了工人，这条路禁止通行。

"但是我不能止步于此！"

我下定决心，走到了告示牌背面。

走了三十分钟左右吧，时间感都模糊了。坑道里有很多岔路，我决定一直摸着右侧的洞壁前进，这是以前在书本上学到的知识。只要这样做，最终就能回到原来的路上。

因为是禁止入内的路，所以没有安装电灯，我只能依靠手电筒的光前进。

无论走了多远，我都搞不清楚青砥来这里的理由。我没发现坑道里有什么东西。或许他只是深更半夜被人叫到了这个地方。青砥和凶手都没有在这里留下证据，跑来寻找二十九年前的痕迹，或许徒劳无功……我突然沮丧起来，吸溜了一下鼻涕。我告诉自己，这只是身体着凉感冒了而已。

　　就在这时，我脚底打滑了。

　　"哇！"

　　我不由得叫出了声，就这样栽了下去。我意识到自己的脚好像陷进坑里或什么地方，可能会掉到哪里去吧，我赶紧伸手去抓，但已经来不及了。

　　"要死了。"

　　这样想的瞬间，我一屁股摔倒在地上。

　　虽然疼得厉害，但还可以动。手电筒从右手甩了出去，不知道是坏了，还是碰到了开关，周围一片漆黑。我强忍着泪水，在地上爬来爬去寻找手电筒。好不容易找到了，却发现镜片摔裂了。打开开关，发现没有问题，这才放下心来，在原地瘫坐了一会儿。

　　我把手电筒的光照到上面，只见我摔下来的地方道路中断，就像断崖一样。落差大约有三米，爬上去似乎会很困难。

　　"好痛！"

　　摔下来的时候，好像崴到了左脚。应该没有伤到骨头。只受了这种小伤真是万幸。

　　断崖下，盘着一摞脏兮兮的绳梯。原本是绑在岩石上的，被扔下来了吧。

"这绳子已经很旧了。难道之前有人来过这里？真是这样的话，那人很可能就是青砥！"

我顿时充满了希望。

转身看背后，不远处有一片开阔的空地。那里可能有出口。总之，只能寄希望于此了。我拖着左脚一瘸一拐地走去。

开阔的空地上铺了一张席子。或许曾有人坐在这里。这地方是用来做什么的呢？冥想？或是偷偷跟人私会？

空地的角落里有一个木箱。我朝里面看了一眼，不由得失声惊呼：

"啊！"

箱子里装满了紫水晶。定睛一看，好像是已经用过了的，每块水晶中心都有影像闪烁。水晶上蒙了灰尘，看起来很有年代感了，有的残缺了，有的影像画面模糊不清。

然而，最先映入眼帘的是一个发霉、古旧的隐形眼镜盒。我摸着盒子犹豫了下，便隔着手帕将盒子打开了。

护理液里有一副发霉的隐形眼镜。

"太好了！"

我开心得大叫。我深呼吸一次后，轻轻地将盖子盖了回去。终于找到了隐形眼镜，但上面是否有"星眼"图案，要等高峰小姐分析之后才知道。现在可不能损毁证物。

我盖紧盖子，用手帕裹好，然后放进口袋里。

收好隐形眼镜，我开始在意起那一箱水晶了。

"谁把这么多水晶……"

席子可能是冥想时用来坐的。使用这个地方的人，是在练习操作紫水晶吧。

"果然是青砥……？"

我拿起水晶端详，看到了一张熟悉的脸。

"这张脸……到底是谁……"

我回想星咏会里各人的长相，但感觉都不是。他精悍的脸上蓄着白色胡须，看起来年事已高，眼睛却给人一种野心勃勃的感觉。我好像见过这张脸。

"啊！"

想起来了，是紫香乐一成。因为只在照片上见过，所以没能立即认出来。

"影像映出了紫香乐一成，说明这块紫水晶很有年头了……1989 年那个时候……可以认为是青砥的吧？"

想到这里，我的思路中止了。

水晶里出现了不可思议的一幕。

"是这样的话……真是这样的话……"

"香岛！能听到吗？能听到就应一声！"

洞窟对面传来了高呼。

是狮堂先生的声音！

声音是从方才跌落的断崖上传来的。我把紫水晶揣进口袋，立马跑了起来。

到了断崖下，我倾尽全力拼命喊：

"狮堂先生！狮堂先生！我在这里！"

不一会儿，狮堂先生从断崖上探出头来。

"狮堂先生！"

"香岛！喂，千叶，手岛，在这里！"

"狮堂先生……"我感激涕零，"您回来了……"

"嗯，这事稍后再说吧。眼下得把你从这里救出来。"狮堂先生望着我说，"有没有受伤？能上来吗？"

我拼命点头。这时，千叶和手岛也从断崖上探出头来。

"差不多有三米高呢。早知道应该带上梯子。"

"好像没有踩脚的地方。"

"没问题，我拉他上来。千叶，手岛，请扶我一把。"

"什么？为什么我要做这种事——"

"别废话！快来！"

我听到手岛在嘟囔什么。狮堂先生在断崖上俯下身子，向我伸出手来。我紧紧抓住他的手。伴随着一声"预备——拉"，我被拽了上去。

手岛因拉我上来的反作用力，摔了个屁股蹲儿。他掸着屁股上的泥土站了起来，开始抱怨："香岛，你这个人啊，净给人添麻烦！"

狮堂先生一把攥住我的双肩，我被迫和他四目相对。他的表情非常严厉，我从来都没见过。

"笨蛋！"

我吓得浑身抖了一下。

手岛也立马不嘟囔了。

"为什么一个人到这里来!"

"对、对不起……我实在是坐不住……"

我无法直视狮堂先生的脸。在没有知会任何人的情况下到这里来,确实很轻率。我不打算辩解,只低着头。

下一秒,我被狮堂先生用力地抱住。他成年男人的体味里混杂着汗味和土腥气。我明白狮堂先生为什么会生气,自然地脱口而出"对不起",安心感在心中缓缓扩散开来。我曾一度怀疑他不会回来了,此刻我非常羞愧。

"这样看来,香岛还真是个孩子,这就让人放心了。"千叶微笑着说道,接着问我,"对了,为什么你会到这种地方来?"

被千叶这么一问,我突然想了起来,便在狮堂先生的臂弯里扭动起来,一是对这种状况感到害羞,二是意识到自己有东西必须拿给他看。

"狮堂先生,请听我说。"

我从口袋里拿出紫水晶,说道:

"紫香乐一成并非死于心脏病发作!这块紫水晶……映出了他被人投毒的情景!"

狮堂由纪夫，2018 年

　　我、千叶和手岛把香岛带回星咏会。根据他提供的情报，我们三人组成先遣队再度进入洞窟。这次我们带着梯子，从断崖下将装满水晶的木箱搬了上来。

　　我们将带出来的水晶拿到了星咏会本部的影像分析组。高峰已经开始分析香岛拿回来的水晶了，就是映有那个情景的那块。工作量陡增，她表现出明显的不耐烦。

　　"狮堂，你……"

　　高峰抱着胳膊，食指不停地叩着，以示她的不耐烦。

　　"一会儿玩消失，一会儿又跑进禁止入内的洞窟里，而且还带回来这样的'礼物'……"

　　在火冒三丈的高峰面前，鸫似乎错失了表达不满的机会。他的视线在我和高峰之间游移。

　　我连忙对高峰说：

　　"高峰，这堆水晶太惊人了，都不知道它们的主人是谁。"我装模作样地笑了，"现在星咏会对用过的水晶管理得非常严格，这种工作可很少有。"

这般煽风点火之后，高峰彻底发奋了。分析香岛口袋里的那个古旧隐形眼镜盒，对高峰来说是不错的"礼物"（这才是真的礼物）吧。

等待解析的期间，会客室里又只剩下我和香岛两个人。刚才在洞窟里太冷了，现在觉得香岛沏的绿茶暖心润脾。香岛也因在洞窟里待太久了，回来后就不停地打喷嚏，现在披了件短外套，看着暖和起来了。

影像这个话题要等实际解析结果出来以后才能聊，所以话题自然而然就转移到了我身上。

"所以狮堂先生到底去哪里了……"

"对了，我还没告诉你。"

我喝了一大口茶润了润嗓子，接着往下说：

"我去调查了两件事情，不对，是三件。第一，真的没有其他和真维那长得一模一样的人了吗？"

"欸，为什么要查这个？"

"我们是假设影像是 1989 年的，再进行推理。我们推理赤司杀害了青砥，但被推翻了，因为青砥有'不在场证明'：他在月食最大食分之后还活着。这样一来，虽然巧合多到令人厌恶，但也只能认为影像映现的是 2018 年的事件，'星眼'还是石神赤司。这样的话，就要有一个跟真维那长得一模一样的人。"

"确实，理论上是这样的，但要怎么找呢？"

"当然啦，不是去找一模一样的人。赤司和青砥两兄弟之外，存不存在第三个人，我要找的是这个。"

香岛的表情越发困惑了。

"我记得你之前说过石神兄弟孩提时的往事。石神兄弟是母亲和出轨对象的孩子，他们俩被外婆收养后，母亲就失踪了。"

"难不成……"

"没错。在那之后，母亲完全下落不明。如果她去投奔出轨对象，又会怎么样呢？他们可能会再生一个孩子，也就是石神兄弟的弟弟。虽说可能性很低，但直接舍弃就太可惜了。"

我首先寻访的是石神兄弟的外婆家，他们1973年迁居至此。外婆的名字叫Masa，据说住在深川，于是我先去了她原先的住址，在附近打听。旧居现在是一家小面包店，已经有四十多年的历史了。虽然结果不尽如人意，但从老酒馆工作的大爷那里打听到了有利信息。

石神兄弟的外婆今年百岁了，已经神志不清，现在住在医院里。我联系了医院，取得了会面约定，决定直接跟她见面。

她已经发展成老年痴呆症了，无法进行像样的对话，但一提到石神兄弟的母亲，她就老泪纵横，情绪激动。

"Kayoko，Kayoko是个不检点的女人，我、我为有这样的女儿感到羞耻！"

重复了两三遍之后，我才听懂那叫嚷的梦呓一般的内容。

后来听护士说，医院因治疗许可和Masa的女儿佳代子（Kayoko）联络过好几次了。Masa的丈夫早已去世，只有佳代子一个女儿。

直至最近的治疗许可，都是石神赤司操办的，他死之后，医院才不得不跟佳代子联系。

我跟护士说我是刑警，因查案需要必须跟佳代子取得联系（这并非谎言）。护士说，只要我答应隐瞒消息来源，就告诉我佳代子的住址和信息。我告诉护士我不会跟佳代子本人见面，然后她答应了这个要求。

果不其然，佳代子和出轨对象结了婚，并育有一子。出轨对象在三十年前的交通事故中去世了，佳代子独自抚养孩子长大。那个孩子名叫山田佑树，今年四十二岁。他早在二十岁就有了儿子，儿子今年二十二岁，比真维那年轻，还是有可能性的。

他儿子名叫山田二郎。

山田二郎在横滨的健身房当教练，于是我登门拜访。运气不错，恰好在他轮岗的时候到了那里。

看到他的脸时，我就知道和我想的不一样。他的脸与石神真维那有相似之处，但有一处明显的不同：他的鼻子是向右歪的。

"你是问这个吗？嘿嘿，经常被人问。以前跟人打架打断的。我妈总是要我去做整形手术，但我把这当作一种勋章，真的。"

我假装想办健身房的会员卡，继续和他闲聊了一会儿，然后灰溜溜地离开了。

"这样说来，这条线索完全扑空了。"

"嗯。不过这让我更加清楚了，无论如何也不能把那段影像当作 2018 年的。"

"对我们这些认为真维那是无辜的人来说才是这样。"

"嗯，也对。"

香岛的脸色阴沉下来。

"接下来调查的是更加不着调的事情。你还记得我问美田园阿姨，2018 年 1 月 31 日，也就是事发当天，赤司有什么奇怪的举止吗？"

"她确实说过，事发当天赤司非常紧张，貌似躲着师父。此外，她还说，他解雇了一个实习员工。我记得是叫中野。"

"我一直很在意那个实习员工，最后也不知道她为什么被解雇。事发当天石神赤司的行为，我也很在意。"

我调查这件事的理由和香岛追寻 1989 年那天石神青砥的行动是一样的。香岛露出苦笑，心里一定在想"既然这样，告诉我不就好了"。他之前才说过自己按捺不住闯入洞窟，这话便说不出口了。

"我从美田园那里问来了实习员工的信息。她名叫中野曜子，是个年轻女性。美田园也不清楚她去了哪里，我便向星咏会的人事部打听，查明她在紫香乐集团的分公司当接待员。"

那家分公司位于丸之内，所以我从横滨回来，顺路拜访了中野曜子。

我给她看了警察证，问她可否和我聊聊，她一脸为难的样子。但我告诉她石神赤司被杀了，她突然激动起来，把我带到附近的咖啡店。我表明我俩同岁后，她的语气一下子亲切起来。

"然后呢，然后呢？你说他被杀了，到底是怎么回事？"

中野兴致勃勃，我才知道她是想满足自己的八卦欲。我隐瞒了水晶的事，告诉她：星咏会怀疑赤司被自己儿子杀害，妻子有出轨的嫌疑，事发当天他非常紧张。后者似乎是那种喜闻乐见的话题。

"您不知道赤司遇害了？"

"狮堂，我们同岁，别这么客气嘛。"

我暧昧地笑了笑。

"因为我在工作中。"

"是吗？"中野无聊地哼了一声，"算了。总之，我至今都不知道赤司死了。他被杀是在 1 月 31 日晚上吧？那天白天他炒了我鱿鱼，我气得不行，所以从夫人那里拿了介绍信后，就立马收拾行李离开了那个村子。没有工作的话，住在那样的村里也没意义吧。"

"说起来，你为什么会在星咏会工作呢？"

"那研究所古古怪怪的，我很好奇到底是做什么的。那边罕见地招事务实习生，我就试着应聘了。大概干了四个月吧。水晶是用来做什么的，到头来也没告诉我，白忙活一场。你知道些什么吗？"

我搪塞说我也不大了解。看来八卦欲是与生俱来的。

"原来如此。如果是这种情况，那我可能火上浇油了。"

"我想了解的就是这个，1 月 31 日白天，你被解雇的理由，到底是什么？"

"我把红茶洒了。"

"什么？"

“就是把红茶洒了，洒到地毯上了。”

这么说来，还真是芝麻绿豆大的事。

“喂，别摆出这种表情啊。听上去很无聊吧，我也没办法，反正就是这么回事。想抱怨的话，就去找为这事发火的大叔说吧。夫人说‘那地毯从星咏会成立之初就开始使用了，是世上独一无二的定制品’时，我才知道大事不妙……”

“等、等一下！”

她说的这句话好耳熟。

“你说的地毯是大星咏师之间的地毯吗？”

“我不是说过吗？”

虽然她没说过，但也不好吐槽。

“那天下午，赤司吩咐我端一杯红茶到大星咏师之间，我准备好后就端了过去。结果不小心撞到桌角摔倒了，连盘带杯打翻在地。赤司和我都没有受伤，但是茶杯碎了，茶全洒在地毯上了。赤司很生气，大吼‘你走人吧’。我向他道了歉，把打碎的茶杯收拾干净，地毯也想办法处理了，但还是留下了污渍。从那时起，赤司就不再大吼了，只是板着脸。我以为事情过去了，结果根本没有……”

“留下了污渍？具体是在什么位置？”

“欸？嗯……好像是这样，进门以后，我是往右边走的。”

“右边？”

“哎，别、别这样啦，有点吓人。”

“不好意思，但这是非常重要的事情。你确定是右边吗？”

"我不是说过吗，是赤司指示我把杯子放在他左边的。"

"指示……这种时候，不是应该把杯子放在惯用手相反的一边吗？因为得用惯用手干活，放在惯用手边可能会碰到。"

"什么？你是想说我记错了指示吗？"

"不是这个意思。"

"我也觉得放在惯用手相反的一边比较好，但赤司说想放在左边，所以就习惯了。"

"原来如此……"

"后来听夫人说，要是妥善处理的话，污渍就不会扩大。或许是我心急火燎做过了头，结果适得其反，搞得更糟了。但我内心深处还是觉得，他不该生那么大的气。"

她靠到椅背上，长舒了一口气。

"不过，我还是觉得自己挺幸运的，在这里当了接待员后，日子比那时快活多了……"

中野后面说的话我几乎没有听见。

唯有地毯的事在脑海里打转。

"右边？"

香岛做出了和我当时一模一样的反应。

"那个证词……真的可信吗？现场的地毯上怎么会有茶渍……"

"我也是这样想的，所以又去确认了一件事。一回到这里，我立马去找真维那问话了。"

"为什么是师父？"

"事发当天 16 点左右，在大星咏师之间里，真维那想要吓唬赤司，结果被推倒了。你还记得这件事吗？也就是说，在赤司的尸体被发现之前，他看到了房间的样子。而且真维那说，为了吓唬赤司，他绕到了后面。"

"如果杯子在右边，也就是在桌子的左边……"

"答对了。真维那被推倒、坐到地上时，的确看到桌子左侧地毯的一角有红茶污渍。"

香岛眨了眨眼。

"这不是更奇怪了嘛。那块污渍消失到哪里去了？"

"其实，并没有消失。"

"怎么会这样？"

香岛惊讶地看着我。

"并不是瞎说，通过这块地毯，我完全明白了这个杀人事件的秘密。"

二十

狮堂由纪夫，2018 年

"如果想卖关子，那就算了。"香岛鼓起脸颊，表示不满，"不过追寻石神家的踪迹、询问中野小姐的证词，这只有两件事，狮堂先生调查的第三件事是什么？"

"这个嘛——"

"分析结束了。"

高峰进入房间，我便对香岛说"待会儿再讲吧"。

"怎么说呢，"高峰耸了耸肩，"自从狮堂来这里以后，一切都乱套了，不过这回我玩得也挺开心。"

她话里的讽刺意味越来越强烈。

"拜托鸨那边做读唇术分析了，我想应该已经结束了，两位要不顺道去听个报告？"

我们便向影像解析组的办公室走去。

虽然水晶数量庞大，但半数以上劣化严重，无法读取。而最要紧的那块紫水晶，时长只有一分钟左右，几乎没有说话，因此鸨的活儿并不多。

"搞清楚那些水晶的主人了吗？"

"这个嘛……"高峰挠了挠头，"说明白也明白，说不明白也不明白。虽说收到了一纸箱水晶，但影像并不清晰，能拿来分析的只有二十来个。原本这些差不多能搞清楚主人是谁了，但脸和手普遍都没有完整地映出来，而且大多数是小水晶，记录时间都很短。这已经不是巧合了，可能是有意去掉了显现自己脸的水晶。我唯一能做的是，将 1989 年星咏会在职人员的名单取来，把出现在影像里的人一个个排除掉。你要看吗？"

我一页一页翻高峰递过来的名单，几位星咏师、研究员和事务职员被画上了双横线。而赤司、青砥、仁美、紫香乐淳也、千叶冬树、鸫津一郎等人没有被画线，我一一确认了。高峰和手岛等人是年轻人，当时并不在籍。

鸫看向高峰，大概是想知道谁先说明。高峰立刻答道：

"先看影像比较快吧。"

鸫点了下头，然后打开视频文件，开始播放那段影像。

影像是从星咏师进入谁的房间开始的。

房间正面有一张书桌，靠墙有一排书架。右边墙上挂着软木公告板和时钟，时钟指向 11 点。

"星眼"环顾四周，接着向书桌移动，在公告板上停留了一会儿。然后移开视线，望了望门那边，又看向公告板。"星眼"移开视线，对着书桌。

书桌上堆满了未处理的文件，给人杂乱无章的印象。星咏师拿起桌上的保温杯，旋开盖子。

"星眼"看了看右下角，取出一包东西。那是一张折叠起来的半透明的纸，摊开后，里面有大量白色粉末。"星眼"又朝门那边看了下，接着视线落回到保温杯上，将白色粉末倒了进去。用大概是从口袋里拿出来的木匙搅拌了几下，随即盖上了盖子。

星咏师刚放下保温杯，就猛地抬起头来。

门开了，一个蓄着白胡子的男人走进房间。正是在照片上看到的紫香乐一成的脸。他当时应该已经六十五岁了，或许是眼睛闪耀着光芒的缘故，看起来挺年轻的。紫香乐一成开口说了什么。

鸫做补充——紫香乐一成这时说的是："呀，你来啦。三天不见了吧？今天也拜托你了。走吧。"

紫香乐一成走到书桌前，拿起保温杯，快步走向门口。

星咏师也朝门口走去，影像就此结束。

画面转暗。

"这是……"

我无言以继。虽然事先从香岛那里听说过了，可亲眼看到的冲击还是不可同日而语。上次看到人中枪的画面，这次又以凶手的视角看到投毒的画面。看着这无声、枯燥无味的影像，我好像通过凶手的眼睛感受到了他内心奔突的恶意。

"仅凭影像，无法弄清粉末是什么药品。不过参考当时的诊断——心脏病发作，可以认为这是洋地黄粉末。"

"被用作强心剂的那个药。"

"目测大概是一百毫克。喝下这么大的剂量，肯定会死。"高峰叹了口气，"一成的办公室现在是淳也的办公室了，根据房间实地测量的结果，确定了水晶影像里'星眼'的视线高度。以此为根据，弄清楚了凶手的身高……然后只要知道二十九年前星咏会成员的身高……"

"这个怎么样？借来的。"

我拿出从仁美那里借来的照片，赤司、青砥、仁美、千叶、鸫、一成、淳也在大星咏师之间拍的。

"啊哈，你带了好东西呀。"高峰打了个响指，"如果是在原来的大星咏师之间，那就可以确定每个人的身高了。能给我一点时间吗？我现在计算。"

高峰忙活了一会儿，然后一边说着"原来如此"，一边用力点了点头。

"我已经知道了，和凶手身高相符的只有两个人……赤司和青砥。紫香乐一成也差不多高，但他是受害者。"

"赤司和青砥吗？"

最后还是二选一吗？的确，再看当时的照片，跟赤司和青砥相比，千叶和仁美太矮了，鸫和淳也又太高了。

"也就是说，在这段影像里想毒死紫香乐一成的人就在兄弟二人之中。"

是赤司或青砥杀死了紫香乐一成；而同一天，青砥也死了。还有就是，在 1989 年，有人试制了隐形眼镜，并且自己使用过了。虽然这些信息之间的联系很明确，但难以顺畅地思考下去。

首先要考虑的是，二选一吗？

杀死恩人的是赤司，还是青砥？

这时我听到了鸫敲击键盘的声音，便扭头看去。

"我这边补充不了什么，因为只有紫香乐一成说的那一句话。考虑到'真维那'的情况，我也想过误读的可能性，但什么也没想到。因为他的语气看起来很亲昵，所以我推测最开始的那个'やあ（yaa）'是不是谁的名字，但扑空了。我把它和名单对比了一遍，也一无所获。不过，要是被起了什么特别的绰号，那就没办法了。"

"多谢。如果只是紫香乐和影像中的星咏师才知道的绰号，那也没法成为线索。"

我敲下这条信息后，又补充了一句"请让我再看一遍"。鸫便将椅子让给我。

我再次播放影像。

当"星眼"看着公告板时，我暂停了影像。

公告板上贴着便条，上面写着紫香乐一成的日程。右上角有一个横幅信封，是用绿色的大头针别住的。信封是白色的，上面绘着雪花图案。是谁寄来的信吗？左下角插着四个不同颜色、待用的大头针。

"这个景象有什么奇怪之处吗？"

"欸？"

"'星眼'的视线停留在这块公告板上，然后——"

我按下播放键。"星眼"的视线从公告板移动到了门那边，旋即又回到了公告板上。

"他刚转向书桌，就又看了一眼公告板。这块公告板有什么奇怪之处吗？"

"不知道……"高峰歪着头说。

"应该没什么稀奇吧，"香岛说，"只是想多看一眼……"

"谁带了秒表吗？"

"用智能手机自带的功能就可以了。"

我便按高峰说的做了。我将影像倒退到即将第二次看向公告板之前，按下播放键的同时按下计时键，然后在视线移开的瞬间暂停秒表。

"5.26 秒。足足五秒。预知影像就一分钟，占了十二分之一。不觉得奇怪吗？"

"影像映出这一分钟，纯属偶然……"香岛点了点头，"不过听你这么一说，我也有些在意了。"

"高峰，你也是这么想的吧？告诉我眼神可以表达人感情的，不正是你吗？"

这句话打开了高峰的开关。她推了推眼镜架，换了一副紧绷着的研究者的表情。

"既然说到这个份儿上了，那我们就讨论一下吧。人会在什么时候看第二眼呢？狮堂，你先讲讲看。"

"不相信自己看到的东西的时候，也就是吃惊的时候。"

"困惑的时候，也有可能吧？"

听到香岛的话，我和高峰点了点头。

"而且那是'星眼'即将下毒这一重大行为之前的五秒，其重要程度必须足以让他震惊或困惑到头脑一片空白。实际上，正因为在这里停留了五秒，'星眼'手持保温杯的样子，差点就被紫香乐发现了。"

"那他是为了什么而感到惊讶或困惑呢？"高峰拍了拍手，"就是这里，首先吸引他注意的是紫香乐一成的日程吧。"

在高峰的催促下，我从椅子上站起来。她将影像倒回去，放大公告板上的日程记录，大到可以勉强辨认文字的程度。

便条上有一整周的日期，上面写着密密麻麻的安排。他有星咏会的工作，也是紫香乐电器的社长，要去各种地方聚餐、参加会议。当然，紫香乐一成应该还有其他日程表，这块公告板大概是为了备忘，或是告诉星咏会的职员自己身在何处吧。尽管如此，日程表还是塞得满满的。2月18日至2月20日，有去法国出差的安排，这条信息很引人注目。日程表上过去的日期打上了叉，由此可知影像当天的日期是2月21日。

"看到这个日程表，吓了一跳……"

"那这个怎么样？"高峰边说边摆出一个的动作，"哇，紫香乐一成多忙啊！有这么多安排，太惊人了！"

这时传来敲击键盘的声音，我看向屏幕。鸫皱着眉头敲下："高峰，不要说笑了。"他似乎读懂了唇语。高峰吐了吐舌头，眯起一只眼睛冲我使了个眼色。

接着，鸫指了指屏幕，那个地方画了双横线。2月15日，和R社社长聚餐的计划似乎取消了。

"这条信息确实很引人注目。"我察觉到鹈的意图，说道，"'星眼'本以为会举行聚餐，但实际上已经取消了，这让他惊讶或困惑。你们意下如何？"

"也就是说，这个聚餐对'星眼'来说有什么好处？"

"只能这么考虑了。比如聚餐的时间，明确知道紫香乐一成在什么地方……"

"但是，这段影像是紫香乐一成死亡的 2 月 21 日晚上发生的事情，那个聚餐早就过去了，这个时候有什么好惊讶的。如果'星眼'造访过紫香乐一成的房间，应该早就注意到了。影像里，紫香乐一成打招呼'三天不见了'，如果这天才看见，那也太不合理了吧。"

香岛举起手。

"那封信呢？"

"看起来并没有什么特征。高峰，你能看出信封有没有打开过吗？"

"放大仔细看，信封封盖，也就是舌头好像有点翘起来。紫香乐一成将寄给他的信拆开了，内容想留到以后再看，所以用大头针别在了公告板上……是这样吧？"

"啊，我明白了。这封信其实是寄给'星眼'的，却出现在了紫香乐一成的办公室里，所以他才很困惑。"

"不可能。"

"不可能。"

被两个大人直接否定，香岛发出"为、为什么啊"的可怜声音。

"如果这封信是寄给'星眼'的，他不伸手拿就很不自然了。"

"啊——"

"'星眼'没有伸手拿过来查看，那其余诸多可能性也就不复存在了。从这段影像看，连寄件人是谁都不清楚。如果'星眼'想调查紫香乐一成，应该会偷看信的内容。只看到来信就吃惊、困惑，这种情况不大可能。"

"确实如此……"

"这么说来，果然还是日程表吗？"

"可是……"

沉默片刻后，传来敲击键盘的声音。

"也可能相反。"

高峰歪头表示疑惑。

"也就是说，他不是看了两次公告板，而是看了两次书桌。书桌那边有窗户。"

"啊！"高峰高呼道，"是啊！有这种可能！"

"怎么说？"

"书桌或窗户那边有什么东西引起了他的注意。想实施犯罪的人，对声音很敏感。他朝那个方向瞥了一眼，可能是听到了什么响动。"

"那盯着公告板看了五秒是为什么？"

"在发呆，或是在想'刚刚是什么声音'。"

我仔细斟酌这个说法，虽然过于乱来，却有种可信的感觉。比如，听到像是什么东西爆裂的声音时，会想是气球还是手枪，也可能是烟花？这么想的时候，映入眼帘的正好是公告板而已。

但是——

"不对，这条思路也不对。"

"为什么？"

"和信是一个道理。如果犯罪过程中听到书桌那边有什么响动，至少要去看看吧。或许有人正在偷窥房间，要是被他看到了决定性的瞬间，'星眼'就完蛋了。很难想象他会立马把声音抛在脑后，毅然决然投毒。"

还是不对吗，失望感在房间内蔓延。

从视线可以看懂人心，高峰说过。但真的能看懂吗？让人吃惊的原因有很多，我们反复纠结其原因，或许只不过是"星眼"心血来潮罢了。虽然我一直强调是一分钟里的五秒，是作案前的五秒，但这一切可能只是幻想。

还差一点依据，就能确信这种时候看了两次的东西真的很重要……

凶手表现出的惊讶和困惑，是他露出的破绽。线索仅此而已。凶手究竟是赤司，还是青砥……

就在此刻，我想起了地毯。

"地毯的意义只能想到一个……真维那看到时，红茶污渍还残留在上面……那些污渍不可能自行消失……也就是说……"

正因为如此，2018 年的谋杀才采取了这种形式。

如果是这样，紫香乐一成被杀意味着什么呢？

这时，一个念头在我脑海里闪过。仿佛长夜漫漫迎来破晓，感觉覆盖在我眼睛上的薄膜一下子剥落了。未竟之事即将完成。这个荒谬事件的背后，的确存在着某人的恶意——那个人正要做的事情。正因为如此，他才看了两次。正因为如此，才会在这个时间点。

"鸫，能让我再看一遍'那段影像'吗？"

"影像？你说的是留在赤司遇害现场的那块水晶里的影像吗？"

"是的。"

鸫点了点头，然后切换视频文件，电脑屏幕上出现了熟悉的红色月食。

我的身体开始颤抖。仔细想来，我之前都尽可能避免细看这段影像。

影像开始播放。

红色的月亮。

双层底抽屉。

站在门口的凶手。

举在眼前的枪口。

刹那间，我的记忆混沌了。我听到远方传来耳鸣。是枪击玖木时，向我袭来的耳鸣。人群的嘈杂。围观者的兴奋。快门的脆响。

"快看。"我在心里对自己说道。

画面突然剧烈地摇晃起来。"星眼"被男人击中的瞬间，我陷入了自己中弹的错觉。另一方面，手指鲜明地感受到枪击玖木时扳机的力道。"星眼"倒在地毯上。"星眼"看着男人，枪口冒着烟。"星眼"再次倒下，画面转向门口。视野变暗。

"要是我想得没错，那个画面被映出来就不足为奇了。迄今为止，谁都没有留意到的那个画面……即使留意到了，也不会意识到它的意义。"我心想。

我把影像倒回去。"星眼"倒在地毯上。"星眼"朝右划出一段九十度的圆弧轨迹，那里映出了什么。在反复倒退、播放的过程中，我的头不知挨了多少枪，手不知扣了多少次扳机，耳鸣怎么都停不下来。即便如此，我还是要看。不看的话，谜团就永远解不开。

耳鸣停止了。

"找到了！"

"你说什么？"高峰惊讶得叫出声。

我没有回答，指着影像画面的右边。

"星眼"朝右倒下时，只出现了一瞬的桌子上的玻璃杯。

"等一下！"高峰凑近屏幕，"为什么这个玻璃杯是空的？"

"在这段影像里，玻璃杯里应该装着咖啡的。咖啡消失到哪里去了？"

"现场有咖啡污渍吧？想了下，是洒在那里的……"

"这也太奇怪了。打翻的杯子为什么回到桌子上了？"

我不理会高峰和鸫的争执，心神处于近乎恍惚的状态。

"狮堂先生……"

"嗯？怎么了，香岛？"

"我虽然也很在意玻璃杯，但狮堂先生还没告诉我去东京调查的第三件事。”

“那个啊……”

我从椅子上慢慢坐直起来，说道：

“回东京之前，我从高峰那里要到了石神赤司以往预知影像的全部数据。”

“这么一说，我是都给你了。怎么样，拿走那么多，有派上用场吗？”

鸫闻言皱起眉头，大概是不满高峰将影像数据泄露给外人吧。

“嗯嗯，很有用。”

“狮堂先生用那些影像做了什么吗？”

香岛一脸纯真地问道。

“也没什么大不了的。我是为了了解石神赤司这个人才看的。”

我倚仗预知影像周游了东京各处，追寻石神赤司的足迹，造访老宅的旧址、驹场和本乡的东京大学、涩谷、下北泽、电影院、咖啡馆。那些留存在预知影像里，所有能去的地方。石神赤司的影像，在遇见仁美的瞬间就变得明亮起来。正如高峰所言，视线比任何东西都能表露感情。那是恋爱者的视线。我带着乡愁游历各处，追寻名为石神赤司的男人的人生。

“那么，你对赤司有什么了解了吗？”

“还是不太了解。不过是趟不错的东京之旅。”

“欸……”

看香岛手足无措的模样，我笑了，同时感觉到了胸口淤积着的沉重块垒。

"我所了解的他，完全是另一个人。"

香岛歪着头。这是理所当然的反应。

"话说回来，"高峰绷紧了声音问，"你试过我给你的隐形眼镜样品了吗？我试验成功了……"

"啊……"

我从胸前的口袋里掏出隐形眼镜盒。

"不好意思，最终没有尝试。"

"……这样啊，"高峰叹了口长气，说，"好吧，你回东京貌似调查了很多事情，没机会尝试也没办法。"

"不是的。"

"欸？"

高峰不解地叫出声来，鸫则饶有兴致地看着我。越是意识到视线集中在自己身上，我就越是没法停止流露出自嘲式的笑容。

"我害怕。"

要是我没能解开。要是我没能拯救。

要是我预先知道了这些。

"知道未来，让我害怕得不得了。"

二十一

香岛奈雪，2018 年

那个刑警还没有认输吗？被淳也这样问时，我完全不知所措。事实上，他的问题我根本回答不了。昨天，讨论了水晶影像里"星眼""看了两次公告板"之后，狮堂先生就板着脸，不说话了。或许他想到了什么，或许没想明白。

"是时候让他看看那个，找找乐子了。香岛，你能把狮堂带到监控室里来吗？"

淳也看起来非常快活，我有种不好的预感，但最后还是按他的吩咐做了。

在昏暗的监控室中，淳也、手岛、狮堂以及我聚在一起。淳也站在显示器前搓手，手岛靠在墙上嗤笑。这不是一个让人舒服的空间。

"刑警，叫你来不是为了别的，你快走投无路了吧？"

狮堂先生耸了耸肩。

"你要是不打算回答也可以。第一次和你见面，也是在这间监控室呢。你还记得我当时说的话吗？"

"你们通过预知知道我会来这里，而且知道我认输的未来。是这些话吧？我没看关键预知，所以还不信。"

"你可真倔啊。"手岛冷笑道。

"我也这么觉得，现在就给他看看吧。"

在淳也的催促下，手岛操作电脑，屏幕上开始放映影像。我也是头一次看到这个。狮堂先生不满地叹了口气，说道："既然来了，就陪你们看看吧。"

"没什么好隐瞒的，这就是我看到的影像。"手岛笑嘻嘻地说道，"虽然只有一分钟左右，但内容应该挺惊人的。"

窄小的房间中，一群人围成圆形坐着。室内装饰很眼熟，是大星咏师之间。包含"星眼"手岛在内，坐着的人共计九人。包括现在在这里的四人：手岛、淳也、狮堂先生、我，师父、石神夫人、高峰、千叶、鸫也都在场。

画面中最惹眼的莫过于狮堂先生的右臂。

他的右臂吊着白色绷带，严严实实地打着石膏。右臂骨折了吗？

狮堂先生低着头，表情沉痛。包含目不转睛地盯着他的"星眼"手岛在内，大家都急不可耐地等他说话。狮堂先生张嘴了——

手岛解说道："'首先，请允许我为之前的无礼，向星咏会的诸位道歉。'你似乎是这样讲的，然后又说，'真的很抱歉。我必须承认，未笠木村的水晶之力是真的。'"

狮堂先生还低着头，影像结束了。

"怎么样？"手岛笑嘻嘻地说道："因为影像有点短，我们现在看到的是多久之后的未来，实际上并不清楚。不过，你的右臂负伤了，可怜巴巴的。至今为止的努力全是徒劳，你向我们承认了自己的失败……"

淳也一直盯着狮堂先生。而最关键的狮堂先生，一副受到了什么打击的样子，怯弱地说："是吗？这样的话，或许我先像刚刚那样道个歉比较好呢……"言毕，便离开了监控室。

我慌忙站起来，对淳也和手岛说了声"失礼了"，然后追在狮堂先生身后。

他把头贴在走廊的墙壁上，一直低着头。受到了很大的冲击吧？

"狮堂先生，不必在意这种事情啦……"

说出这话的瞬间，我吓了一跳。

因为他肩膀颤抖，笑得浑身抽搐。

"没想到，他们竟然给了我倒数第二样东西。"

"什么？"

"香岛，我要单独行动了，明天应该能回来。"

狮堂先生背对着我，挥挥手走了。

"欸，你要去哪里？"

"搞点地下活动，去核实。这是刑警的基本功。"

我愈加摸不着头脑，只能站在原地目送他离去。

第二天，看到狮堂先生出现在星咏会本部，我更加惊讶了。

就像昨天看到的那个水晶影像里所显示的那样，他的右臂缠了一层层绷带，还打着石膏。

他是做了什么危险的事吗？

还是遭到了袭击？

我想起在从入山村到未笠木村的山路上，一块大石头落了下来。狮堂先生当时说，他看到一个人影。那次只是擦伤，难不成这次真的受伤了？我满心不安。

"狮、狮堂先生，您没事吧？"

"嗯，我没事。"

狮堂先生这样说道。他吊着绷带的右手，握着一个装在透明塑料袋里的东西。

"这伤是怎么回事？"

"你就别问啦，"是不想让我担心吧，狮堂先生干脆地搪塞我道，"香岛，能帮我把所有相关人员召集到大星咏师之间吗？叫昨天在影像里看到的那些人就可以了。反正也不可能在那个基础上增加或减少，对吧？"

"难道您真打算认输？"

我的话里可能混杂了一丝怒意。昨天的影像给了我很大的冲击，除了狮堂先生放弃之外，我想不出别的了。

"昨天您自信满满地说的'倒数第二样东西'，究竟是什么？"

"就在你眼前。"

"什么？"

我的视线自然而然地被狮堂先生手里的东西吸引住了。

287

塑料袋里装的是一个金属打火机，看着非常古老。我完全摸不着头脑，他说什么"给了我倒数第二样东西"，可这东西根本就没有出现在影像里吧？这个打火机到底是怎么回事？

"狮堂先生，这个打火机是什么呀？确实，听鸫说过，是星咏会成立时的纪念品……"

"嗯？啊，这是一个小学生捡到的。昨天我办的事，就是找他打听情况。

"据我了解，他是在瞭望塔的废墟上捡到这个打火机的。火灾发生于一个月前，他是在警方和消防部门的现场勘查结束后进入的，发现了掉在废墟附近草丛里的打火机。他觉得这可能与瞭望塔被烧有关，但据为己有的想法占了上风。唉，我在他这个年纪也会玩酒精灯，会无聊地擦火柴玩，所以不能责怪他。"

狮堂先生的话不着边际，我渐渐焦躁起来。

"所以说，它为什么会在你手里？"

"那个小学生玩火的时候，被一个姓林的阿姨发现了。她觉得危险，就没收了，但自己又不好处理，便给了我。"

"可这跟杀人事件有什么关系？"

"是啊，乍一看好像八竿子也打不着，但对我来说是决定性的证据。"

狮堂先生把塑料袋放进上衣胸前的口袋里。他"啊"了一声之后，问我："香岛，你没在预知影像里看过这个场面吧？"我已经放弃跟上他的话了，直接承认没有见过。

"狮堂先生，一点提示就好，请告诉我吧。"

"提示吗……"狮堂先生眯着眼睛笑了，"这个杀人事件由一根主干构成。那句话……那个意图……全是从这里派生的。抓住这个意图是大关键所在。我抵达真相的主要线索有两个，也就是说，这个事件的关键点——"

狮堂先生一脸得意地点点头。

"可以说是'看了两次公告板'和'地毯'的设问。"

我越来越不明白了。

二十二

狮堂由纪夫，2018 年

我将相关人员召集至大星咏师之间。

虽然这个房间建得比其他房间稍大一些，但九个人聚在一起，还是十分逼仄。椅子在地毯上排成圆形，众人或坐着或倚墙而立。紫香乐淳也不时瞟一眼表，表达被剥夺宝贵时间的不满。高峰瑞希则满脸期待，简直比香岛还要纯真。千叶冬树俯身向前坐在椅子上。鸫津一郎在一圈椅子中选了我对面的。想要读我嘴唇的动作，这是最好的位子。手岛臣坐在淳也旁边，嗤笑地看着我。石神仁美则一副冷淡的表情。香岛奈雪坐得笔挺，但事实上只是紧张得身体僵硬，像块石头而已。

因为跟紫香乐淳也交涉过，让石神真维那从囚室里出来了，所以他也出席了这场集会。他虽然失去自由，却从不失稳重风度，看我的眼神充满了温情。

"把大家召集起来，到底是为了什么事情……"

手岛这样说道。

"请先别这么急嘛。我可以来一根烟吗？"

大星咏师之间不禁烟，我通过桌子上的烟灰缸确认了。我扭着身子，将左手伸进右边的口袋里，费了老大劲才掏出烟盒。左手笨拙地从烟盒里抽出一根香烟叼在嘴里，接着又摸索打火机。"我的可以点。"听到这句话后，旁边的人将自己的打火机递给我。我回了声"多谢"，然后吸了口香烟，把烟从嘴里喷出去。"哎呀，不好！"说这话时，烟灰簌簌地落在了地毯上。"会留下焦印吗……真对不起。我还用不惯左手，请多包涵。"我赶忙道歉。

　　"喂，真是失礼的家伙啊！"手岛皱起眉头说，"赶快进入主题。"

　　我在烟灰缸里揉灭烟，一边当心右手一边从椅子上站了起来。

　　"让各位聚在这里不是为了别的，我已经解开这个事件的谜团了，想让大家知道。"

　　"哎呀呀，好像花了很长时间呢。"淳也摇了摇头，"希望答案值得这样的等待，可是很遗憾，这只是一场闹剧。"

　　淳也笑了。

　　"我知道这一幕，刑警，你不也一样嘛，毕竟昨天刚给你看过。就是那个水晶哟。看吧，出席者和那段影像里一模一样，还有你这狼狈样。仿佛能听到你接下来要讲的话呢……"

　　这表情分明可以说是快乐。我依旧一脸沉稳，说出了下面的话：

　　"首先，请允许我为之前的无礼，向星咏会的诸位道歉。"

　　和昨天影像里一样的话。

　　"真的很抱歉。我必须承认，未笠木村的水晶之力是真的。"

淳也和手岛探出身子。高峰和千叶默默地闭上眼睛。鸫目不转睛地盯着我的脸，屏气凝神。真维那轻轻地将手搭在满脸不安的香岛肩上。仁美的表情纹丝不动。

扫视一众听众，我低下了头。

影像就在这里结束了。

我抿嘴一笑，抬起头。

"正因为相信水晶的力量，我才找到了真相。"

我一边说一边将手放在绷带上，一口气解开。所有人都错愕地瞪大眼睛，因为石膏下显现的是我毫发无损的右臂。

"开始解谜吧。"

"等、等一下，在这之前——"

手岛站起来，用手指着我。

"怎么回事啊，你这胳膊？"

"这个啊，请不要在意啦。你们给我看的影像里，我不是吊着胳膊吗？其实我并没有受伤，只是表演而已。"

"蠢货！怎么能有这种表演！听好了，水晶里映现的未来，归根结底是每个人合理行动的结果，即使你采取和影像里一模一样的行动，只是以表演的形式完成的话……"

"未来的大星咏师也未免太性急了吧。"

我以讥讽的语气说，手岛停止了攻势。

"我是为了解决杀人事件才这么做的。说到底，就是合理行动的结果。"

在场的人除了我以外，全员都一脸狐疑。

"我再补充一句吧，我决定在解决杀人事件后、离开这个房间前，把绷带和石膏再包回去。"

"狮堂先生，"香岛歪着头，"我越来越搞不懂了。"

"算了，别管这个了。在场的所有人都听到了我刚才说的话，这成了既定事实。这本身很重要。"

"把话题转回到事件上吧。"

手岛还想说什么，但还是不情不愿地坐下了。

"首先是 1989 年的事件。不久前，我们找到一个证据，证明紫香乐一成实际上是被毒死的。这个证据是一块水晶，记录了凶手将白色粉末投入紫香乐一成的保温杯里时所见的影像。"

"那块水晶是在禁止入内的坑道深处，青砥遇难的地方发现的吗？"千叶问。

"是的，这点稍后会提及。这段影像有个意味深长的地方：时长一分钟的影像的开头部分，'星眼'看了两次紫香乐一成办公室的公告板。实际投毒之前，一直盯着公告板长达五秒。而公告板上，除了紫香乐一成从 2 月 15 日开始的那一周的行程安排、一封信和几枚大头针以外，并没有什么惹人注目的东西。但毫无疑问的是，其中有什么东西让凶手感到吃惊或困惑，在即将进行重大犯罪之前的五秒里，他陷入了忘我境地。"

"关于这点，"高峰抗议道，"前天我也觉得你说得有理，但这真的有那么重要吗？"

"直到最后，我也都在怀疑。不过，我发现了另一个根据，表明那个时候'看了两次'有着重大意义。这个嘛，你慢慢会明白的。"

"装什么装。"高峰不服气地嘀咕着，两眼却闪闪发光。

"把话题切换到这个上来吧——将 1989 年和 2018 年两起事件紧紧联系在一起的另一块水晶，也就是记录了在大星咏师之间上演的杀人剧的水晶。由于出现了好几块水晶，说起来有些麻烦，所以我把记录了大星咏师之间杀人事件的水晶称为'水晶 X'，把记录了给紫香乐一成下毒的凶手所见的情形的水晶称为'水晶 Y'。

"水晶 X 上映现的影像，起初认为是 2018 年石神赤司被杀事件。而影像里映现的凶手，则认为是石神真维那。"

香岛想要抗议，我伸手制止了。

"但是我发觉这个推断有问题，证据就是影像里的对话：'很遗憾，就是这样。我很确定你就要丧命于此了。'从这里说的'就是这样'可以推测，X 影像里的星咏师之前说了'你要杀我吗'这样的话——也就是说，可以推测该星咏师说了此刻才明白自己会被杀死的话。这样一来，矛盾就产生了。"

"丈夫在遇害的 1 月 31 日的很久之前，就非常害怕月食之夜和自己的儿子了。那是因为事先看过水晶影像，才产生了恐惧。"

"所以我产生了这样的怀疑：那段影像中的'星眼'，并不是石神赤司。于是我们注意到死于 1989 年的人，即石神青砥。与星咏会有关的意外死亡事件，只有赤司和青砥这两个事件。当然，看了水晶 Y 后，我们知道紫香乐一成也是被毒死的。但在发现水晶 Y 之前，我们就已经把注意力放到青砥身上了。

"尔后，我们发现 1989 年 2 月 21 日也发生了月食，方位不同，但高度与其他条件都非常相似。而方位的差异，也与大星咏师之间搬迁前后位置的差异是一致的。因此，我们认为有把 1989 年的影像误认为是 2018 年的可能性，疑心这是不是石神青砥被杀时的记录。

"青砥不具备星咏师的能力，为了进行预知，必须使用再现'星眼'图案的隐形眼镜。很显然，这样的眼镜在 1989 年就被悄悄研发出来了，并且做出了试制品。香岛在坑道深处探险，找到了被推定为事发当年的眼镜。基于这一发现，青砥即水晶 X 的'星眼'说，这个可能性越来越高了。石神夫人说，青砥似乎预知到了自己的死期，这也是一个佐证。

"然而，最终这条线也消失了。"

"因为石神夫人的证词。"手岛虽然满脸不悦，但还是保持着知识分子的口吻，"在最大食分之后，仁美见到了活着的青砥。也就是说，死者的不在场证明是成立的。"

"没错。不过，从影像里的对话推论，'星眼'不可能是石神赤司，这点并没有改变。于是，我们探讨了以下可能性——"

"这怎么说？"

我露出了无畏的笑容。

"因为发现了水晶 Y，知道了紫香乐一成被人下了毒药。一成的死便成了他杀。

"至此，我的想法飞跃了：如果水晶 X 和水晶 Y 映现的是同一个事件呢？"

"胡说八道！"

淳也大喊。

"明明一点关联性都没有！一个是枪杀，另一个是毒杀，怎么可能是同一个杀人事件?！这不过是你无聊的说笑。手岛，没必要掺和这种闹剧，我们走！"

淳也站起来，手岛也想跟上，我制止道：

"有根据，就映现在水晶 X 里。"

"什么?！"淳也回过头。

"鸫，请准备好笔记本电脑。"

鸫无言地点了点头，然后打开书桌上的笔记本电脑。他调出事先准备好的水晶 X 的视频文件，放映开头的场景。看过月食的星咏师，向屋内走来，正对着书桌。

"这时，桌子上的东西有一瞬间出现在了影像里。视线左边，桌子的右手处，有一个玻璃杯。里面盛着咖啡，能看到吧？"

以香岛为首，在场的所有人都困惑地点了点头。

"然后看最后。"

我快进视频，到显示"星眼"中枪倒下的场景。

"这里逐帧放映，就会看到有一瞬间玻璃杯是出现了的。"

"啊！"看着影像的千叶一声惊呼。

咖啡玻璃杯紧挨着桌子边缘放着，而里面空空如也。至此，是我、高峰、鸫以及香岛一起确认过的事实。

"这是……怎么回事？"仁美歪着头，"意思是，咖啡在水晶X影像的三分钟里的某个时间点被喝掉了？但是'星眼'没有喝过咖啡啊。人喝东西时，视线多多少少会上下移动，或是咖啡玻璃杯会进入视野。而且在这之后，'星眼'被人用枪指着……在这种紧迫的状况下，怎么可能会喝咖啡？"

"答案只有一个。"

"啊——是这样！"

高峰拍手。

"被人用枪指着，被迫喝下去……狮堂想说的是这个吗？"

"完全正确！"

"可、可是，"手岛急得大叫，"即便如此，夫人说杯子没有出现在影像里，这个疑问不是也没有破解吗？"

"吸管！被男人用枪指着时，视线始终注视着前方的情况下，右手慢慢挪开，将吸管放入玻璃杯中，拿起杯子，从右边滑向身体，直至自己脸下方。在这种状况下，含住吸管喝，手应该是映不出来的。"

"吸、吸管去哪儿了？"

"恐怕是紫香乐一成把杯子放到桌子上，他开始挣扎时，吸管掉到桌脚旁边了吧。倒地的紫香乐一成，视线向着书桌的右侧和门的方向，所以看不到桌脚的吸管。"

"可是，即使假设被杀的是家父，倒地之后，家父不是看着开枪的男人吗？那个时候，手枪正冒着烟。这不也是毋庸置疑的事实吗？你打算怎么解释？"

"放了空枪，或是朝墙壁开了一枪，然后马上转向紫香乐一成，给他看冒烟的情景。"

"'给他看'？"

淳也的眉毛一抬。

"这话我可不能置若罔闻。听你的意思，好像认为是凶手特意制作了这段影像。但我已经告诉过你很多次了，这是不可能的。水晶影像是随机记录的，会记录到怎样的影像，星咏师本人也不知道。特意制作影像这种事——"

"是，的确不知道！"

我不由得提高嗓门。

"映出怎样的未来，是无法操纵的。可水晶 X 的影像里，每一件事都像是做戏。说的话也好，男人戴的围巾也好，月食之夜这个舞台也好，简直就像在什么电影里看到的一样！这种感觉和预知的随机性这一前提，一直是矛盾的。不过，我找到了有且仅有的一个操纵预知概率的方法。"

我竖起一根手指，吸引众人的目光。

"预知反映的是，星咏师今后亲眼看到的景象，这是最重要的。以此为前提，有一个绝对无法看到的未来——自己死后的记忆。"

"所以我才说……"

说到这里，淳也停住了。

"紫香乐淳也，你也注意到了吧，事实就是这样。也就是说，如果让一个已确定将要丧命的人预知，那他的预知大概率会映出'自己被杀时的情景'。"

香岛惊讶得张大了嘴。

"而知道他必死无疑，是因为凶手自己的预知，凶手知道自己要往紫香乐一成的保温杯里投毒。"

听众们听得目瞪口呆，就连我自己，刚想到这点时也不禁胆寒。

"接下来的内容，有一些是我的推测。当时，紫香乐一成一直在暗中开发带有'星眼'图案的隐形眼镜。他应该是打算在星咏会成立四周年的纪念派对上，作为惊喜公布隐形眼镜。紫香乐一成似乎很喜欢做吓人一跳的事，这从他突然买下未笠木村的山的往事上也可窥见一二。

"那时协助研究开发的人，就是接下来要说的杀害紫香乐一成的凶手。事发当日是他们商讨的日子——不，应该已经到了实用的试行阶段了——总之，正好是碰头的日子。这个推测也符合水晶Y里紫香乐一成说的话——'呀，你来啦。三天不见了吧，今天也拜托你了。走吧。'"

"既然在保温杯里投了毒，冥想结束后，紫香乐一成喝下去，就一定会死……"香岛脸色苍白地说道。

"在那种状况下，让他预知的话，"淳也咬着大拇指的指甲，完全不掩饰自己的不满，"确实，大概率是会得到死亡时的影像。当然也有可能是一些无关紧要的事，比如走在走廊上的情景。"

"对凶手来说，这是一种赌博。不过，赢面很大就是了。

"当然，我知道凶手尽最大努力了。比如，已经得出的这条推理：刚刚提到的水晶X的'星眼'——也就是紫香乐一成，说了一些话，大意是不知道自己接下来会被杀死。由此可见，紫香乐一成还没确认自己的预知就被杀死了。'我去把影像数据导出来，请您去大星咏师之间稍等片刻。'凶手应该说了这样的话，让紫香乐一成先走了。凶手为了尽可能提高留下影像的概率，甚至吝惜花时间去确认影像，就去杀人了。"

"为什么紫香乐一成会被叫到大星咏师之间呢？"

对于高峰的问题，我已经准备好了答案。

"抽屉的双层底便是关键。应该是以此为诱饵把他叫去的。紫香乐一成一把年纪了，却仍保留着孩童般的纯真，跟他说赤司在抽屉里藏了好东西，就能把他叫去。或者青砥诱劝他，'赤司貌似在抽屉里藏了好东西，想去看看吗？'总之，紫香乐被骗过去了。"

换言之，光凭这件事，还没法确定赤司和青砥谁是凶手。

"总之，"高峰不住地点头，"以狮堂的解释为基础，重新整理水晶X的影像，就变成这样了——紫香乐一成望着月食。此时，正值最大食分，0点35分。实际上，已经是2月22日了。而且，他之所以看月亮，是因为遵守约定等着凶手。

"接着，他转向桌子。这时应该是萌生了恶作剧的念头，觉得'凶手太慢了，先看吧'。于是坐到椅子上，拉开抽屉，想打开双层底。

"这时，门开了。听到了声音，紫香乐一成理所当然地抬起头。凶手就站在眼前。紫香乐一成可能辩白了几句，但影像里没有留下这样的痕迹。

"男子走到眼前，举起了手枪，所以紫香乐一成举着双手进行了问答。这期间，他明白自己将要被杀死了。男子绕到视野左侧，命令紫香乐一成喝下咖啡。他喝下咖啡，苦苦挣扎。与此同时，男人一面放空枪，一面狠狠地推紫香乐一成的肩膀。一成倒在地板上，痛苦地闭上了眼睛。

"影像在这里结束了。"

我使劲地点了点头。

"那么，"我用舌头润了润嘴唇，"接下来该说说凶手了。"

"1989 年，拥有影像中那张脸的人是石神赤司和石神青砥。从水晶 Y 的视线高度推断身高，结果也证实了凶手是这两人中的一个。唯独这点是没法让步的。还有人脸识别的结果，正如之前所说，紫香乐一成自己的幻觉不可能留在影像里。"

"我当然知道。至于石神兄弟中的谁是凶手，这可以通过水晶 Y 来证明。"

"就是你最喜欢的，"手岛嗤之以鼻地笑道，"那个'看了两次'的细节吗？"

"不过，这个'看了两次'的细节，出乎意料地大有用处。因为只有通过那个视线，才能查明凶手是谁。

"听好了：首先，凶手在那五秒里，一直盯着公告板。"

我竖起食指。

"其次，那个注视是在关键的犯罪之前进行的，在应该是最紧张的时间，在必须最快完成的行动之前。"

我竖起中指。

"而且，最后，根据至今为止的推理，证明了不可能存在需要看两次的东西。"

"什么意思？"

"凶手想记录水晶 X，是因为他通过水晶 Y 知道了紫香乐一成的死期。影像 X 是什么时间的线索，是从出现在水晶 Y 里的公告板上的日程表得出的。这意味着凶手至少会再认真看一遍水晶 Y 的影像。"

现场一片沉默，打破这个氛围的是香岛。

"那、那个，不好意思，我完全没有听懂您的意思……"

"这可能就是个再正常不过的事实。"

我像是给香岛解释一样，往下说道：

"然而，这改变了一切。也就是说，凶手在看水晶 Y 的影像时，也看了公告板！"

"啊——！"

我竖起无名指。

这样一来，就有三个根据了。

"正因为水晶是制订计划的要点，所以才有可能反复看。每看一次，凶手看到公告板的次数便会二、四、六次地递增。这不是很奇怪嘛，为什么他会对自己已经见惯的公告板感到惊讶呢？"

这时，我看到石神仁美的脸变得苍白。

"夫人，你似乎注意到了呢。这里我就长话短说了吧。凶手看水晶 Y 时，并不知道映出的公告板上的东西是什么意思，但事发当天受到了足以令他出神的冲击。这不外乎是，事件快要发生之前，公告板上钉着的东西所包含的意义发生了变化！

"然后我就想到了，是公告板上那封信的哪个地方，令凶手震惊到了那种程度……"

"信纸……"香岛微微动了动嘴。

"那个信封是一成叔叔从法国买回来，作为礼物送给我的信纸套装。我很开心，便马上给他……"

"写了情书。"

听我这样说，仁美温顺地点了点头。即使是这副样子，也会显露出恼人的媚态，她就是这样的女人。

"也就是说，凶手看到信封，知道那是石神夫人的信纸套装，立马理解了你和紫香乐一成的关系。只有在紫香乐一成从法国回来的 2 月 20 日晚上到 2 月 21 日 23 点的这段时间里，看过信纸套装的人才会有这样的想法。你和香岛说过，你给一个人看过紫香乐一成从法国带回来的礼物。喂，夫人，那是谁来着？"

"是青砥君……"

仁美长叹一口气。青砥君这个称呼，足以说明这事带给她的震撼之大，被暴露的感情之激烈。

"青砥君，杀了一成叔叔啊……"

听到这话，紫香乐淳也颤抖了。我察觉到他颤抖的意味。

"不好意思，那个……这到底是怎么回事？"

因为千叶问了，我决定先回答他的问题。

"也就是说，紫香乐一成和石神仁美私通。打听具体是什么情况，就太不知趣了。总之，那个时候石神仁美和赤司保持婚姻关系的同时，还跟青砥和紫香乐一成两人纠缠不清。"

"怎么……"千叶满脸不信地嘟囔道，"可能……"

通过这个反应，我确信千叶真的一无所知。他肯定不知道仁美和紫香乐一成的事，甚至都不知道她和青砥的事。正因为如此，我问关于石神夫人的事时，他和紫香乐淳也想到的形象才会有差别。对千叶来说，仁美至今都只是伟大的石神赤司的令人敬畏的妻子。

然而，与此截然相反的反应也有，这人便是紫香乐淳也。淳也和赤司、仁美同年，紫香乐一成发展不正当关系的时候，他二十七岁了，大概注意到了父亲的不端行为。父亲的情人……欺骗了父亲的女人……讨厌、肮脏的感觉愈演愈烈，在淳也心中留下了坚固的壁障。

"是的……我……"仁美捂住了脸，"我很害怕……那个时候，青砥君和紫香乐叔叔一同去世，我太害怕了……我没法对任何人说。"

"你就会摆出一副只有自己是受害者的嘴脸！"淳也粗暴地吼道，"我就是讨厌你这点！"

仁美的肩膀瑟瑟发抖。

"淳也，没必要这样说吧。"

千叶说道。他似乎还未从刚才的打击中缓过劲来，语调有气无力。

"可、可是，同时和三个人……怎么会有这种事？"

对于香岛的疑问，在场没人能讲出连小孩子都听得懂的道理。她说不喜欢被赤司控制未来，所以与青砥交往，以示反抗。抑或是，赤司和青砥都拥有对方不具备的东西。在糜烂的夹缝中，向年长的男人撒娇，有着别样的乐趣吧。我的脑海里又回想起鹭姬传说：我想要那些漂亮的石头，更多，我想要更多……

"我很小的时候，父母就意外身亡了。"仁美说，"我和丈夫说过一次。我几乎没有被父亲爱过的记忆……所以坦白说，我喜欢有包容力的男人。丈夫曾对我说'我会努力的'，所以我觉得他是个很可爱的人……而紫香乐叔叔用父爱包容了被父母抛弃的石神兄弟，我就……"

仁美咬着嘴唇，不说话了。

尴尬的气氛在众人间弥漫开来。虽说是为了查明事件，可必须要揭露一个女性的私生活，我也感到很为难。

"狮堂，你是怎么发现这件事的呢？"

高峰表露出纯粹的兴趣。

"既然认为水晶 X 是 1989 年的，而当时还没有真维那，所以'闭嘴！不许你再叫我真维那！'这句话，果然只能解释成'臭婊子'。如果是这样，那就应该是凶手和紫香乐一成围绕着女人发生了争执。当然，围绕着完全没有关系的女人，石神青砥和紫香乐一成发生争执的可能性也是有的。但青砥和仁美之间的关系已经明确了，所以我想说不定……"

"原来如此。"高峰叹息道。

虽然仁美立刻表示"我和紫香乐叔叔的关系可以说是柏拉图式的",但紫香乐一成对石神青砥说了"臭婊子",这也是事实。

"这里有一个时间悖论。"我补充道,"石神青砥看了水晶 Y 的影像,知道自己接下来会杀死紫香乐一成,于是心怀某种意图,制定了水晶 X 的伪装计划。他利用了紫香乐一成的死。

"可那时他还不清楚自己为什么要杀紫香乐一成,不知道杀他的动机。但水晶映出的未来是绝对的,所以杀人这件事是确定无疑的。然后在事发当天,他获取了信封的信息,在事发现场看了两次公告板,这才头一次明白'自己为什么要杀紫香乐一成'的动机。

"也就是说,他是在不知道动机的情况下制定了犯罪计划,之后才追加了动机。用水晶看见未来,这是一种讽刺吧。"

"最后,"千叶阴郁的眼神看过来,"青砥杀人之后,为了处理水晶 Y,前往坑道,在那里遭遇了事故……是这样吗?"

"是的。但青砥的罪行没有就此结束。"

"你刚刚说了令人在意的话,"手岛说,"'心怀某种意图,制定了水晶 X 的伪装计划'这句。"

"在坑道里发现的水晶堆和石神夫人的证词是关键。看到坑道深处的水晶堆,就会明白青砥戴着隐形眼镜进行了使用水晶的训练。那里铺着席子,也可以从旁证明。在反复进行预知的过程中,青砥发现了一个绝望的事实。"

"嗯……青砥说过,1989 年 2 月 22 日以后的预知,他完全看不到。"

"也就是说，"千叶颤抖着，"他预测到了自己的死期……"

"但他应该不知道死因。没想到竟是坑道崩塌，死于事故。他要是知道，大概会先拿出显示自己罪行的水晶 Y 处理掉吧。"

"石神青砥预测到了自己的死期……"手岛挠了挠头，"要是这样的话，会有什么变化呢？"

"青砥利用自己的死亡和星咏会的水晶信仰，对一个人下了诅咒。那是有生之年一直纠缠不休、令人毛骨悚然的诅咒……就像石神青砥的亡灵不停地向那个人索命一样，就是这样的诅咒。"

"哼，"紫香乐淳也嗤笑道，"现在又搞起超自然了。"

"并不是超自然。青砥花了很长时间来铺路，深谋远虑地布局，而他的目标人物，毫无疑问就是石神赤司。"

"计划是从 1989 年开始的。"

我说道。

"第一个证据是围巾。"

"围巾？"深吸一口气后，高峰说，"不对！狮堂，这不就矛盾了嘛！水晶 X 的影像里的男人戴围巾，是为了掩盖脖子上的瘢痕吧？所以，我们考虑影像里的杀人事件发生于 1989 年时，首先想到的就是赤司杀死青砥的可能性……"

"你刚刚说的便是答案。石神青砥戴围巾，就是为了不让人知道他有没有瘢痕，也就是说，为了掩盖他没有瘢痕。"

"什么意思？"

"因为水晶是时隔二十九年发现的，所以不好理解。但若是在

1989 年青砥死于事故、紫香乐一成病亡的时候看到影像，会是什么样子呢？这样想就容易理解了。"

"会是什么样子？"高峰眨了眨眼睛，"哦，原来如此。这样一来，影像看起来就像是赤司杀了他们其中一个吧。你疑心青砥是不是死于谋杀的时候，就在考虑凶手是以落石事故掩盖头上的枪伤。而紫香乐一成，如果认为他是被枪威胁着服毒而死，尸体可能会正式送检。不是这样的话，也可以考虑成：因为他本身患有心脏病，被枪击后，子弹没有命中，但病发休克而死。所以，要是有人怀疑这两起死亡事件中的任何一起是谋杀……就会认为那个凶手是水晶里映出来的男人——必须用围巾遮掩脖子上瘢痕的石神赤司，对吧？"

"那么，"香岛歪着头，"青砥是想把自己杀死紫香乐一成的罪行，或自己的死，全推给赤司吗？这是为什么？"

"因为石神赤司会把水晶藏起来。"

现场鸦雀无声。我环视众人一圈，继续说道：

"影像里，青砥开枪后，立即向大星咏师之间的门口走去，脚步毫不迟疑。但第二天早上，紫香乐一成被发现时，是躺在自己房间的床上。那么，是谁把他转移过去的呢？在此登场的便是赤司。

"最先发现一成尸体的人，其实是赤司。而水晶就在房间最显眼的地方，比如书桌上。看到水晶中心浮现的影像，赤司惊愕不已。虽然不清楚是谁的企图，但他也能察觉到自己会被当成凶手。于是他把水晶藏起来，并让一成的尸体躺在床上，看起来就像是病死了。

"赤司的计划成功了，一成的死被处理成病故了。但是，在可以松一口气的时候，赤司陷入了另一种恐惧之中。这才是青砥施加的真正诅咒。"

"是什么？"

"在那之前，赤司的水晶经常被偷，经常被人拿错，这些事情此时开始产生影响。水晶 X 可以认为是青砥或一成通过某种方法看到的预知；但事实上，如果水晶 X 里的影像是自己看到的预知呢？赤司产生了这种想法。也就是说，如果水晶映现的是自己死时的情景……"

"啊……"香岛哼哼道，"自己会被杀死的恐惧，便会涌现，而那个杀人犯是……"

"男人的脸与自己和青砥十分相似。肯定不是自己，而青砥已经死了。那映现在水晶里的男人是谁呢？赤司便害怕：这是否是自己儿子长大后的模样。"

我吞了口唾液。

"接下来，交换演员，舞台移至 2018 年。"

"我一直在想从哪里说明更容易理解，最后还是觉得将我走过的路原原本本描述一遍比较好。我弄明白 2018 年事件的最初契机，此刻就在我们脚下。"

我跺了跺脚。

"也就是这块地毯。"

"地毯？"淳也愕然地抬起眉毛，"什么意思？"

"因调查走入死胡同，我回东京拜访了一个人。她是 2018 年 1 月 31 日当天被赤司解雇的实习员工。叫她的姓氏中野好了。"

仁美的肩膀动了一下，然后问："你们见过面了呀。她好吗？"我告诉她："她在夫人介绍的单位工作，似乎干得不错。"我必须承认，是仁美的男女关系诱发了这次事件，并使其错综复杂，不过我再次意识到，她本性并不坏。

"据说赤司和中野在事发当日，都没有说争执的原因。按照保姆美田园和高峰的判断，可能是双方都下不来台、解释起来又很麻烦的事。可我问了中野，才知道是件琐事：她绊了一跤，把红茶洒到了地毯上。"

"啊……"我听到仁美发出愕然的声音。

"但是，红茶茶渍没有留在这个房间的任何地方。这很奇怪，对吧？据说这块地毯是举世无双的定制地毯，没法换新的。但在发现赤司尸体的现场，玻璃杯碎了一地，在地毯上留下了污渍。我认为是红茶污渍被咖啡污渍覆盖了，之后洒出的咖啡遮盖了一切。然而，这也不成立。中野的证词是，她进入这个房间，把红茶洒到了自己的右侧，也就是桌子的左侧。"

我从椅子上站起来，站到刚刚说的位置。

"但是，尸体被发现的时候，玻璃杯碎在了桌子的右侧。位置完全相反。也就是说，中野的话若是真的，桌子的左侧是红茶渍，右侧是咖啡渍。事情应该是这样：尸体在留有两摊污渍的状况下被发现。"

"意义——我不知道这有什么意义。"手岛脸色阴沉，"我的意思是，为什么这个很重要？"

"为什么?! 那是因为既然两块污渍变成了一块，那就只能认为地毯被旋转了。"

"旋转了？"

"请各位想象一下这个房间的俯视图。现在，我站的这个位置有红茶渍，在这种情况下，将地毯逆时针旋转一百八十度……"

我沿着弧线前进，走到桌子的右侧、地毯的一角。

"就像这样，红茶渍会移动。盛有咖啡的玻璃杯在这里打碎的话，咖啡渍就会遮盖所有，污渍就会变成一个。只有这个解释，能解决污渍矛盾。地毯是酒红色的，四边都编织了纹样，从哪条边看都是一样的，所以即使旋转了，也不会有人注意到。我实际是在事件发生了两周左右后才看到现场，所以之前书桌摆放的位置留下的压痕已经不明显了。各位发现尸体、警察踏入房间的时候，痕迹当然还在，但若不仔细看，是注意不到的。

"可是，这怎么想都不自然吧？

"现在我嘴上简单地说着旋转地毯，但实际做起来是很费事的。好在地毯上摆放的家具只有书桌和椅子，把它们挪到地毯外，再拽着沉重的地毯转动，最后将桌椅搬回原位。凶手这么煞费苦心地移动污渍，大概是因为赤司和中野都对此缄口不言，他踏入现场才注意到。也就是说，红茶渍对凶手来说是意料之外的状况。那么，为什么凶手无论如何都不允许改变这一状况：桌子的左侧留着污渍？"

"这个嘛……"高峰沉思片刻，然后说道，"一般来讲，玻璃杯碎在书桌的右侧，比较说得通吧。因为赤司倒在了书桌右侧，倒下的时候杯子可能被手碰倒了。"

"倒下的时候，杯子因反作用力朝相反的方向飞去，不也说得通吗？只是为了说得通，倒也不必这样大费周折。也就是说，从桌子正面看去，污渍留在左侧和污渍留在右侧，决定性的不同究竟是什么？这是必须要思考的事情。答案其实很简单。

"因为右侧根本没有出现在水晶 X 里。"

因为话题突然从污渍转换到水晶上，在座的人都有些不知所措。

"等等，虽然我还没明白你话里的意思，但真的没出现吗？"

"水晶 X 的影像从刚刚开始就一直在屏幕上播放，我就不说了，请自己确认吧。"

众人都聚在屏幕前进行确认。我已经看过很多遍了，所以不看也知道，能看到地毯的机会只有三次。

第一次，透过窗户观看月食的"星眼"，把视线从窗户移开，朝书桌走过去的瞬间。这里能从桌子的左侧看到地毯一角。

第二次，"星眼"拉开椅子想要坐下的瞬间。不过，"星眼"的视线一直在书桌上移动，他面向前方坐在了椅子上，所以右侧角落没有进入视野。不久，他和男子陷入争执，视线被固定在了前方。

接着男人开枪，第三次机会来了。不必赘言，地毯很有可能出现在躺着的"星眼"的视野里。然而右侧角落在"星眼"后脑勺的位置，所以还是看不到。不仅如此，视线还一直跟随着男人，直至其消失在门口，是微微向上的。

"真的⋯⋯"千叶叹息道，"确实就像你说的，地毯的左侧出现在了水晶 X 里，而右侧没有。可这究竟意味着什么呢？"

"通过这件事，凶手的意图昭然若揭。请各位想一想我先前说的，水晶 X 里的杀人事件是发生在 1989 年的，也就是说，水晶 X 和 2018 年的事件本质上是没有关系的。水晶 X 里长得很像真维那的男人，月食那天发生的事情，水晶掉在了赤司尸体旁边，种种因素重叠在一起，我们才以为水晶 X 映现的是 2018 年的事件，不对——"

香岛的表情为之一变，知道他跟上了我的话，我很高兴。

"不过是让我们误以为是 2018 的事件而已。"

"什么？"

"凶手移动地毯，是因为污渍留在左侧的话，就会和水晶 X 的影像产生矛盾，这样就不能把水晶 X 的杀人事件伪装成 2018 年的了。想到这里，我便完全明白了。

"也就是说，2018 年事件本身，是以 1989 年的事件及其影像为主题的'模仿杀人'。"

"模仿⋯⋯杀人⋯⋯？"

真维那歪头冥思。鸫也一样，我明白是因语言上的跳脱而感到惊讶。

"所谓的模仿杀人，是出自推理小说的概念吗？"

对于真维那的问题，我点了点头。

"但是所谓的模仿，是以故事、童谣、神话等为题材进行的，也就是一种戏仿，我觉得并不适用于这次事件。"

"确实有可能言过其实了。这次事件终究是以影像为题材，而且凶手想得到的效果，跟真维那所讲的小说里的'模仿杀人'如出一辙。特意提起这个，是期待言语之力，也就是说，我希望'模仿杀人'一词附带的印象能够帮助各位理解。"

我清了清嗓子，继续说道：

"模仿杀人的一大要点是过度演绎。通过这样的演绎，应运而生的是，强调与题材的'相同之处'，或是隐匿与题材的'不同之处'。这些都是模仿杀人这一手法的关键。

"首先，看强调的'相同之处'吧。意思是，如果模仿的是童谣，就通过再现与童谣'相同'的状况，演绎出让人脊背发凉的恐怖——这便是主调。就像歌曲一样，若是第一段、第二段层层递进，能更有效地煽动恐怖情绪。而在这个事件中，这种基于'相同'之物的恐怖，只指向了一个人，即知道1989年杀人事件的人。"

"啊……"仁美呻吟道，"是丈夫吧。"

"没错。1989年，赤司藏匿了自己有可能被视作凶手的水晶X，害怕罪行会被暴露。与此同时，他还疑心那有可能是将来自己被杀时的预知。而石神真维那逐渐长得和影像中的男人一模一样，这无疑是在赤司恐惧的扳机上一点点加力。对凶手而言，石神真维那也是为了'模仿杀人'而准备的一个道具。

"其次，是隐匿的'不同之处'。比方说，将犯罪时留下的对自己不利的证据，伪装成模仿的意图加以掩盖。如果尸体全身湿透是致命的破绽，那就用掉进瀑布的歌谣来伪装。实际上，就是用'模仿的意图'来隐瞒其他原因引发的事情。而在这个事件里，要隐匿的代表性事物便是'凶手'。2018年事件的凶手，通过忠实地还原月食的条件、尸体的状态、污渍的有无等，得到了一个完美的替罪羊。因为无论是谁，看了水晶X都会认定真维那是凶手。"

　　"太过分了……"香岛握着的拳头震颤不已。

　　"总而言之，2018年，凶手模仿水晶X的影像杀死了石神赤司。这是将让赤司恐惧、迫使他精神崩溃、将其杀死的意图，和通过替罪羔羊来摆脱自己嫌疑的实际利益紧密联系起来的。这个模仿的意图，实际上在二十九年前就已经周密地构思好了，不仅是2018年的事件模仿了1989年的事件，甚至连1989年的事件，也为了2018年的事件做了模仿。

　　"而那个中心人物，正是想要隐瞒什么的石神青砥。"

　　"别开玩笑了！"手岛大叫起来，"不可能！二十九年前就把一切伪装得一模一样，绝对不可能办到！首先，实际上石神青砥已经死了，作为死者的他究竟要怎么杀死石神赤司？"

　　"当然，在2018年，继承计划、实施犯罪的另有其人。不过，现在还是先说说石神青砥做的那些事吧。

　　"重点在于，石神赤司不是杀人犯，所以并不清楚水晶里实际展开的对话内容。而且，他也未能通过信纸套装知晓紫香乐一成和石神夫人的关系。石神赤司作为创始人，在读唇术上，就算不专业，也稍微懂点吧。他调查水晶时，应该会有他怎么都无法理解的字符串。"

高峰打了个响指。

"该不会是臭婊子？"

"'闭嘴！不许你再叫我真维那！'自然是人人都知道的这句恶语。赤司即便按照臭婊子来解读，也不能完全理解，可按照自己儿子的名字来解读，肯定会相当难受，怎么都拿不准。正烦恼时，妻子又说了意想不到的话。"

"你，"仁美的声音颤抖了，"为什么连这种事情都……"

"是你家保姆告诉我的。说是你讲了什么话后，赤司就大吼大叫。但他那不是发怒，而是明白了哥哥的处心积虑，发觉自己受到了和父亲一样的诅咒，内心震撼而不安吧。"

我停顿了一下，然后问石神夫人：

"你大概是这样说的——

"'我一直没告诉你，其实真维那这个名字是青砥哥取的。'"

仁美的脸变得煞白。

"啊……嗯，是这样。那个人的遗言……死之前，他对我说想了这个名字……"

"你说的死之前，是指2月22日凌晨1点左右你见到青砥的时候，是青砥知道了自己的死期来见你的时候吗？"

仁美沉默地点了点头。

"等、等一下！"

手岛以惨叫般的声音大喊道：

"你们说的话，我完全听不懂。名字是青砥想出来的又怎么样？知道自己的妻子出轨了，打击也许很大，可石神夫人同时与赤司和青砥交往的事情，在他们三人之间已经是公开的秘密了，赤司肯定会很生气，但事到如今知道了这事才……"

"最重要的是，青砥是在事发之后才将那个名字告诉石神夫人。

"水晶上映现的影像，留着自己在事发现场说的话。当时，他情绪激动地说了'闭嘴！不许你再叫她臭婊子！'。这句话可能是让赤司察觉自己伪装的契机，而自己有想利用真维那对赤司施加诅咒的意图，这两者重叠在一起时，青砥的脑海里便浮现了一个想法。"

说接下来的话，是需要勇气的。因为对'他'而言，似乎太残忍了。尽管如此，我还是不得不说。既然决定救他出来，就必须向前。

"臭婊子。要是把这个词换成同口型的异音词，就可以制造出儿子拒绝别人喊自己名字的情景。而且，这个词正是影像里男人的名字……"

石神真维那两手捂住嘴，应该是在强忍呕吐感吧。

"所以石神青砥是为了这个模仿杀人，才给自己的儿子取名真维那。"

"石神青砥，简直就是恶魔一样的男人。"我继续说道，"他是在杀死紫香乐一成的瞬间到见仁美的那段时间里，萌生了这样的

317

想法吧。"

"青砥……"仁美按着额头，缓缓地摇了摇头说，"他告诉我这个名字时……真是一脸纯真……还说'是个好名字吧'……怎么会是这样……"

"赤司听到'名字是青砥起的'时，才明白他的企图。继承了他血统的孩子，可能会长得和他一模一样。真维那这个名字，也跟水晶影像是吻合的。这就像青砥的杀意持续地向他袭来。从这个时候开始，他就疑心那是自己被杀的影像，疑心一切都是青砥的阴谋，并将两者混杂在一起。

"热水事件表明这种恐惧开始出现了。香岛的推理是，那起事件是想把真维那的脸烫伤，以便塑造出与影像里不一样的脸。也就是说，他一直在与命运抗争，那是他的回避行为之一。"

"真不敢相信……"高峰话没说完就说不下去了。

"我相信他被美田园阿姨责备时，到底还是醒悟过来了。那之后好像再也没有发生过类似的事情了，这也可以算是一个旁证。不过，与此同时，另一个妄想在赤司头脑中膨胀了：无论怎么抵抗，自己的人生也许都会以水晶 X 映现的未来的杀人事件结束……

"在此后的二十多年里，面对真维那，赤司虽然心情复杂，但表面上可以说是平静地度过了。听美田园阿姨说，他好像偶尔会计算月食的高度和时间。

"但四年前情况发生了变化。"

"四年……前？"

"对。以前的大星咏师之间发生了火灾，于是迁移了……"

"啊……"

"火灾当天，那块举世无双的地毯拿去干洗了，石神赤司可能觉得这是命运。结果，大星咏师之间只是位置发生了变化，外观几乎一模一样。"

"家具也配置得完全一样。"

香岛说道。他大概还对那张写着真维那的收据耿耿于怀。

"正因为如此，四年前才会发生火灾。"

"这是怎么回事？"

"火灾发生至今正好四年，而星咏会成立那年至 1989 年也是四年。调查家具的老化状态，好像也是高峰他们影像解析组的工作。"

"……不会吧！"高峰从椅子上站起来，"为了让老化状态一致，要做到这种地步吗？"

"您明察。"

听了我的回答，高峰扶着额头仰望上空，像是在说她十分吃惊。

"即将到来的 2018 年的月食，为了使其季节和高度看上去跟1989 年的一致，凶手——2018 年杀害赤司的实行犯——无论如何都要让大星咏师之间搬迁。正因为如此，地毯才会被送去干洗，在赤司买新的家具替换之前，强行送来同样的家具。

"家具的收据上写着真维那的名字，香岛调查过这事，可能是凶手为以防万一搞的小动作。凶手设法挑赤司不在的时机让卖家送来家具，又设法让真维那成为收货人。凶手既然有模仿杀人的意图，显然是想把罪行推到真维那身上，不过在证明模仿杀人意图的收据上留下真维那的名字没有意义，因为石神真维那是唯一一个没有必要把这个事件伪装成模仿杀人的人。这可以说是，凶手聪明反被聪明误。"

香岛安心地上下抚摸着胸口。

"好了，把话题转回到石神赤司身上吧。办公室迁移，一模一样的家具，赤司越来越害怕像是捆缚了自己的命运。不久，关于2018年1月31日的月食，他调查了月亮的高度和方位，发现这个方位和从窗户看到的一致时，他的恐惧变成真的了。"

"从那以后，丈夫变得非常害怕真维那。"

我呼出一口气，然后话锋一转：

"石神兄弟的故事就此结束，接下来要找继承青砥那个可怕的计划，2018年实际杀死石神赤司的人。"

众人一下子紧张起来，我若无其事地瞥向凶手。

"让我弄清凶手是谁的线索，其实也是刚才说到的地毯。从地毯推断出模仿杀人的意图后，我产生了这样的疑问：凶手是什么时候移动地毯的呢？"

"欸，那当然是……杀害赤司之后吧？"

"香岛，如果是这样，血迹的位置也会跟着移动，这会很奇怪吧？从赤司坐着的状态来看，他应该是被击中了头部，血液在墙壁上和地上飞溅的方向也跟实际情况吻合，地毯上的血迹和地上的血迹是完整连在一起的。若是在开枪之后再移动，不可能做得这么完美。

"而'即将'杀人时挪动，这个思路也行不通。因为要是在恐惧被杀害的赤司面前搞这种大动作，应该会引起怀疑。"

"那么，是在杀人之前？"

"没错！15点，中野洒了红茶，到实际杀人前的这段时间，凶手发现了红茶污渍，急忙移动了地毯。大星咏师之间在卡片钥匙的监视下，凶手为了制造假的犯罪时间，在22点31分和实际推断出来的杀人时间23点26分，使用的是中野的卡片钥匙。进入房间，发现地毯上有污渍，这是凶手没有预料到的意外状况，所以他还是像平常一样，用的是自己的卡片钥匙。倘若一开始他就打算移动地毯，那应该也会使用中野的卡片钥匙，但中野和赤司好像没有对任何人说过有关污渍的事情。

"也就是说，从15点开始，到赤司进入房间的20点5分，这期间进入房间的人就是凶手。

"真维那是在16点31分进入房间的，这个时间赤司还在房间里，所以没有移动地毯的机会。刚刚提到的收据一事，他的嫌疑就已经消除了。

"但是，在那之后的18点27分，赤司进入大星咏师之间之前，有人进了这个房间。不错，他就是凶手。"

我怒视着那个男人。

"千叶冬树，就是你。"

"实际的犯罪流程，恐怕是这样——

"千叶在 18 点 27 分进入大星咏师之间时，注意到了红茶污渍，于是在这个时候到赤司进来的 20 点 5 分之间，将地毯调转了方向。

"然后，他给石神真维那留了一封假信，冒用香岛的名义把他叫到树林里，夺走了他的不在场证明。接着，他偷走当天下午被解雇的中野的卡片钥匙，事前准备就完成了。

"在被认为是作案时间的 22 点 31 分，千叶用中野的卡片钥匙触碰了电子锁，但没有进去就离开了。因为解锁是没有声音的，所以在房间里的赤司并没有注意到。要是没有这个时间的入室记录，是会引起怀疑的。

"实际作案是在月食之后，那个 23 点 26 分的入室记录。因为那一刻是石神赤司从紧张中松懈下来的瞬间，他以为自己保住性命了。归根结底，那块水晶映现的是 1989 年的事件。然而，千叶用手枪指着兴奋至极的赤司，再次将他推入恐怖的深渊。"

对于这等卑劣而周到的犯罪行为，除了千叶本人，房间里的众人都屏住呼吸，以恐惧的眼神盯着千叶。对于他接下来的回应，大家都关注着。

千叶抬起头来，故作糊涂地耸了耸肩。

"这些都只不过是你的推测吧？你说是我促成了大星咏师之间的搬迁，是我事先知道了红茶渍，这些不都是间接证据吗？直接证据到底在哪里？"

"怎么能这样！"香岛提出抗议。

"还不死心啊！"高峰狠狠地瞪着他。

"这是正当申诉……来吧，要是有证据，就请拿出来。反正也没有吧？"

"我有。与其说是证据，倒不如说是刚刚你自己给我的。"

千叶就像被偷袭了一样，一下子愣住了，没过多久他的脸就变得煞白。

"难道你是为了那个？"

我点点头。除了千叶，其他人都明显想让我快点解释。

"还记得这场对话的一开始吗？我用绷带吊着胳膊，出现在这个房间里，对话刚开始，就解下了绷带。"

"嗯嗯，是这样。"手岛打了个响指，"那个时候，我还想你脑子是不是坏了呢。"

"那可真是多谢了。话说回来，我之所以缠着绷带，实际上是想引出一个人的一个行为。为了引出那个行为，必须装成一只手无法使用的样子。于是我想到了一个办法，假装受伤。这样做是有迹可循的。我刚到入山村就被人跟踪了，在来未笠木村的路上还遭到袭击。关于袭击，通过我第一次来星咏会时脸擦伤了，以及我提起过的落石事件，大家都知道了。但事实上，这个袭击我的人，是之前我在东京办过的一个案子的涉案人员的亲戚。也就是说，和星咏会完全无关。

"正因为毫无关系，我才觉得可以利用。袭击者的行为和星咏会的任何人都没有关联。要是我说'我被什么人袭击了，胳膊断了'，星咏会的人会认为'是凶手干的'，而凶手会断定'是星咏会里的过激派干的'。因为袭击者和星咏会没有关系，所以我不怕有人说'不，那天没人袭击你'，揭穿我的谎言。"

"该不会是昨天看到那段影像时想到的吧？"

"是的，香岛。你问我，淳也和手岛'给了我倒数第二样东西'是什么意思，我告诉你：'就在你眼前'——我吊着胳膊。实际上是林阿姨帮我缠的。"

香岛的嘴张得很大。

"不是，我以为您说的是拿在手里的打火机……"

"嗯？听你这么说，可能是比较容易混淆……"

"原来是这样啊！"紫香乐淳也急不可耐地说道，"这事干得真漂亮。然后呢？你想引出的那个人的那个行为到底是什么，快说啊！"

我清了清嗓子，继续说道：

"毫无疑问，那个人就是千叶。我叼着烟，想用一只手点火，不知如何是好时，他拿出自己的打火机，从邻座给我点了火。我想看看那时的打火机。鹈，你还记得那个打火机吗？"

鹈意识到自己被提问了，便操作智能手机，输入文字，然后交给我。

"星咏会创立时，一成赠予的纪念品打火机，千叶很珍惜。他时常添加燃料，擦得干干净净的，长年珍藏着。我刚刚看到的打火机，不是那个。"

我从衣兜里掏出事先装在塑料袋里的东西。

"这是一个小学生在某个现场捡到的打火机——好像是掉在树林里的。他觉得稀罕，就据为己有了。住在入山村一位姓林的阿姨，她心地善良，发现那个小学生玩打火机，叱责了他一顿，收走打火机，并保管起来。"

鸫再次递出他的手机。

"这就是那个打火机。"

"没错。千叶，这是你的吧？这个打火机呢，是在入山村瞭望塔烧毁的废墟里找到的。"

"瞭望塔？"高峰说，"一个月前烧掉的那个……可为什么千叶的打火机会在那里？难不成……"

"对，放火烧了瞭望塔的也是千叶！"

"胡扯！"手岛大叫起来，"千叶为什么要做这种事？！"

"我不是说了嘛，这个事件是以水晶X的影像为主题的模仿杀人，为此，必须把跟影像不一致的东西一个不剩地消除干净。这样的执念能让凶手转动地毯，迁移大星咏师之间，而这盘根错节的执念，最终飞出了窗外……"

"窗外？"仁美瞪大了眼睛，"难道说……"

"1989年的影像和2018年的现场，方向不一样。虽然两次月食可以在相似的条件下通过窗户看到，但有一个很大的区别。凶手头一次注意到这个区别是在两个月前，当时为了扩张用地，砍伐了一些树木，所以在现在的大星咏师之间可以望见入山村的瞭望塔。即便只是瞭望塔的顶棚出现在了视野边缘，也与水晶X的影像不一致了，所以凶手放火烧了瞭望塔。这才是赤司对真维那说的'那场火是你放的吧'的意思。因为赤司一直在调查月食，所以才敏锐地觉察到，烧毁瞭望塔是伺机杀死自己的人干的。"

"那么，"我逼问千叶，"这个打火机是在瞭望塔的废墟里找到的，而且这个打火机是你的，这不单单能说明你是纵火犯。瞭望塔烧毁事件，是本案凶手的一大目标，符合模仿杀人的宗旨。怎么样，这还不算证据吗？"

千叶好像从一开始就决定好怎么回答了，他闭上眼睛，嘴唇颤抖着说"是我干的"，然后低下了头。

千叶说有东西要让我们看，所以让紫香乐淳也和鸫跟着，前往自己的研究室。

"接下来是细节补充。"我说道。在等他们回来的这段时间里，我想把细枝末节的事情都解释清楚。

"我刚才在这个房间里抽烟，故意弹落烟灰，在地毯上留下焦痕，是为了彻底摧毁这个可能性：水晶 X 的影像，既不是 1989 年的，也不是 2018 年的，而是发生在更遥远的未来的另一场谋杀。为此，我把地毯烧焦了，真的是非常抱歉。

"其次，我和香岛在解决这个事件的期间，有一件非常烦恼的事，那就是：要是我们的推理全被凶手从水晶中看到了，那他也许会散布假线索来误导我们。如果凶手是星咏师，无论概率多小，我们都不得不考虑这种可能性。

"我想到的解决办法就是绷带。之所以会想到这个，是因为淳也给我看的预知里，我的胳膊被绷带吊着，我在赔礼道歉。这个绷带有双重含义：一是，就像刚刚说的那样，是想让千叶拿出打火机；二是，通过他拿出打火机这件事，可以证明千叶没有通过水晶看到事件是怎么'解决'的。"

"我完全不懂你在说什么。"高峰说道。

房间里的众人，都还没有从凶手就是自己人的打击中恢复过来，沉重的气氛弥漫着。只有高峰跟我搭话，她看起来也很憔悴。

"对千叶来说，拿出打火机是展现纵火案证据的重大行为，甚至能让人与杀害赤司联系起来。他是凶手，无论如何都必须将证据隐藏起来。

"要是千叶通过水晶预知看到了我们今天解决事件的情形，就会知道我的伤是假的。因为在开始解决之前我就解开了绷带，展示了毫发无损的手臂。既然千叶拿出打火机，就证明他认为我的伤是真的。换言之，预知今天破案、预备假线索，这个可能性是不存在的。大概就是这样。"

"厉害，厉害。"

高峰报以稀稀拉拉的掌声。我之所以说事件解决后就把绷带缠回去，是为了保证只让解决过程处于没缠绷带的状态。但在这样的气氛下做这种说明，没人会高兴的，便作罢了。

"久等了。"

千叶跟着淳也和鸫回来了。现场的气氛再度紧张起来。

"我回去拿的就是这个。"

千叶一边说，一边将装在白色长信封里的信递了过来。

"这是 1989 年……事发当晚，青砥放在我房间里的信。"

我们展开信纸。

致亲爱的千叶：

突然给你写这封信，还望见谅。

我时日无多，请原谅我省去寒暄的无礼。

我弟弟……赤司，他杀死了一成。我看到了。

啊，我想你肯定不愿相信！但这是我亲眼所见。我不知道弟弟对一成有何怨恨。他杀了代替父亲抚养我们长大的人，杀了在工作上最照顾他的人……弟弟变成了一个冷酷无情的杀人犯，这是事实。

在过去的一段时间里，我和一成一起进行了水晶预知的特训。我们二人秘密地开发了模拟'星眼'的隐形眼镜，就能否看到预知进行了实验。而且，事实上一成已经能够看到预知了。那时一成看到的预知就拷贝在随信附上的录像带里。这是唯一能证明弟弟有罪的东西，万望观看。

最重要的映有预知的水晶，已经找不到了！弟弟拿走了！那家伙一定是想藏匿自己犯罪的证据！

现在，我要去质问赤司。我要劝他自首。我不想让赤司的心也变得肮脏。我自认为，劝他自首是身为哥哥的职责。

当然，绝对不能原谅杀死一成的家伙！我也有为一成复仇的想法。但复仇有什么用呢？在成为杀人犯之前，他是我的弟弟。

但要是我一去不回，那个时候……

我没有道理拜托你这样做，但要是我回不来，希望你能在会内公布这盘录像带的内容。这只能在星咏会作为证据，如果有水晶本体还好，只有录像带可能会遭到怀疑……尽管如此，我觉得比什么都不做要好。

倘若我有什么不测，请代替我挥下正义的铁锤吧。

匆匆写下，万望见谅。

附言：如果这是我最后说的话，我想在此感谢你迄今为止的奉献和对星咏会的热情。真心感谢。

石神青砥

"这……"香岛因为愤怒，全身颤抖不止，"这和狮堂先生的推理完全不一样！"

"是的。"千叶脸色苍白地说，"事实上，今天听狮堂的推理，最吃惊的人应该是我……因为我完全没有怀疑过青砥会是杀人犯……"

回想起来，这个名叫千叶的男人并不清楚好几个重要的事情。因而，和我想象中的凶手形象产生了偏差。他不知道石神兄弟和仁美的关系，对过去的事情也一无所知。从一开始，他就被灌输了一个虚假的故事。

读到隐形眼镜那一部分时，我想起高峰说过，千叶反对隐形眼镜的开发。正因为这件事关乎过去的真相，他才拒绝开发。揭露真相，本该是对千叶深信不疑的杀人犯赤司的充分报复。他却拒绝那样做。

他是想亲手杀死赤司吗？

眼前这封信，让他有了如此强烈的恨意。

他看似懦弱，对关键信息也一无所知，却是个难缠的对手。

我想起第一次和千叶见面的情景，他作伪证，说自己目击了赤司被杀。那个时候，千叶将自己作为杀人犯所知道的事实和在水晶X上看到的事实完全分开来讲。这不是件轻易能做到的事。

"你一直认为石神赤司是杀害一成的凶手，而且他把劝自己自首的青砥也杀害了。"

实际上，我认为这封信非常巧妙。信里写着"复仇有什么用"，却又在诱导复仇。送了录像带，却又若无其事地写，可能公布了也毫无意义。其目的就是，让读信者认真考虑所谓的"正义的铁锤"。

"石神青砥预知到了自己将要死亡，虽然不知道是怎么死的，但留下这样的信，也许会让人觉得有谋杀的可能性。他连自己的死都利用，去制定这个犯罪计划吗？"

"可是，"香岛面色沉痛地说，"为什么青砥会制定这样的计划……"

"这或许是……"

我开口之后，又犹豫要怎么说。这时我想起收到赤司所有的预知记录后，在东京各处巡游时看到的事物。

"因为青砥很羡慕赤司，没办法原谅他。"

"这是怎么回事？"

"星咏会的往事，我都是通过赤司的眼睛看到的，就是你给我看的赤司过去的那些预知影像。回到东京，重新追寻他们的足迹，我从赤司的故事背后读到了别的东西。"

"是什么？"高峰问道。

"最开始是一本书。是母亲买给赤司的，作为封口费。一成出大学学费，也是因为赤司的话。或许还有大学学院的原因。青砥本来是以进理科学院为目标而学习的，最后不得不转修文科，而赤司却进了他心心念念的理科学院。还有才能。赤司拥有预知的才能，青砥并不具备。最后是仁美。青砥得知在大学文化祭上遇见的女孩和赤司早有联系。"

"那也就是说，青砥的自卑感与日俱增？可是，这样的态度……"

"他没表现出来吧。他也不可能表现出来。"

我点了点头，说道：

"和仁美交往，也是青砥的复仇。当然，也有爱情的成分。

"青砥为了弥补才能上的差距，偷偷开发了用于水晶预知的隐形眼镜。但因为这个隐形眼镜，他发现了自己的死期。"

"唉……"仁美不禁叹了口气。

"青砥一直无法原谅：赤司得到了自己想要的一切，和仁美结婚，拥有未来，而自己年纪轻轻就要死了。和赤司羡慕青砥的想法一样，青砥也无可救药地羡慕着赤司。这是一种随着岁月的流逝或许会释怀的自卑感。这是青春的犯罪。二十九年前，拉满弓射出的箭，飞越时光，穿透了他弟弟……"

我意识到，我的讲述太过伤感。"彼此最好的伴侣"，曾用来评价石神兄弟。他们的存在，能互相弥补彼此欠缺的部分，可能是彼此最好的伙伴吧。可要是因对方具备而自己没有的东西萌生艳羡和憎恶，那就没有比这更可恨的存在了。

"我……"千叶说话了，"直到刚才为止，我真的深信是赤司杀了一成……而且，坚信他是连自己哥哥都可以亲手杀死的穷凶极恶之人。我无法原谅这样的赤司，为了待我很好的恩师一成和青砥，我相信自己一定会完成复仇。为了持续不断地告诉赤司有人知道他犯下的罪，为了让他体会恐惧，我想方设法想让他回想那段影像里出现的东西，但没想到赤司竟以为那是自己被杀时的影像。我还一直以为，他是觉得自己过去犯下的杀人罪会被原封不动地奉还而感到害怕。"

互相不确认，这也在青砥的掌握中吧。赤司沉默寡言，总是埋头探究，很容易让人误会。而身为"第二人"的千叶，因在学会公布了星咏会的研究内容，成了过街老鼠，遭人指指戳戳。他被寄予尚未完成的希望，被欲望吞噬，变得急功近利。二十九年间，两人的关系没有任何改变，这是谁也无法预料的。即便如此，青砥还是觉得他们会因误解而自相残杀。

"我太蠢了。我有时候甚至觉得，赤司是个可怕的怪物……这个怪物隐瞒了自己的罪行，若无其事地埋头研究。赤司原本就是不苟言笑的人，1989 年以后，他时常露出不安的表情，我以为他不是因失去了两个重要的人而感到悲伤，而是畏惧自己的罪行会被揭露。所以我指着他，对他说，只有我知道你做了什么事。"

千叶扑通一声坐在椅子上。

"我也想过，只要公布录像带就好了。但是，大家不会相信……我已经受够了！"

这叫声刺痛了我，同时心里涌现出深深的理解和隐隐的疑惑。

石神青砥会找上他，是看准了他害怕变成现代狼少年的心理和因过去失败而严重受创的心理吧。

"所以我认为只能由我动手。既然如此，那就以最能让赤司胆寒的方法，亲手挥下正义的铁锤。"

听了犯人的自白，在场的人鸦雀无声，纷纷将视线从千叶脸上移开。唯有鸫，一副不忍再看的沉痛表情，继续盯着千叶的嘴唇。

"可是，"香岛勇敢地说道，"即使是这样，牺牲师父也是不对的啊！"

"我知道。通过模仿杀人，最后嫁祸给真维那，是我不对。我很抱歉。"千叶向真维那低下头，"让星咏会发展壮大，也是我和青砥的约定。向赤司复仇之后，我不能被捕。"

"那只是你自私而已！"

"你说得对，全都对。香岛，我希望你就保持这样……我……我已经不行了。杀死赤司后，我经常睡不好觉。即便得到了预知记录，也都非常短。要是无法入眠，也就看不到未来了……从杀人的那天起，我就当不了星咏师了。杀人以后，我很害怕看到未来。"

在这一点上，我跟千叶是一样的。因为害怕未来，所以一边想要逃离，一边与之对峙。

"我已经没法待在这里了……"千叶这样说着。他一直低着头，用手捂着嘴。

我的身体像触电了一样。

"喂，住手！"

"一切都太晚了。所有的事都是我一意为之。在赤司身上看到了罪恶的幻影，就夺去他宝贵的生命。为了不让这个悲剧重演，我只能自行了断。"

千叶从怀里掏出枪。这是他从紫香乐淳也的收藏品中偷来的吗？

对于自己犯下的罪，对于自己夺去他人性命的事实，他再也忍受不了吧。我也是这样，我也害怕看到未来。

"请谅解。"

千叶将枪对准太阳穴，想要扣动扳机。

我大喊起来，却不知道自己在喊什么。我只记得我扑向千叶，两人扭作一团。耳鸣出现。随之，我听到了围在四周的星咏会众人的尖叫和怒吼。

不久，一声枪响响彻耳畔。

耳鸣之际，我说出了那天以来一直如鲠在喉的一句话：

"我只是想救人，我不想让你死……"

我紧紧抱住千叶的身体。

自己的声音仿佛是从遥远的地方传来的。没能说出口的话，从嘴角溜走的瞬间，就被记忆的彼岸吞没了，感觉心一下子变得空白了。

"你不应该死的！"

喊出这句话时，我感到右肩火辣辣的，像是被按在烧红的烙铁上的疼痛贯穿了，就这样失去了意识。

二十三

狮堂由纪夫，2018 年

那个事件留下的伤痕慢慢愈合了，或者说被遗忘了。

和千叶扭作一团的结果是，我的右肩挨了一枪。晕倒后，我被送进医院，做了摘除子弹的手术和处理。据说，是手岛开车把我送到了附近村子最大的医院。

回顾自己手臂被吊着的模样，跟事件发生前林阿姨帮我缠完绷带的样子一模一样。只在解决事件时，露出完好无损的胳膊。当时我这样扬言，结果同一个部位受伤了。

祸福相依吗？

我自嘲似的笑了笑。

千叶冬树到警局自首，供认自己杀害了石神赤司。现在，县警似乎正在重新调查。据说，千叶开枪击中我后，就像是附体之物离开了一样，他不再抵抗了。确认我没有生命危险之后，他反而带着一脸明朗的表情前往警局。

我后来听说，那时我不顾一切扑向千叶，说了一些话，阻止了他自杀。我什么都记不得了。我挺身想护住他的性命，让他感

335

动了吧。

那个时候，我说了什么呢？

本该铭记于心的话，却无论如何都想不起来。不过凭感觉能理解，那句话并非是对千叶说，透过眼前的千叶，我看到了别的身影。如果是这样，那千叶对我的感激只不过是一个误解。

在过去的二十九年里，支配千叶的是让他陷入犯罪的误解。可如果对我的误解，成了他的支柱——若是这样的误解，我会把真相带进坟墓。

至于我，身负重伤，所以延长了休假。就这样重返职场，可能会有危险。在附体之物离开这点上，也许我和千叶是一样的。坐在医院的病床上，眺望乡村宁静的风光，我内心非常平静。

然而，在病房里痛得醒来，我有时也会悲伤得不能自已。

赤司差点被自己的父亲杀死，被自己的哥哥恨之入骨、因其诅咒被杀，甚至连自己的儿子都无法相信。而且，最后杀死自己的是共事了三十多年的同事——出现在形单影只的星咏师人生中，作为精神支柱的"第二人"。我才意识到在解开这个事件的期间，我没有见过石神赤司死时的面容。虽然在休假中，虽然是作为刑警和事件扯上关系，但案发现场他尸体的照片我一张都没看过。

我只见过1989年拍照那天石神赤司的脸。我甚至不知道他现在的长相。我闭上眼睛，那张照片浮现在脑海里。我想一定有谁在为他流泪吧。星咏会的人。出现在水晶预知里的人。因爱犯错的人。

我听说，石神夫人卖掉了未笠木村的房子。

她和真维那分开了，独自一人在城市里生活。

"狮堂先生，您身体怎么样？"

一天，病房的门打开了，露出香岛、真维那和高峰的脸。

"你好呀，狮堂。还好吗？"

"气色看起来不错。"真维那微笑着说。

"嗯嗯，多亏了你们。"

我刚想从床上坐起来，香岛就慌慌张张地跑上前来，"啊，请不要勉强！躺着就可以了。"我不禁笑了。

"伤口不要紧吧？"

"嗯，说是马上可以出院了。"

"再多休息几天不好吗？"高峰恶作剧似的笑了，"这里看起来啥都没有，不过是个好地方。"

"不了，我要回东京，有件事必须去做。"

"你真是工作狂。"

"真不想被你这么说。"我苦笑道，"而且，不是工作上的事。"

"那你指的是什么？"

"我必须去上一炷香。去了，可能也会吃闭门羹吧。"

仅凭这句话，高峰就猜出了大致缘由，她只说了句"这样啊"，像是鼓励我一样笑了笑。

"别说我的事了，你们都还好吧？"

"嗯，我也回到正轨上了。至于重新搜查和取材，发言人紫香乐淳也应对得相当不错。"

他竟然很优秀。

而鸫受到的创伤比看上去更大。接连失去两位三十年来的老友，他沉默寡言，故而很难察觉到，但工作上的失误多了不少，很让人担心。

"唉，损失惨重啊！"

千叶是星咏师，也是优秀的员工。失去他和大星咏师赤司，对星咏会来说，的确是沉重的打击。

"设法解决这个问题，是新一任大星咏师的工作哟。"

"那就是说……"

"是的，这次由我就任了。"

真维那的表情似乎很复杂。权力和地位并不是他所渴望的，今后大概会有很多烦恼吧。

"只要真维那在，星咏师部门就能暂时安宁一阵子吧。"高峰满足地点了点头，"感觉手岛也干劲十足呢，说正因为处于这种逆境，才更要加油，预知量也成倍增加了。不过，总感觉他的眼神怪怪的……"

看样子，未来的首席还得辛苦一阵子。

"有高峰在，有鸫在，一定能渡过难关的。"

听了香岛的话，高峰也使劲地点了点头。

"狮堂，"真维那微笑道，"这次的事情真是太谢谢你了。"

"请允许我再次向您道谢！"香岛慷慨激昂地说，"真的，真的！谢谢您救了师父！"

虽然是个费力劳心的事件，但看到香岛天真无邪地笑了，我就觉得还不错。我一边说着"是吗是吗"，一边咚咚地敲着香岛的脑瓜儿。

突然，我想到了真维那这个名字。这个想法表露在我脸上了吧，真维那温和地笑了。

"我没有见过生父，或许是这个缘由，才被取了这个名字。现在，我养父也过世了。不过，我是石神青砥的儿子，继承了石神赤司预知能力的石神真维那。这样说来，我很喜欢自己的名字。"

"师父……"香岛抓住真维那的衣服下摆。

"而且，"真维那将手搭在香岛的肩膀上，"我现在还有了重要的家人。"

这个事件对这对师徒的影响绝对不小，但只要看到他们的身影，就会让人涌现出满满的希望。

没错，要是失去了家人，重新寻找就好了。看入山村空地生出的芥蒂，似已消除了。

"我现在和母亲分居了，不过随时都可以去看望她。去东京的时候，要是能在狮堂家留宿就好了。"

"欸，我家很小的！"我吃惊道。真维那恶作剧似的笑了，然后说"开玩笑的"。

"对了，那个时候……"我问了之前就很在意的问题，"你为什么坚信我能把你从囚禁中救出来？"

真维那和我同时说了同样的话，把我吓了一跳。因为有之前的经历，我立马察觉到了其意思。

真维那从衣兜里取出一块小小的水晶，是漂亮的紫色水晶。

"因为我看到了这个。你看——"

水晶中心浮现着影像。里面有我的脸。真维那清澈的眼眸一直凝视着我。一想到在他眼里我是这个模样，就非常不好意思。不过，比起在镜子里看到的自己，我更喜欢这样的自己。

这时，水晶影像里的视线大幅移动。我也紧随真维那的视线，只见垂悬在窗外的枝头上，一个花蕾正在萌芽。

"因为我知道，今天会和你一起看春天的萌芽。"

"一到春天，未笠木村就漫山遍野全是盛开的樱花。"

高峰这样说道，然后在真维那的视线之外悄悄对我耳语："真维那的水晶影像很漂亮吧。"

此刻，我终于真正理解了高峰之前说的话。视线也能表现人的性格。这个水晶映现的世界，就是真维那看到的世界。

他眼中的世界正闪闪发光。

"今年的花蕾发得好早呀！"香岛欢喜地说道。

"是啊。"真维那温柔地回应道，然后看着香岛露出了微笑。

我甚至感觉，香岛眼中的光，马上就要溢出来的情感，全都毫无保留地收进水晶之中了。

吾辈将追随小河，直至大海 [1]

文／斜线堂有纪

　　生活在这个时代的人，能读到阿津川辰海的书，是一件幸福的事。本解说会以这样的结论结束，不过好不容易得到了数纸篇幅，在道出这个结论以前，我想先聊聊本作《星咏师的记忆》。

　　出道作《名侦探不会说谎》、出版于 2019 年的《红莲馆杀人事件》等，阿津川的作品屡屡描写了"侦探的苦恼"。而本作——依个人之见——描写的是受宿疾困扰的众生之苦恼。

　　在本作中，预知未来和逻辑密切相关，是不可抗拒的绝对未来。

　　映现于水晶中的事，定会发生，无一例外。先是石神赤司的未来被石神青砥的计划束缚住，然后是二十九年之后石神真维那被冤罪，两者放在一起看，无不表明人是多么软弱，容易被愚弄。为了回避预知，赤司企图行凶，想往真维那脸上浇开水，他的行为和心情都可以理解，但正因为如此，才让人备感悲伤。

---

1 该解说有涉及故事情节的内容。

然而，解决这一宿疾的人是，因杀死嫌疑人而自主禁闭的刑警狮堂由纪夫。他将解救女性人质放在首位，不幸击中了嫌疑人的腹部。在当时的情形下，他别无选择。从某种意义上说，这是命中注定。

这样的狮堂，为一个劫数难逃的青年洗刷冤罪，也可以看作：因真正命运而直面这一事件的狮堂，对虚假命运的报复。

本作最有趣的地方在于，因精准的未来预知，设圈套方和被算计方的信赖关系才能够成立。青砥将自己随口说的"臭婊子"与儿子的名字"真维那"重叠在一起，对他憎恨的弟弟施加了永不消失的诅咒。

他的这一行为，让赤司坚信 1989 年的预知是 2018 年的预知，且深信自己会被逼入绝境。事实上，他已落入青砥的计划中。

于 2021 年出版的《苍海馆杀人事件》中，也是基于凶手与受害者之间并未承认的共犯关系——因凶手对被算计的受害者抱有的奇妙信赖，犯罪计划才得以成立。因预测到了被算计的人将采取什么行动，犯罪行为才会实行。

人是拥有自由意志的生物，预测他人的行动来制订计划就成了一把双刃剑：一步没处理好，就有可能被归结为恰巧的偶然。

但是，阿津川的作品不会让人有这种收尾疲软的感觉，原因有二：一是，凶手为计划未按照预想进行之际，准备了第二、第三手，使计划具备灵活性；二是，出场人物的心理描写和背景描写都很有说服力，令读者信服：如果是这个人，就会采取这样的行动。

就这部作品而言，赤司的自我同一性被星咏师的能力侵蚀，就体现了这点。随着星咏师的才能逐渐显露，赤司甚至想要逃离让他和仁美联系起来的电影，因为这会妨碍预知。

这部作品悲剧的诱因是，石神兄弟未被平等地赋予预知才能。但被那个才能弄得精神错乱的，不仅仅是没有才能的青砥，还有很看重这个才能的赤司，他过着竭尽该才能的人生。

这样的石神赤司，不可能否定刻在水晶里的预知。这是因为，无视它，便是否定自己的人生。正如作品中指出的那样，即使他怀疑青砥有所企图，理性上也无法反抗。只要赤司还是赤司，他就会被预言束缚。这样的土壤足以让诅咒在青砥死后开花结果，读者将亲眼见证。

这部人欲交织的复杂人伦剧，令人想到阿津川辰海也爱读的阿加莎·克里斯蒂。克里斯蒂擅长通过复杂的人物形象，编织出令人惊讶的真相和动机，阿津川的作品读来也有类似的意味（说句题外话，阿津川的作品里随处可见对克里斯蒂的致敬）。

这部作品是本格推理，但同时也能从中品味 1989 年前后的文化和社会风俗。石神兄弟为之兴奋的 CD 发明，青砥常去的入侵者咖啡厅，让仁美和赤司产生交集的黑泽明对谈，现在篇和过去篇的氛围分别以鲜明的文风描写出来，这样的细节别有趣味。阿津川的作品不仅是逻辑满满的本格推理小说，作为一部社会小说乃至人伦小说来看都非常有趣。

顺带一提，阿津川辰海在光文社的《小说宝石》上发表的《星咏师的记忆》新书随谈中提到了自己写作的动机，他是想以自己的形式表达对昭和时代的憧憬。这样想来，阿津川辰海果真是一位能将自己"喜好"悉数诉诸笔端的作家。

每次读阿津川的作品，都会为其质量之高所震撼。他每部作品都是精雕细琢写就的，而且充满了丰富的创意。

创作小说时，他会在笔记本上就创意进行头脑风暴，整理小说中可能会用到的要素（以这次来说，是月食进程）。正因为是创作复杂的小说，为了应对思维混乱之时才会这样做。很明显，这个压缩－解冻的过程赋予了小说深度。

能欣赏到阿津川辰海倾注了心血、全力以赴写就的厚重之作，对读者来说是幸福的。

最后，我想说一下被委托写这个解说的小插曲。或者说，是关于我一开始提出的那个结论——生活在这个时代的人，能读到阿津川辰海的书，是一件幸福的事。

我初次挑战创作包含特殊设定的推理作品《乐园是侦探不在的地方》，就是受到了《星咏师的记忆》的影响。在和早川书房商议下一部作品的时候，说到近来读的最有趣的小说，我列举了《星咏师的记忆》。

从出道作《名侦探不会说谎》开始，阿津川世界的丰盈和诡计就让我着迷不已，而在第二部作品里他完成了更加洗练的本格推理，让我肃然起敬。通俗地说，我完全成了他的铁粉。

现在最有趣的小说是本格推理，那自己也写一部吧。商量过程非常顺利。就这样，《乐园是侦探不在的地方》诞生了。

那年夏天没有读《星咏师的记忆》的话，恐怕《乐园是侦探不在的地方》也不会问世。实际上，当时商量时也提出了其他作品的草案，之所以没有选择，完全是因为阿津川辰海的作品。

后来，《乐园是侦探不在的地方》顺利出版，在文艺春秋的对谈企划中被直接告知这一消息时，我感受到了不可思议的机缘。不，正因为我追随阿津川辰海这个同辈天才，才有此机缘，或许这样说才合理。

2021 年 4 月 23 日，《书杂志》的网站上，发表了《作家的读书之道》，讲述了读书人阿津川辰海的深刻记忆：与一个图书管理员的相遇。那位图书管理员向他推荐了《十角馆事件》《爱的成人式》《樱树抽芽时，想你》，让他明白推理小说是有趣的。

读完这三本书，阿津川辰海在所属的文艺社团里便只写推理小说了。写小说的人读到了有趣的小说，便萌生了自己也要写这样的小说的想法。这段轶事直接表明了类似于病的特性。

我读到这段轶事时，心想机缘就是从这里开始的。读了以上三本书的阿津川辰海开始写推理小说，而读了阿津川辰海的推理小说的我也决心写推理小说。从某种意义上讲，我从阿津川辰海那丰富的读书经历中受益良多。

阿津川辰海从诸多作品中一脉相承地继承了创作小说的热情，凭借其无与伦比的笔力，写出了如此有意思的推理小说，让人也想写出继承个中趣味的作品，让人感慨不已。若有力作问世，憧憬它而投身写作的人会与日俱增。所以说，吾辈是幸运的。

我虽然没有小说中的预知能力，但仍可在此断言——

就像小河终归大海，阿津川辰海这份礼物，一定会拓展今后的推理小说界。

SEIEISHI NO KIOKU

© Tatsumi Atsukawa 2018

All rights reserved.

Original Japanese edition published by Kobunsha Co., Ltd.

Publishing rights for Simplified Chinese character arranged with Kobunsha Co., Ltd. through KODANSHA BEIJING CULTURE LTD. Beijing, China , and Japan UNI Agency, Inc., Tokyo.

本书中文简体版权归属于银杏树下（上海）图书有限责任公司
著作权合同登记号　图字：22-2023-122

图书在版编目（CIP）数据

星咏师的记忆 /（日）阿津川辰海著；佳辰译. ——
贵阳：贵州人民出版社，2024.6（2024.8重印）
ISBN 978-7-221-17958-6

Ⅰ.①星… Ⅱ.①阿…②佳… Ⅲ.①推理小说—日
本—现代 Ⅳ.①I313.45

中国国家版本馆CIP数据核字(2023)第185578号

XINGYONGSHI DE JIYI

星咏师的记忆

[日]阿津川辰海　著

佳辰　译

出　版　人：朱文迅　　　　　　选题策划：后浪出版公司
出版统筹：吴兴元　　　　　　　编辑统筹：梅天明
责任编辑：刘　妮　　　　　　　特约编辑：王莉芳
封面设计：墨白空间·黄怡祯　　责任印制：常会杰
出版发行：贵州出版集团　贵州人民出版社
地　　址：贵阳市观山湖区会展东路 SOHO 办公区 A 座
印　　刷：嘉业印刷（天津）有限公司
版　　次：2024 年 6 月第 1 版
印　　次：2024 年 8 月第 2 次印刷
开　　本：889 毫米 × 1092 毫米　1/32
印　　张：11
字　　数：236 千字
书　　号：ISBN 978-7-221-17958-6
定　　价：58.00 元

后浪出版咨询(北京)有限责任公司　版权所有，侵权必究
投诉信箱：editor@hinabook.com　　fawu@hinabook.com
未经许可，不得以任何方式复制或者抄袭本书部分或全部内容
本书若有印、装质量问题，请与本公司联系调换，电话：010-64072833

贵州人民出版社微信